Juni 2020

Büchereien Wien
Donaustadt
Magistratsabteilung 13
22, Bernoullistraße 1
A-1220 Wien

BEZIMENA

BEZIMENA
Nina Bunjevac

Eine moderne Adaption
des Mythos von Artemis und Siproites

Bezimena: in den meisten slawischen
Sprachen wortwörtlich „namenlos"

MEINE LIEBE FREUNDIN, DEINE WEISEN WORTE ERINNERN MICH AN EINE GESCHICHTE, DIE ICH VOR LANGER ZEIT GEHÖRT HABE ...

... ÜBER EINE PRIESTERIN UND DIE ALTE BEZIMENA.

"LIEBE FREUNDIN, BITTE ERZÄHLE."

"DAS WERDE ICH, DENN DEIN WUNSCH IST AUCH DER MEINE."

DIES IST DIE GESCHICHTE ...

BEZIMENA HATTE GERADE EINEN ZUSTAND TIEFER, VÖLLIGER RUHE ERREICHT, ALS SIE DIE PRIESTERIN HÖRTE, DIE, OFFENBAR HÖCHST ERREGT, NACH IHR RIEF.

SIE SEUFZTE SCHWER ...

WESHALB SEUFZTE SIE?

NUN, DU MUSST WISSEN, DIE PRIESTERIN HATTE DAS SCHON VIELE MALE GETAN …

… DENN SIE UNTERLAG DER MACHT DER GEWOHNHEIT, UND IHRE GEWOHNHEIT BESTAND IM IMMERWÄHRENDEN UND GRUNDLOSEN LEIDEN.

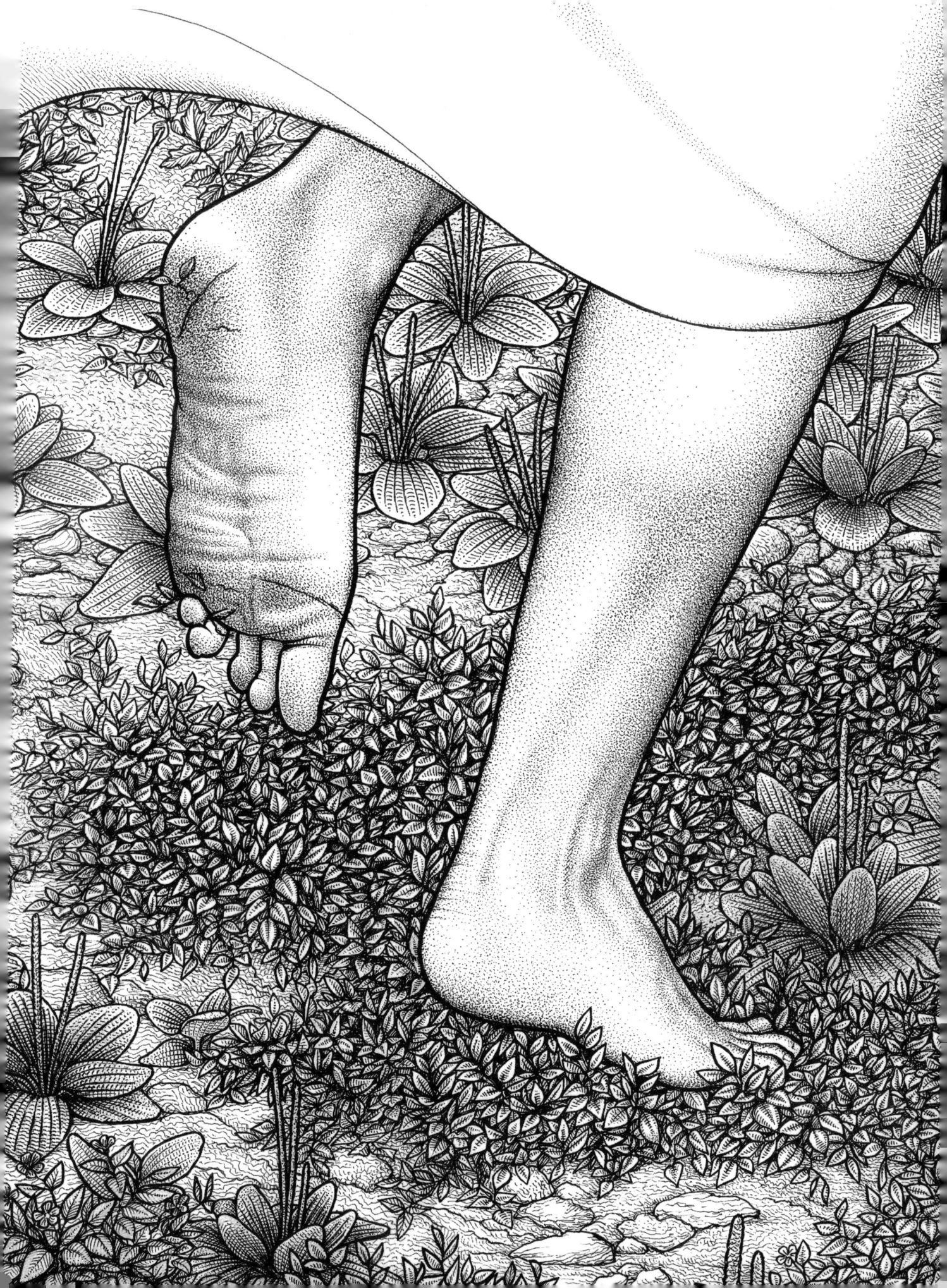

„OH, BEZIMENA", KEUCHTE DIE FRAU, „DEN GÖTTERN SEI DANK, ICH HABE EUCH GEFUNDEN!"

„SIE BRENNEN UNSERE TEMPEL NIEDER, SIE SCHÄNDEN UNSERE GÖTTERBILDER ... ACH, WIRD MEIN LEIDEN DENN NIEMALS ENDEN? ICH HABE GEWEINT UND GEWEINT ... UND JETZT HABE ICH KEINE TRÄNEN MEHR, DIE ICH VERGIESSEN KÖNNTE."

ALS SIE SAH, DASS BEZIMENA GLEICHMÜTIG BLIEB IM ANGESICHT SOLCHEN UNHEILS UND DAS LEIDEN DER PRIESTERIN SIE SCHEINBAR UNBERÜHRT LIESS, SCHRIE SIE AUF: „WIE KÖNNT IHR HIER EINFACH LIEGEN BLEIBEN, GLEICHGÜLTIG GEGEN MEINE PEIN? KÜMMERT ES EUCH NICHT? HABT IHR KEIN HERZ?"

UND DANN, OHNE JEDE VORWARNUNG, SPRANG BEZIMENA AUF, PACKTE DIE FRAU AN DEN HAAREN UND DRÜCKTE IHREN KOPF UNTER WASSER.

IN DIESEM MOMENT HÖRTE DIE PRIESTERIN AUF ZU EXISTIEREN ...

UND WURDE WIEDERGEBOREN,
ALS JUNGE.

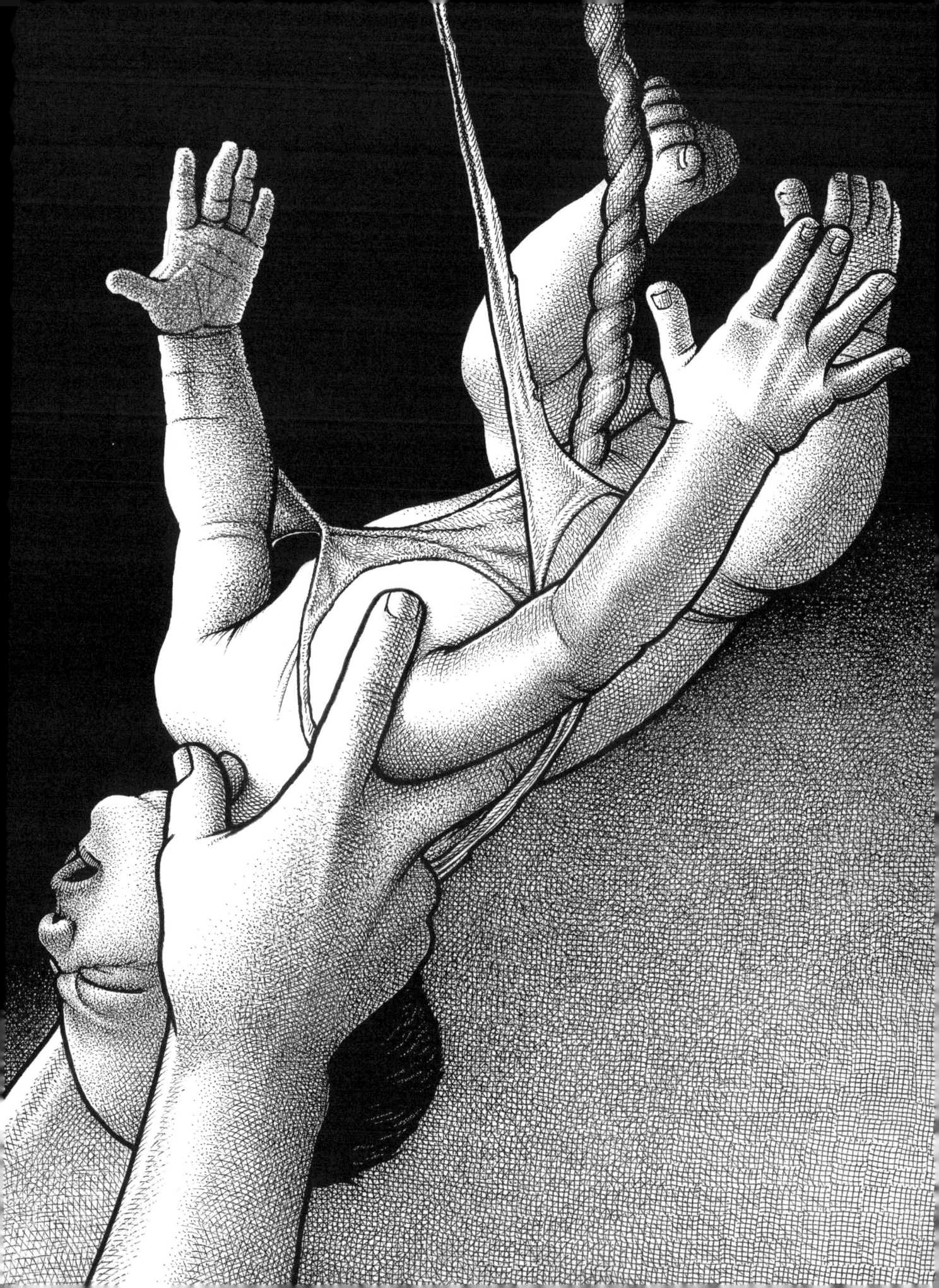

DER JUNGE WURDE IN FRIEDENSZEITEN GEBOREN, IN EINE WOHLHABENDE GERBER-FAMILIE, DIE DIE HOFFNUNG AUF EIN KIND SCHON LANGE AUFGEGEBEN HATTE.

> DER JUNGE WAR EIN WUNDER, DESHALB WURDE ER BENEDICT GENANNT, ODER BENNY, WIE IHN SEINE ELTERN LIEBEVOLL RIEFEN.

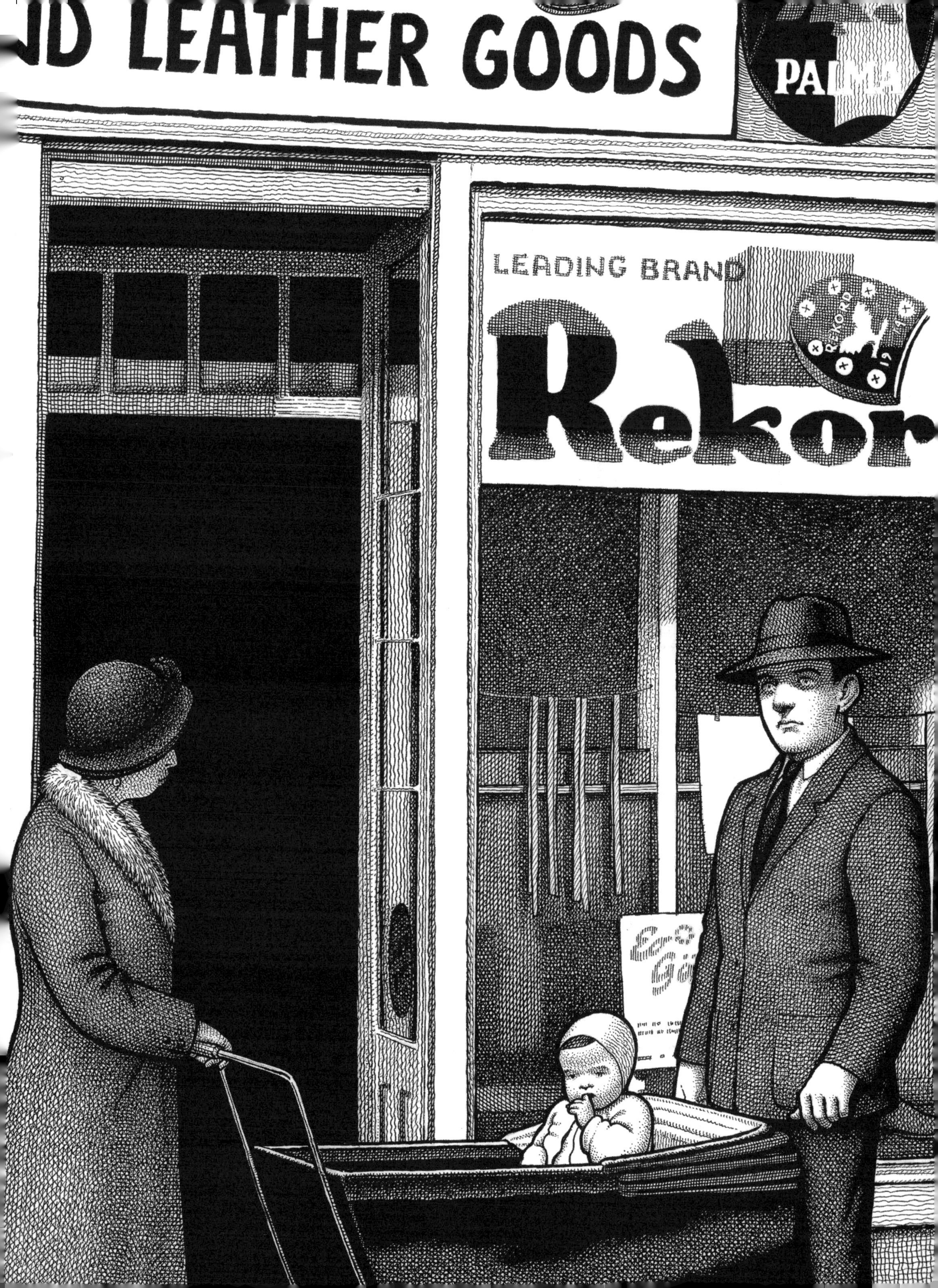
ND LEATHER GOODS
LEADING BRAND
Rekor

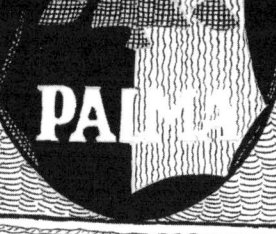

KURZUM, BENNY HATTE ALLES UND ES FEHLTE IHM AN NICHTS.

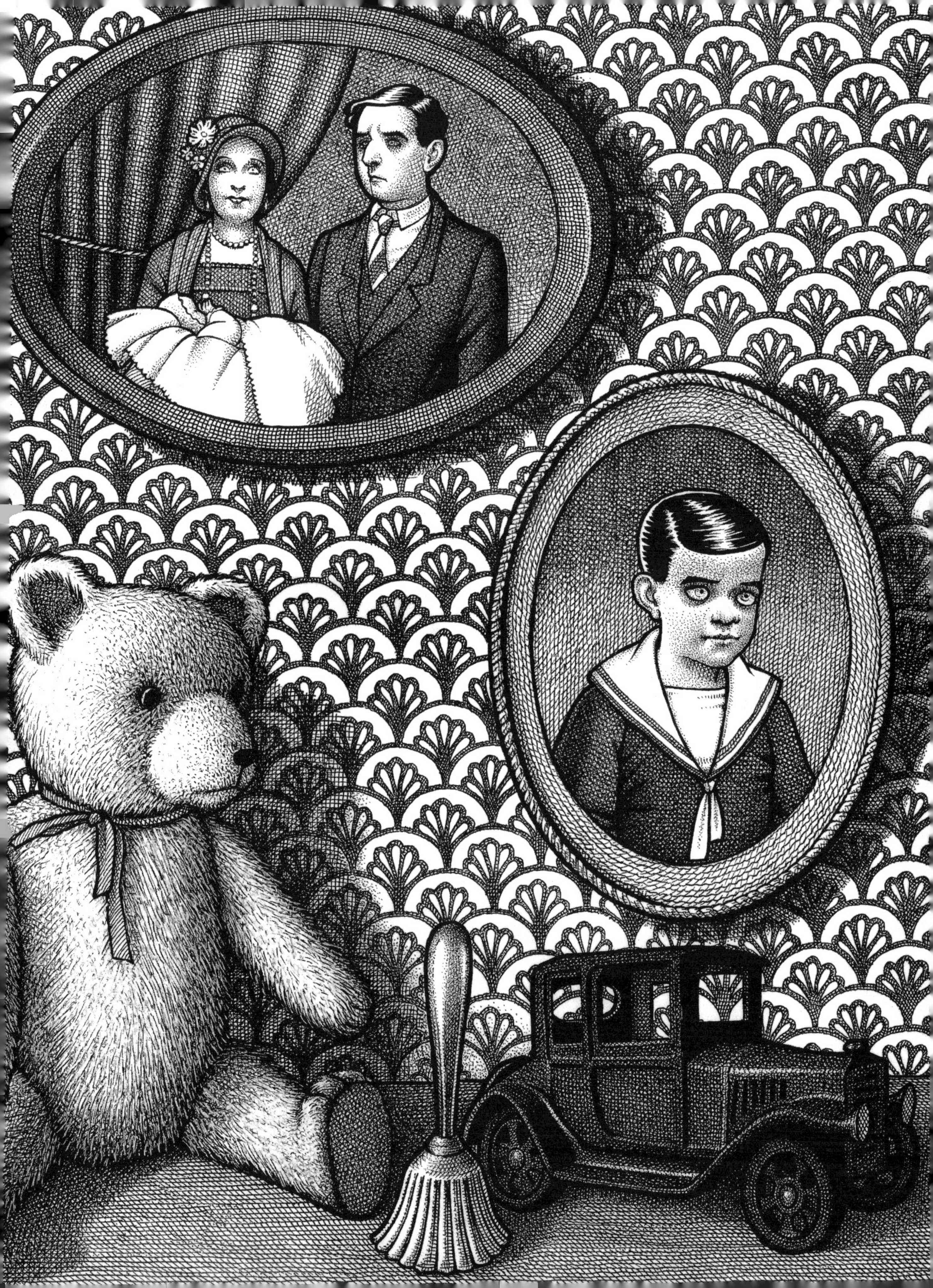

> ER WAR ALLERDINGS EIN SELTSAMES KIND. IN DER SCHULE BLICKTE ER FORTWÄHREND LÜSTERN ZU SEINER KLASSENKAMERADIN HINÜBER, DER „WEISSEN BECKY", WÄHREND ER MIT SEINER HAND IN DER HOSE HERUMSPIELTE.

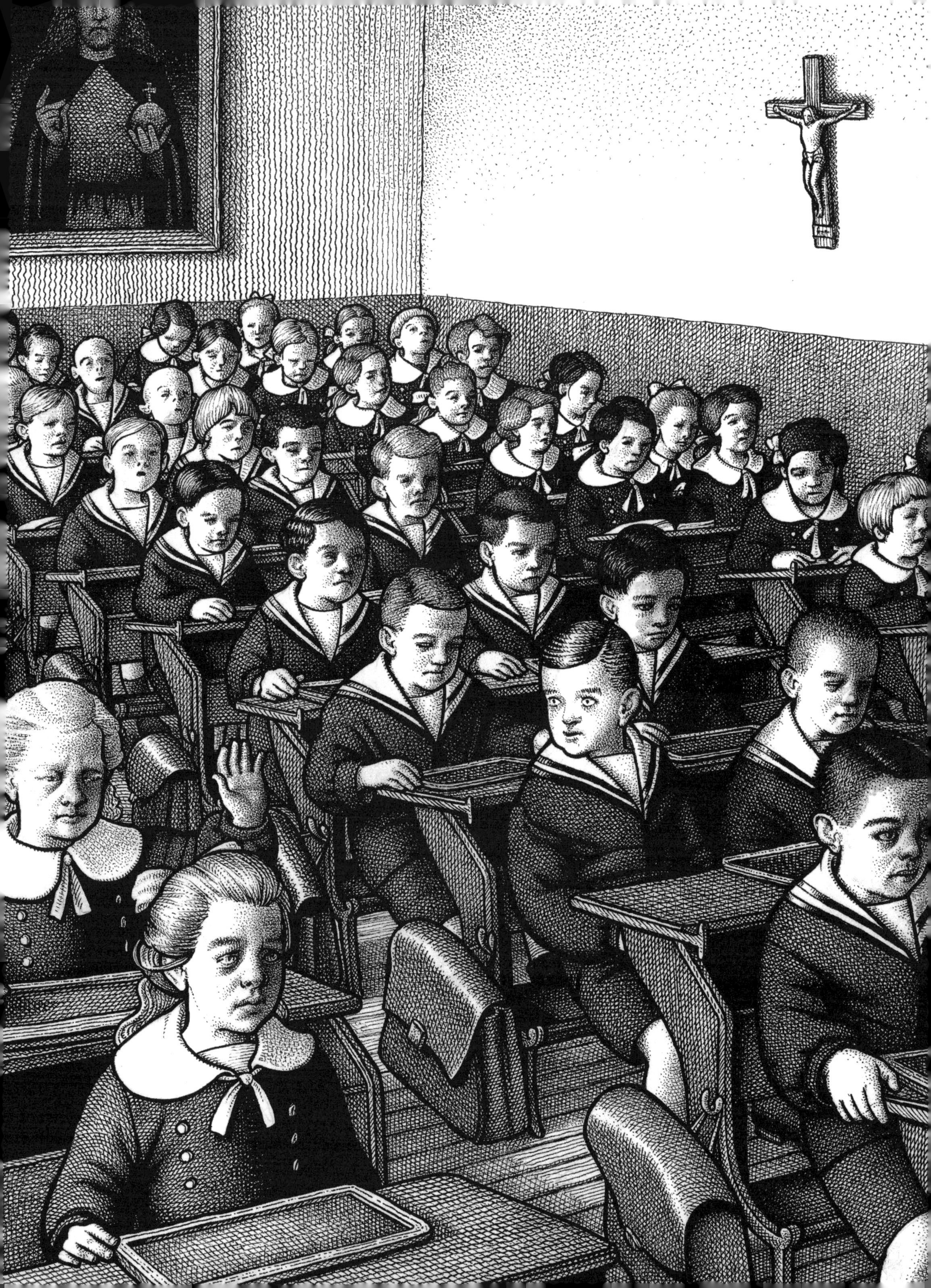

GERADEZU OBSESSIV FINGERTE ER
AN DEM DING HERUM, WO IMMER ER GERADE WAR:
ZU HAUSE, IN DER SCHULE, IN DER KIRCHE ...

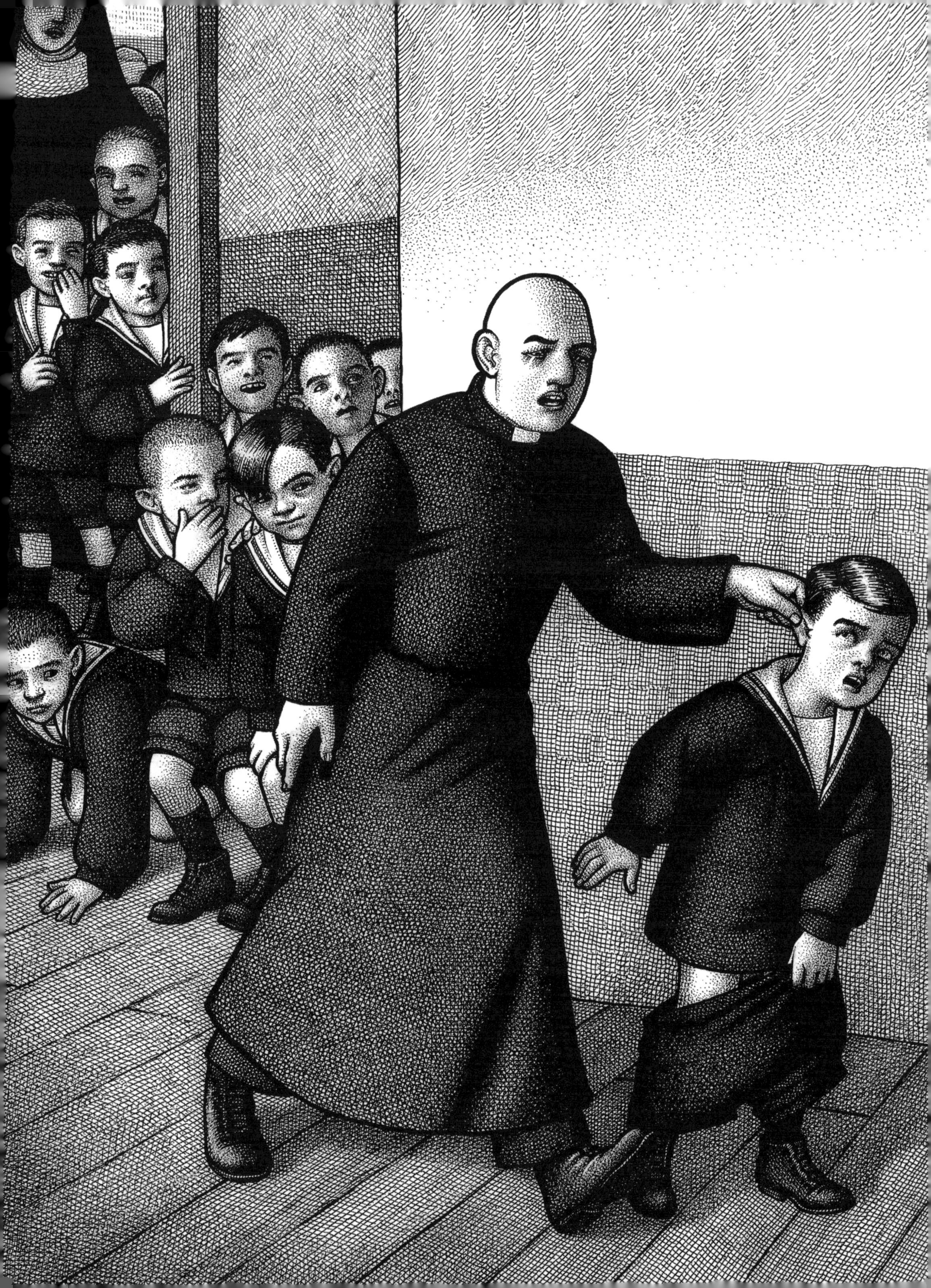

ER WURDE ZU EINER REGELRECHTEN SCHANDE FÜR SEINE ELTERN ...

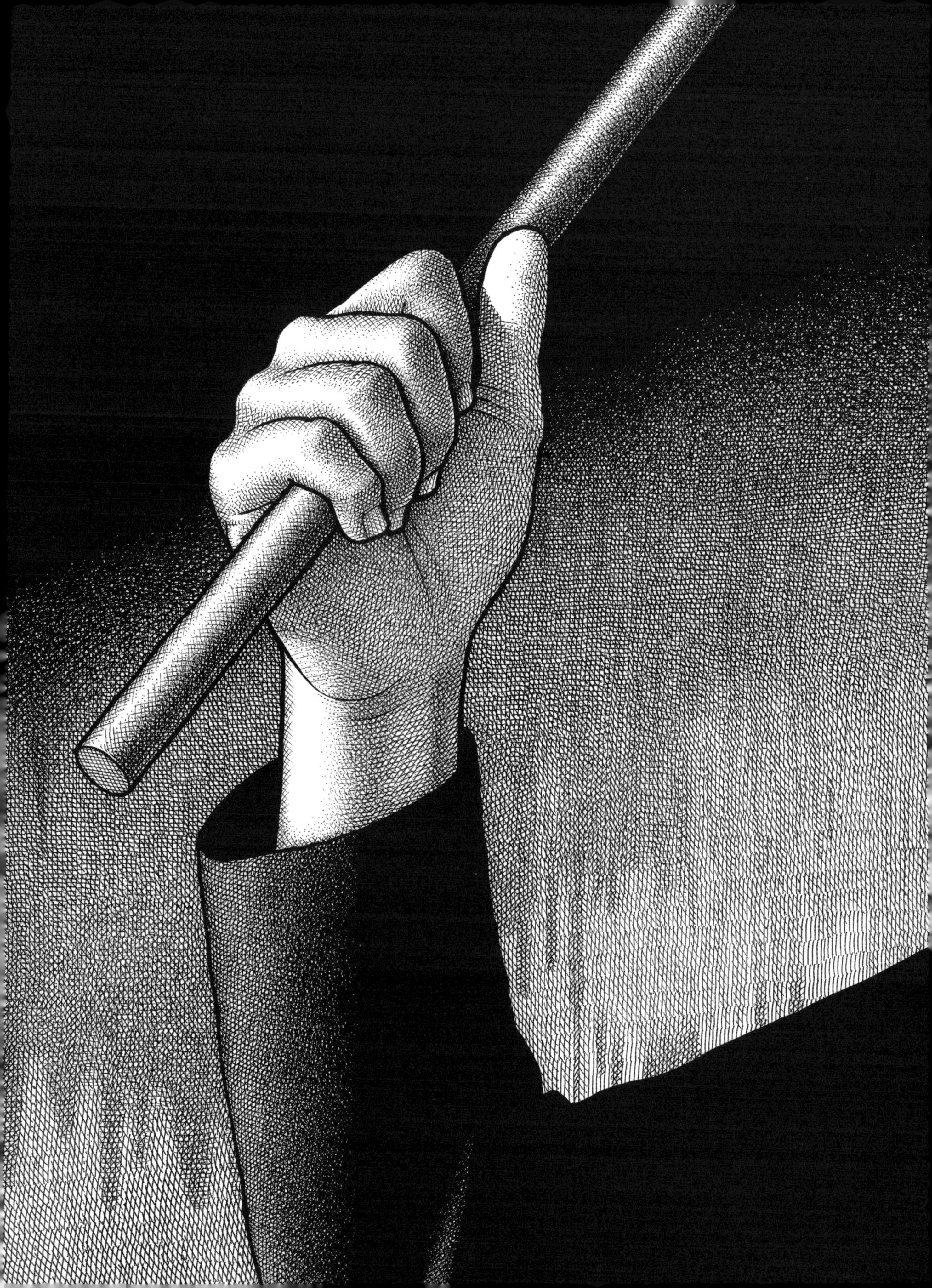

... DIE IN IHRER NACHBARSCHAFT ANGESEHENE LEUTE WAREN.

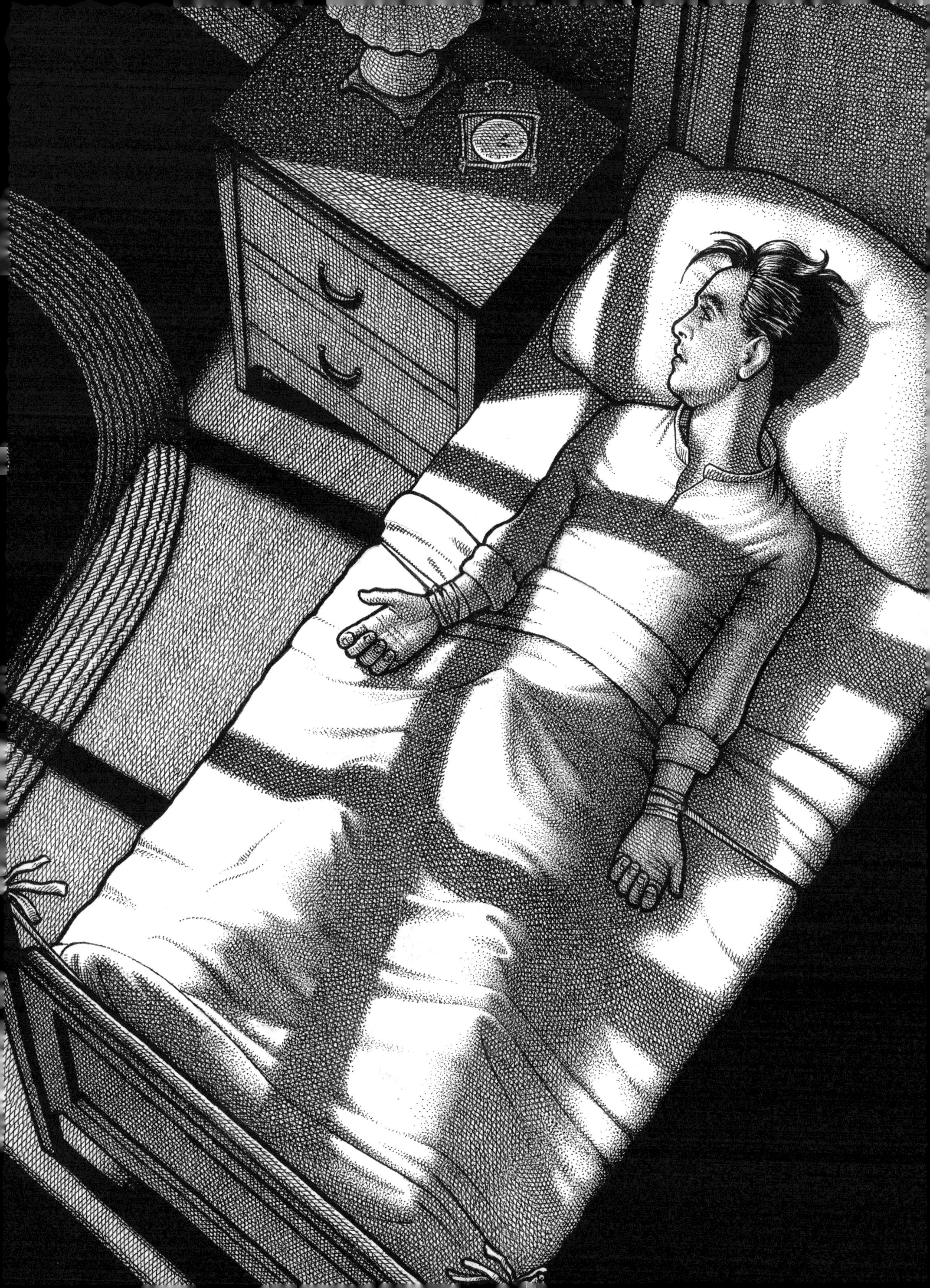

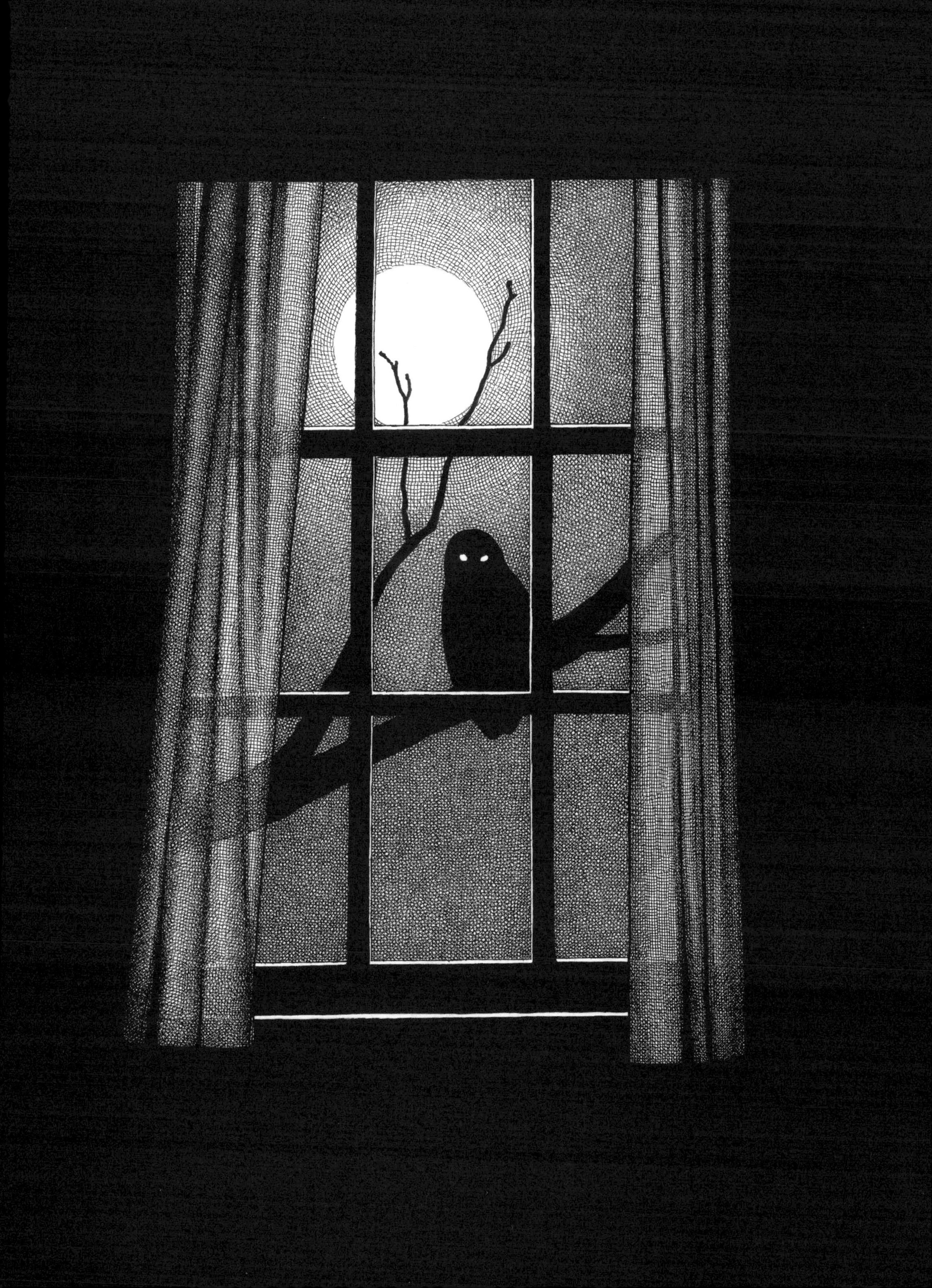

BENNY ZOG SICH ZURÜCK.

SCHON FRÜH BRACH ER DIE SCHULE AB. ER HATTE KEINE FREUNDE, UND DURCH DIE HARTE DISZIPLIN ZU HAUSE LERNTE ER, SEINE GEDANKEN UND WÜNSCHE FÜR SICH ZU BEHALTEN. ER UMGAB SICH MIT SELTSAMEN GEGENSTÄNDEN UND KURIOSITÄTEN, DIE ER VERSTECKT HIELT VOR DEN ABSCHÄTZIGEN BLICKEN DER ANDEREN. MIT IHNEN BAUTE ER SICH SEINE EIGENE WELT.

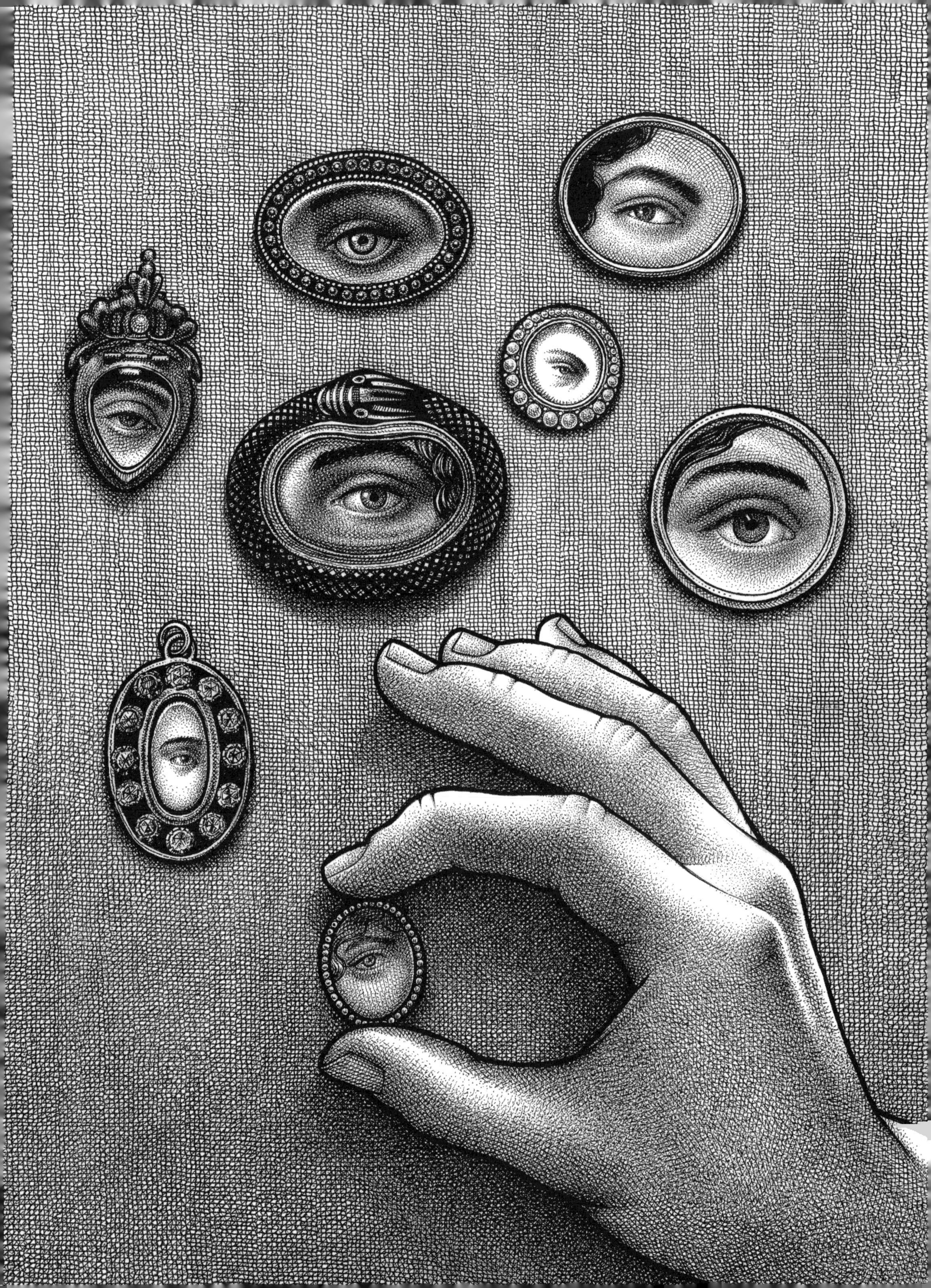

AUS DEM SONDERBAREN KIND WURDE EIN NOCH SONDERBARERER JUNGER MANN, DER IMMERZU IM SCHATTEN LAUERTE UND DEN DIE UNHEILVOLLEN GEDANKEN SEINER KINDHEIT NIE GANZ VERLASSEN HATTEN – SIE HIELTEN SICH NUNMEHR LEDIGLICH VERBORGEN.

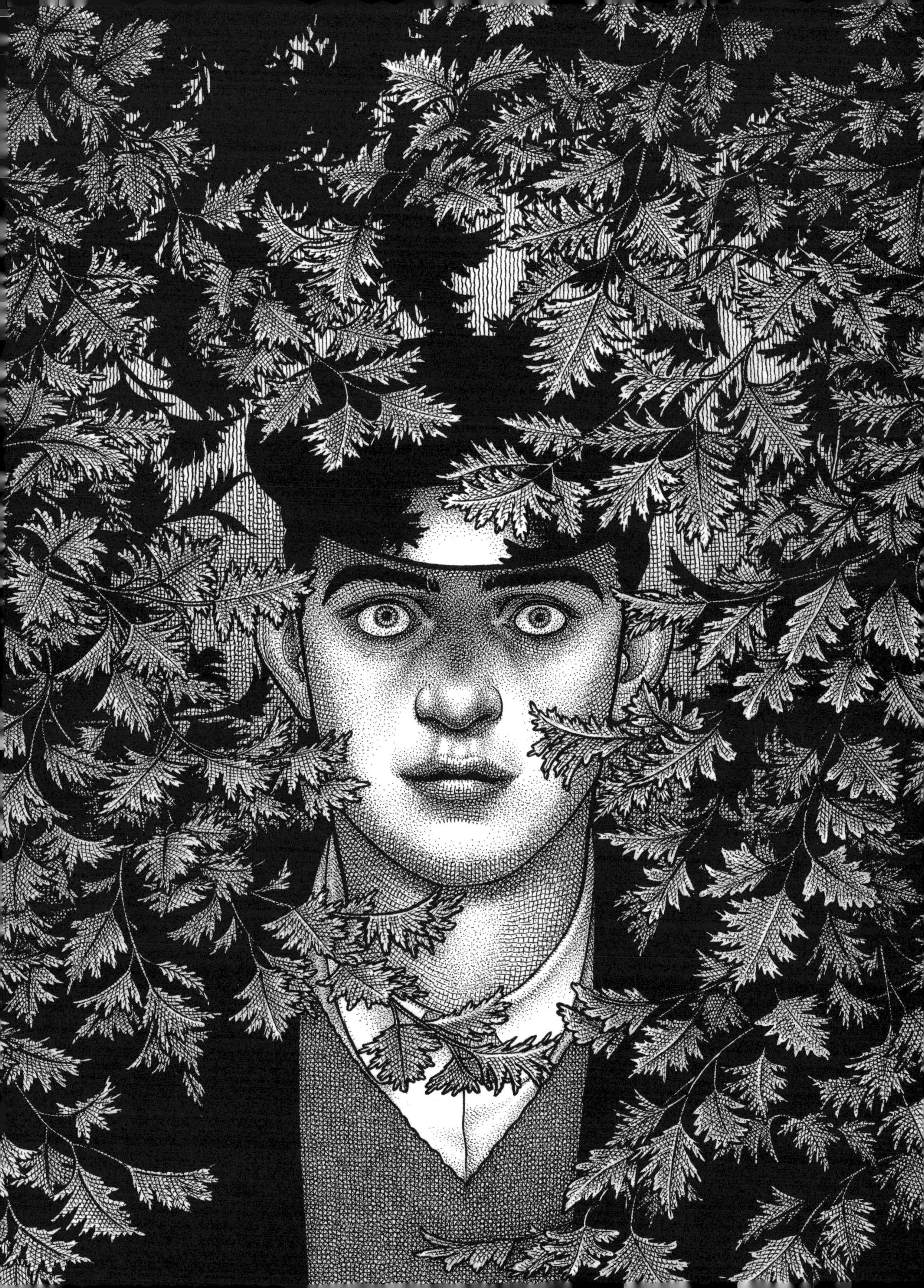

BENNY WUSSTE, SOLANGE DIESE GEDANKEN SEINEN KOPF NICHT VERLIESSEN, WÄRE ALLES GUT UND NIEMAND WÜRDE ETWAS ÜBER SIE ERFAHREN.

ER WURDE EIN MEISTER DER TARNUNG, EIN SCHATTEN UNTER VIELEN, DER DIE GEBÜSCHE DER STADTPARKS MIT SEINEM VERGOSSENEN SAMEN BENETZTE, WIE EIN KRANKER, ALTER HUND.

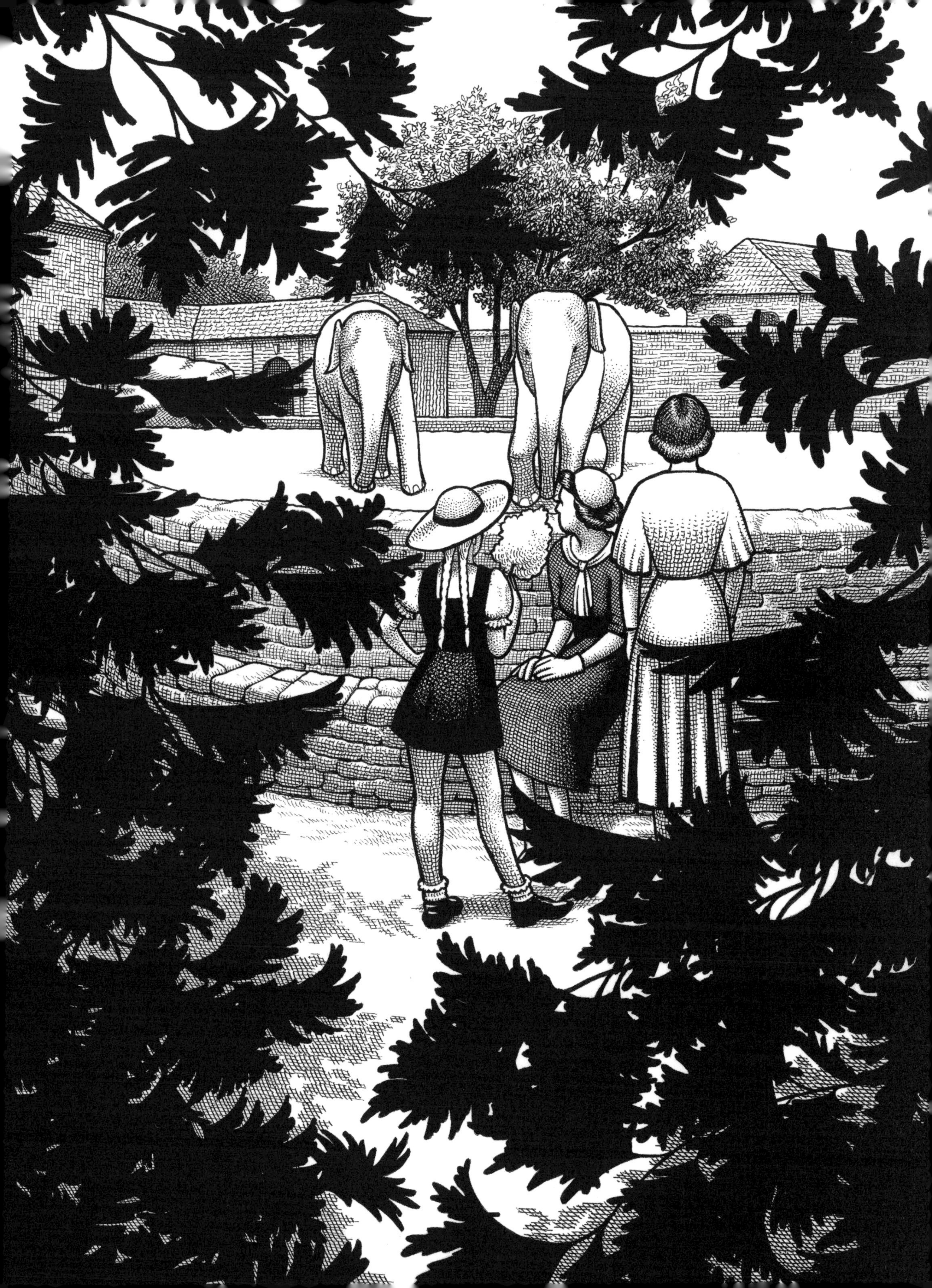

DURCH EINE IRONISCHE WENDUNG DES SCHICKSALS UND EINIGE FAMILIÄRE BEZIEHUNGEN ERHIELT BENNY DIE PERFEKTE ARBEIT FÜR EINEN MANN MIT SEINEN NEIGUNGEN. ER WURDE HAUSMEISTER IM STÄDTISCHEN ZOO.

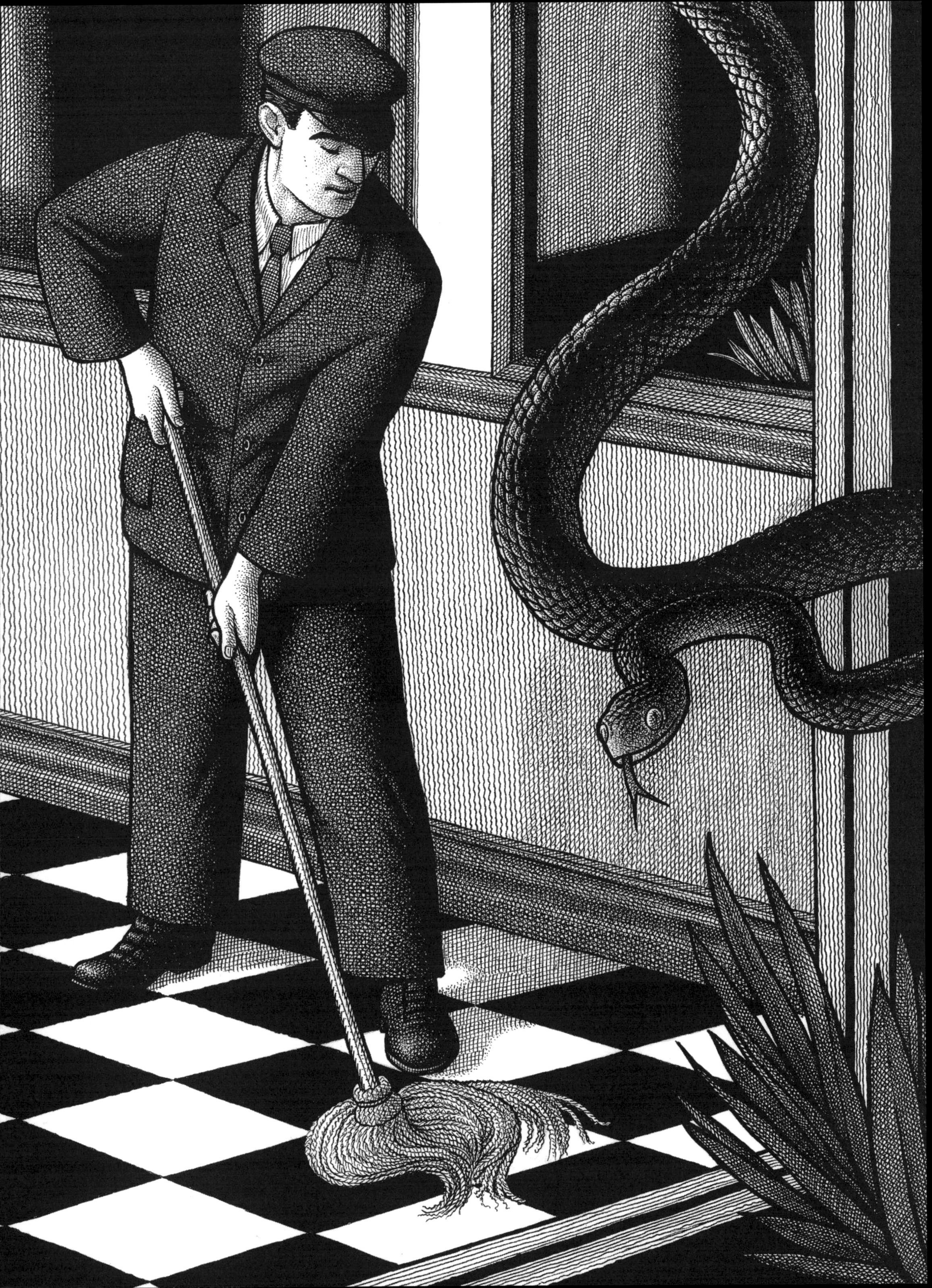

DIE STELLE SCHIEN IHM ALLES ZU BIETEN, WAS ER BRAUCHTE ... NATÜRLICH WAR DIE ARBEIT STUMPFSINNIG UND EINTÖNIG, ABER ES GAB UNZÄHLIGE EINSAME UND ABGELEGENE ORTE, VON DENEN AUS MAN DIE MENSCHEN BEOBACHTEN UND DABEI PRAKTISCH UNSICHTBAR BLEIBEN KONNTE. AUSSERDEM SCHÄTZTE ER DIE GESELLSCHAFT DER TIERE AUFGRUND IHRER SCHWEIGSAMKEIT.

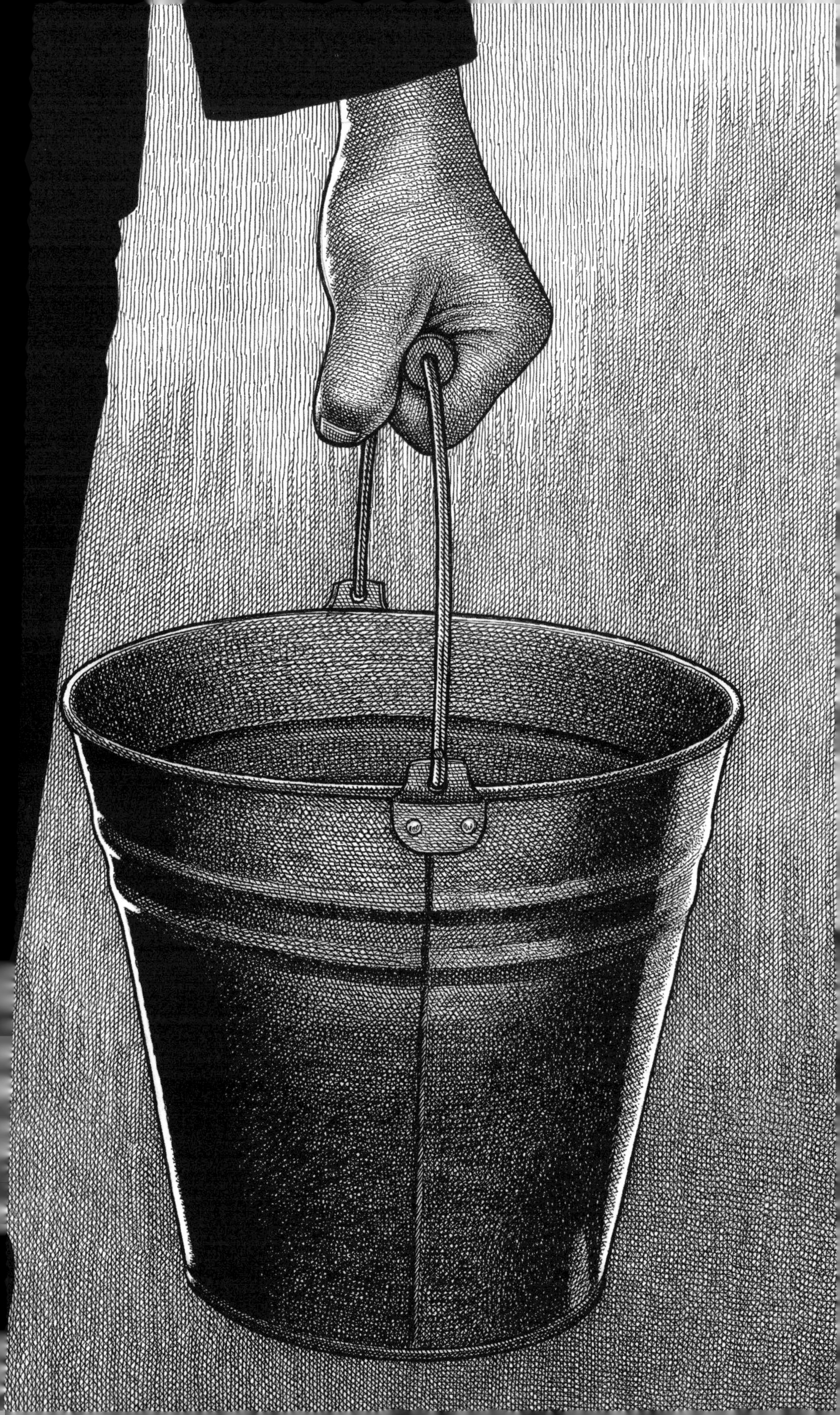

ES GELANG BENNY EINE GANZE ZEIT LANG, SICH VON ÄRGER FERNZUHALTEN UND DIE GEDANKEN NICHT AUS SEINEM KOPF ZU LASSEN, BIS ZU DEM TAG, ALS ER ZUFÄLLIG AUS DEM FENSTER DER ABSTELLKAMMER IM REPTILIENHAUS BLICKTE …

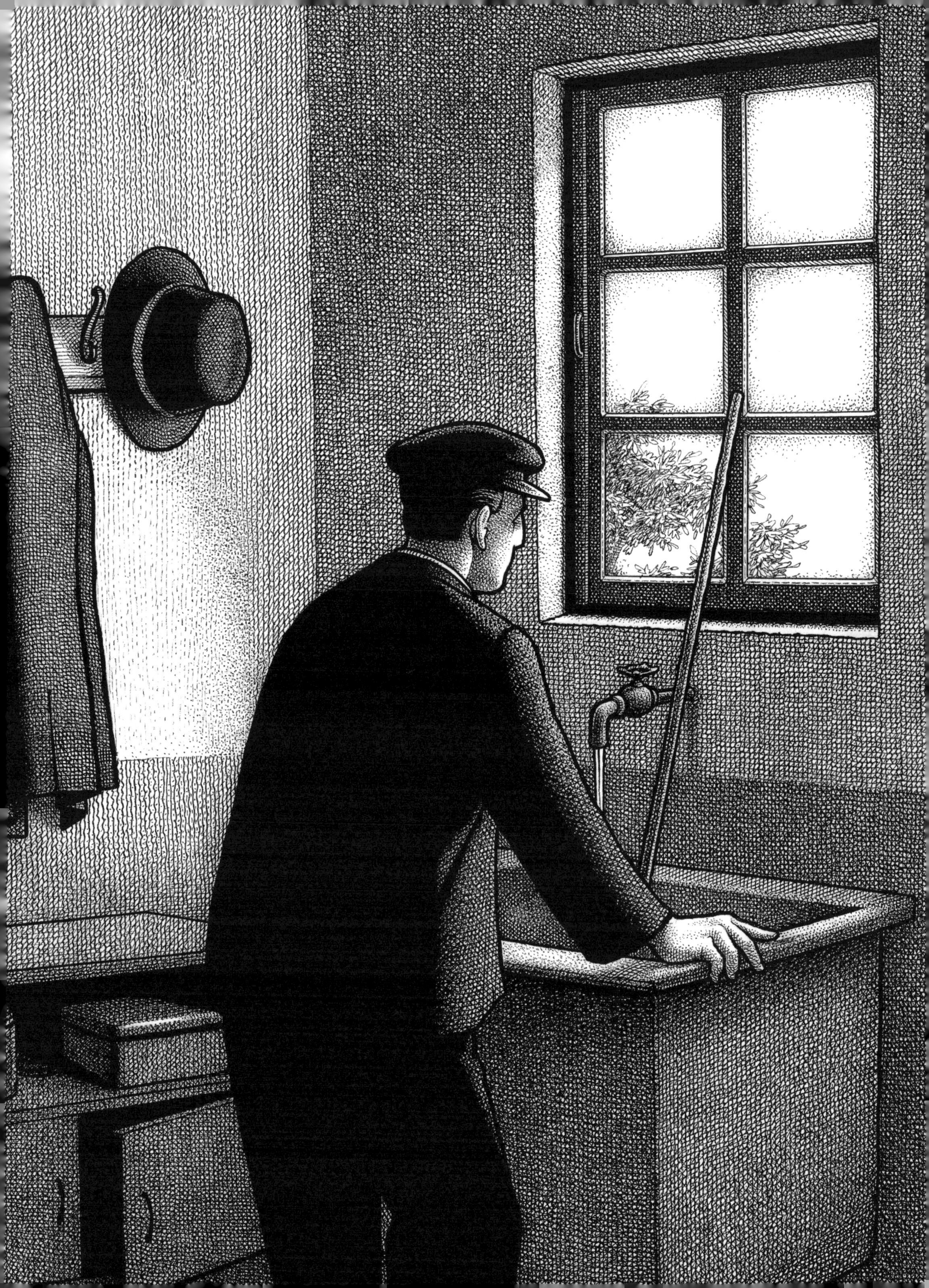

DA SAH ER SIE.

OBWOHL VIELE JAHRE VERGANGEN WAREN, ERKANNTE ER SIE SOFORT WIEDER.

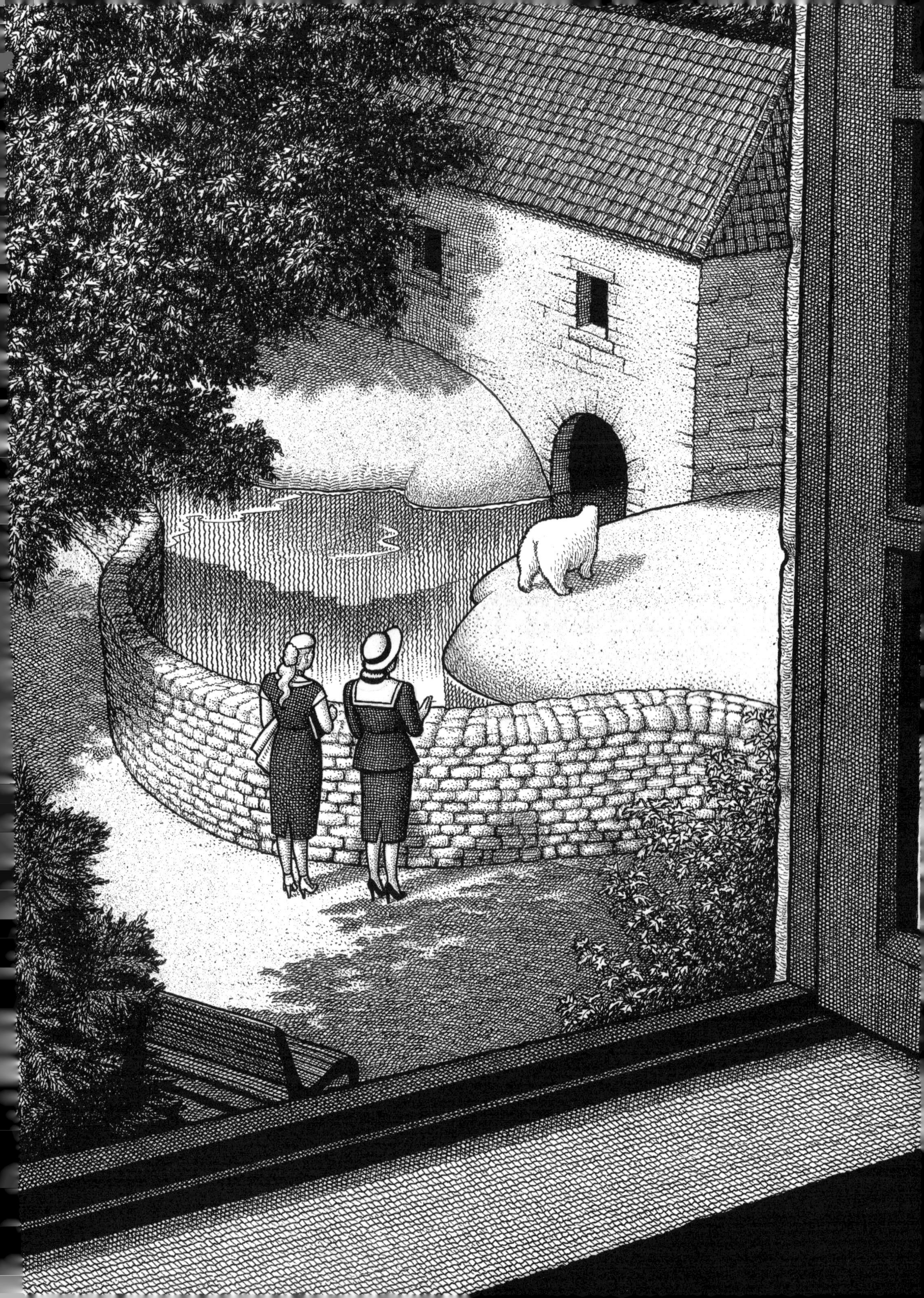

SEIN HERZ BEGANN WIE WILD ZU POCHEN.

ES WAR DIE „WEISSE BECKY"!

BENNY STARRTE SIE GEBANNT AN, AUSSERSTANDE, SEINEN BLICK ABZUWENDEN. IN DIESEM MOMENT WURDE IHM KLAR, DASS ER NIEMALS MEHR EINE ANDERE FRAU WÜRDE BEGEHREN KÖNNEN.

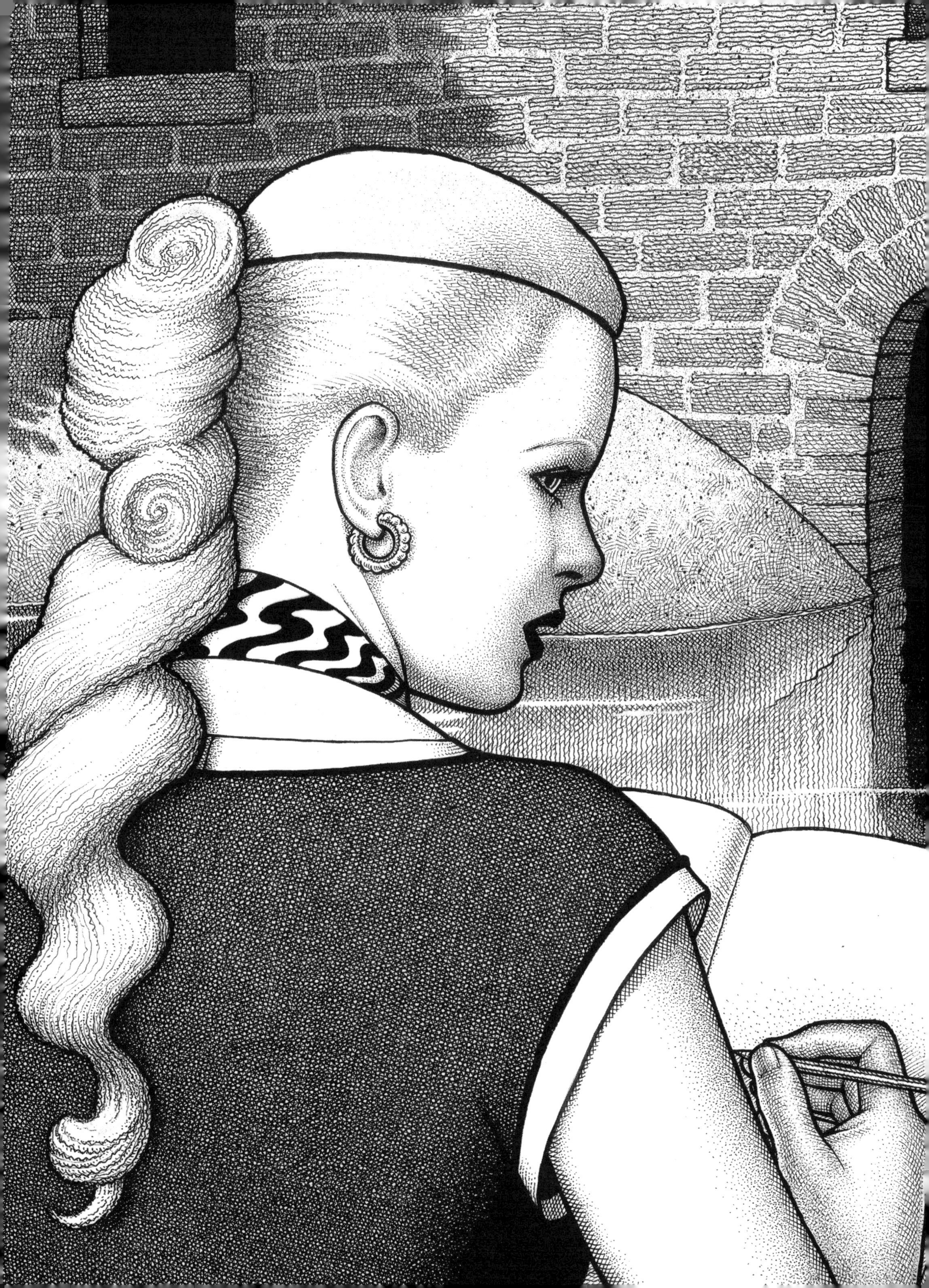

BECKY STAND EINE WEILE LANG AM EISBÄRENGEHEGE, ZEICHNETE IN IHR SKIZZENBUCH UND UNTERHIELT SICH MIT IHRER BEGLEITERIN. ALS SIE DEN ZOO VERLIESSEN, BEMERKTE BENNY, DASS BECKY IHR SKIZZENBUCH VERGESSEN HATTE.

WIE EIN WAHNSINNIGER RANNTE ER AUS DEM REPTILIENHAUS, GRIFF SICH DAS BUCH UND HASTETE ZUM AUSGANG.

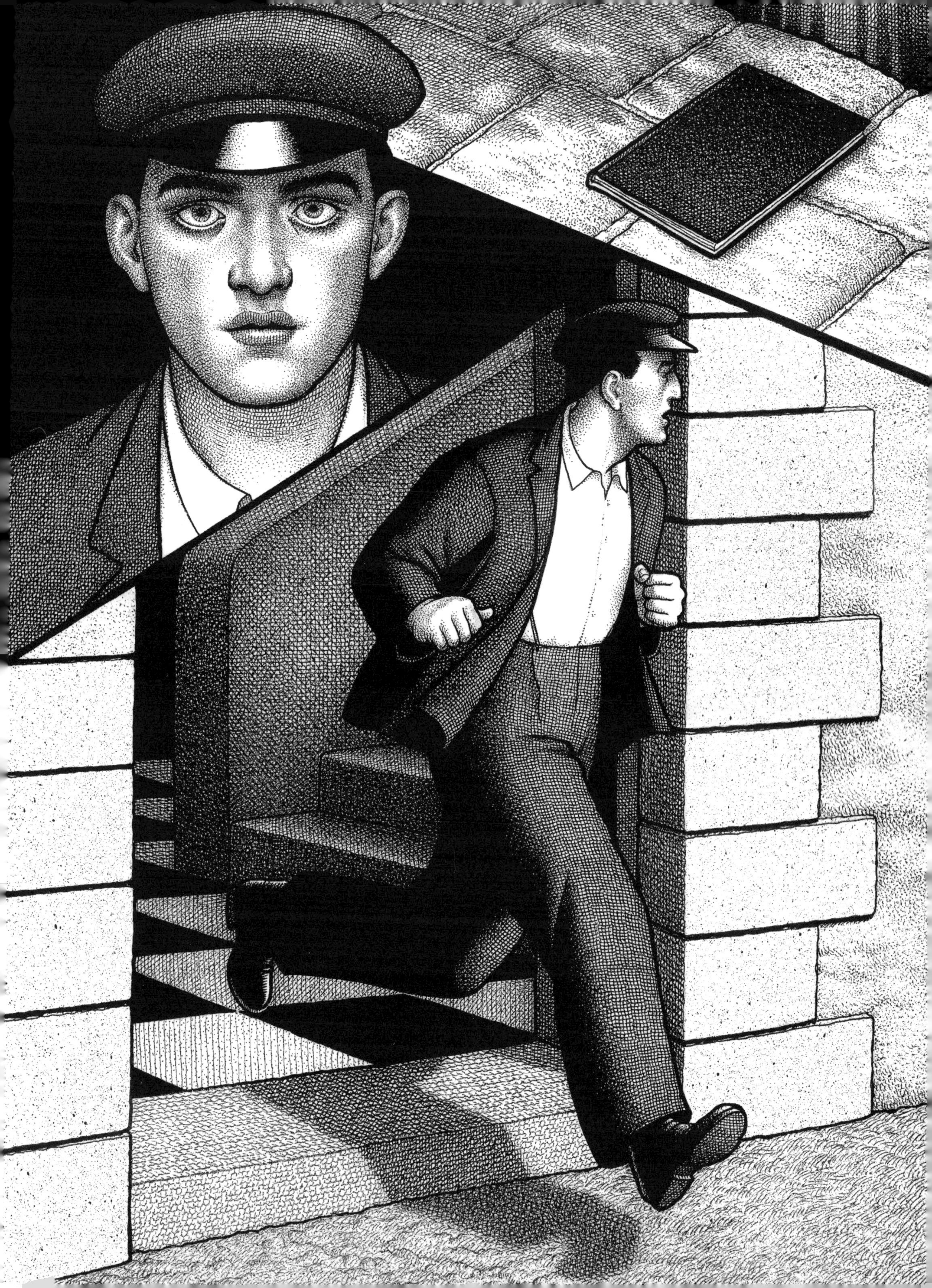

IN DER NÄHE DES ALTSTADT-TORS HOLTE ER BECKY UND IHRE BEGLEITERIN EIN.

ER FOLGTE IHNEN MIT EINIGEM ABSTAND ...

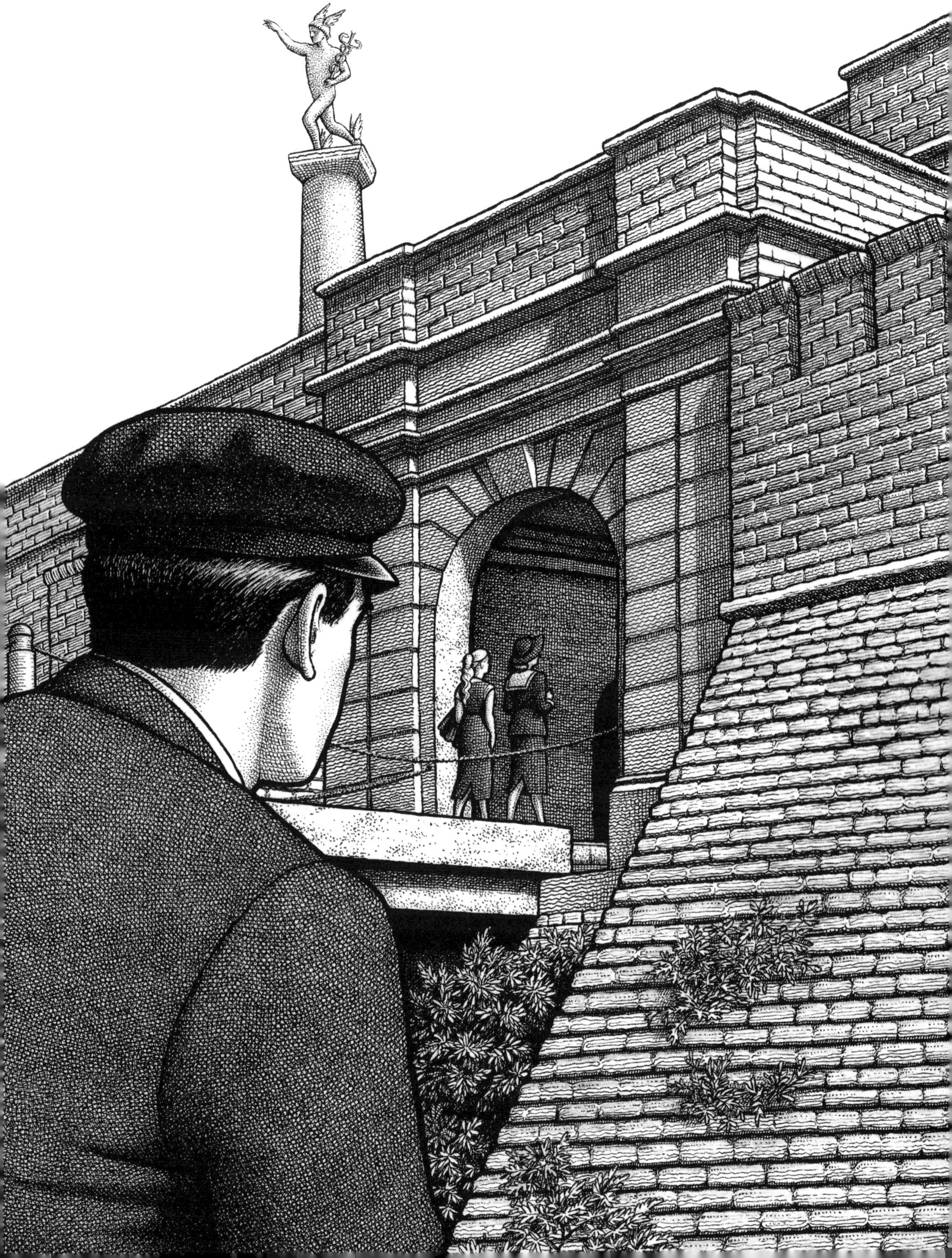

... WÄHREND SIE DURCH DIE SCHMALEN GASSEN DES GRIECHISCHEN VIERTELS SCHLENDERTEN ...

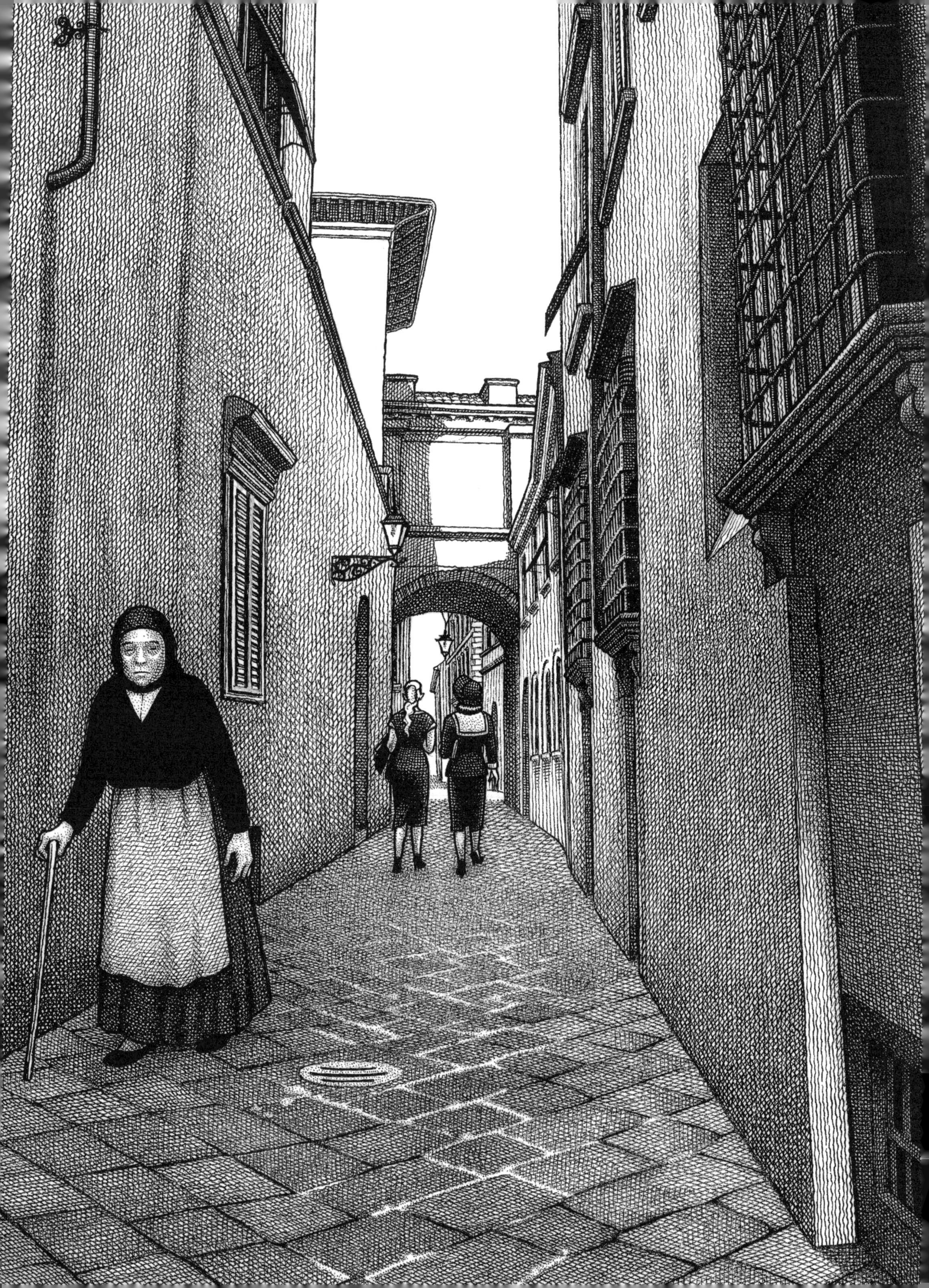

... UND SPÄTER DEN WALD BETRATEN, ÜBER DEN PFAD, DER AM BACH ARKTOI ENTLANGFÜHRTE.

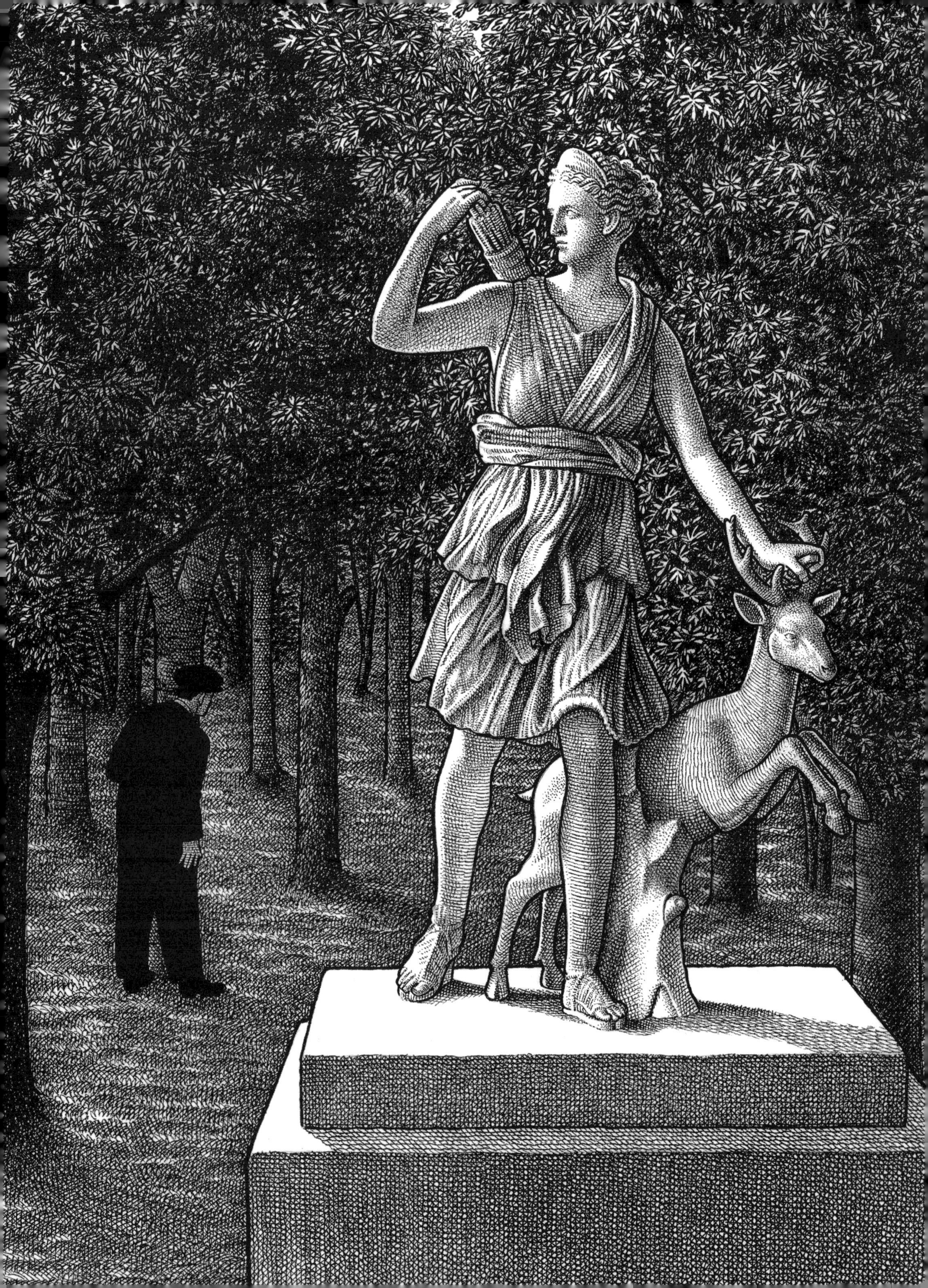

SCHLIESSLICH ERREICHTEN SIE IHR ZIEL, EIN GROSSES, ALTES ANWESEN AUF EINER WALDLICHTUNG. BENNY WAR VERWIRRT, DENN OBGLEICH ER DIE UMGEBUNG WIE SEINE WESTENTASCHE KANNTE, HATTE ER DAS HAUS NOCH NIE GESEHEN, ER WUSSTE NOCH NICHT EINMAL VON DESSEN EXISTENZ.

EINE WEILE LANG STAND ER IM SCHATTEN DER BÄUME UND WARTETE AUF DEN EINBRUCH DER NACHT.

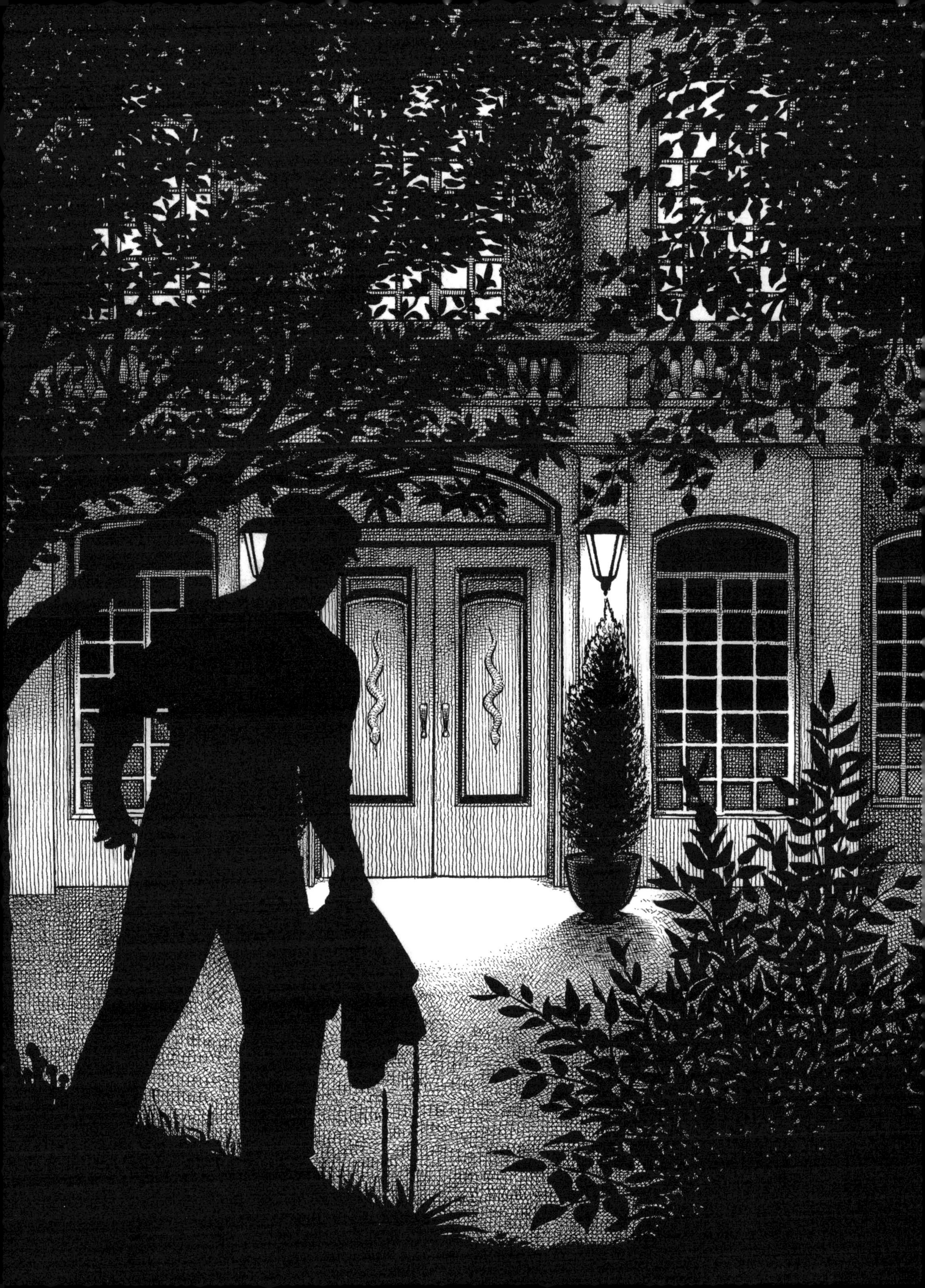

ALS ES DUNKEL WURDE UND DIE GRILLEN IHR NÄCHTLICHES ZIRPEN BEGANNEN, GING BENNY HINÜBER ZUR EINEN SEITE DES HAUSES UND SCHLICH DANN AUF ZEHENSPITZEN AN DAS EINZIGE BELEUCHTETE FENSTER DES ERDGESCHOSSES.

DORT STAND BECKY, IN SEIDE GEKLEIDET, WÄHREND EIN DIENSTMÄDCHEN IHR EIN BAD EINLIESS.

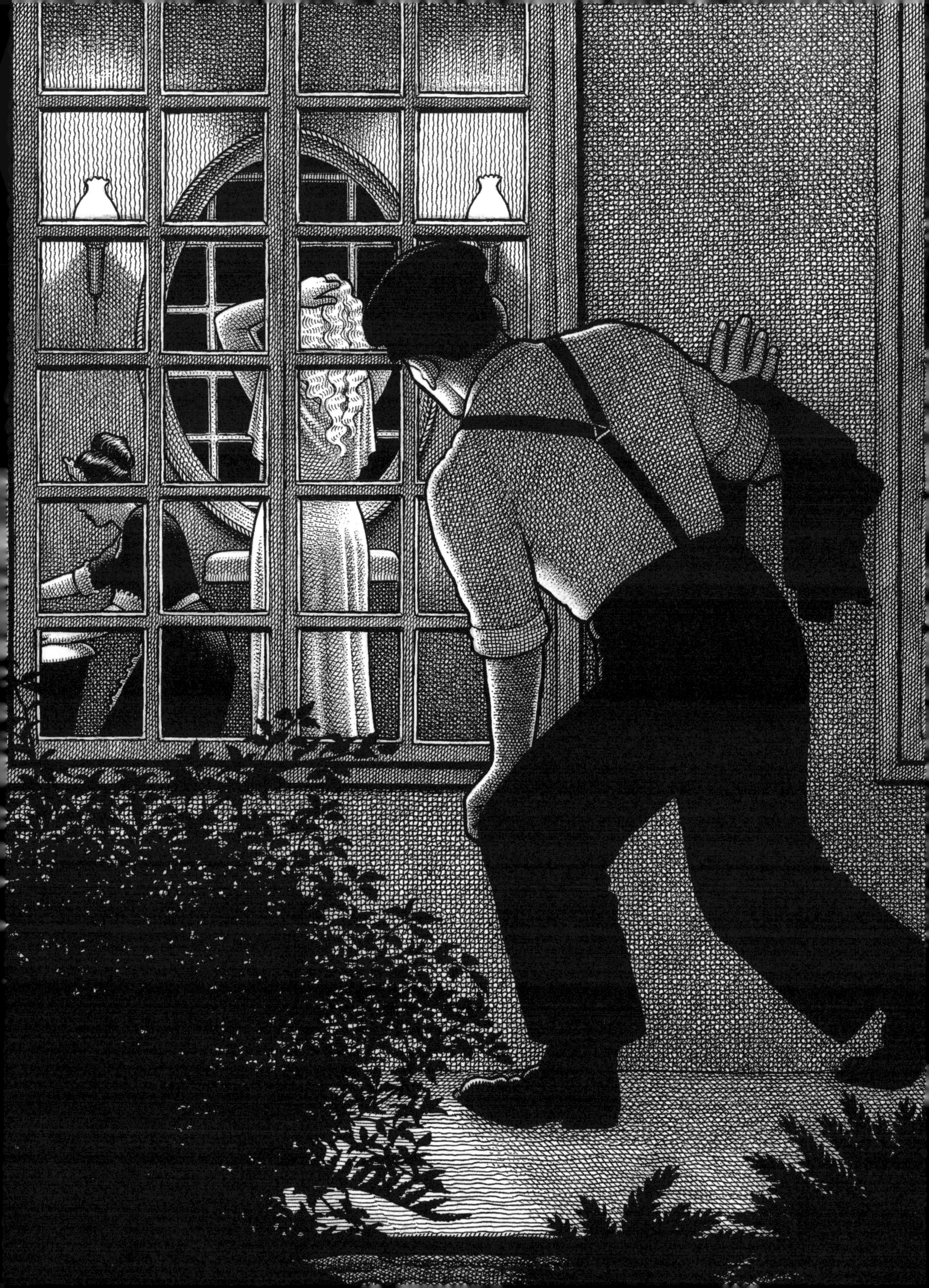

IHRE HAUT WAR GLATT UND MAKELLOS, WIE ALABASTER. NOCH NIE HATTE BENNY ETWAS SO SCHÖNES GESEHEN. SEIN KÖRPER BEBTE VOR VERLANGEN, WIE ER ES NIE ZUVOR GESPÜRT HATTE.

ALS SIE SICH ENTKLEIDETE UND IN DAS BAD STIEG, EJAKULIERTE BENNY IN SEINE HOSE UND STIESS DABEI EINEN LAUTEN SEUFZER AUS …

BECKY SCHRECKTE AUF UND SAH ZU IHM HINÜBER.

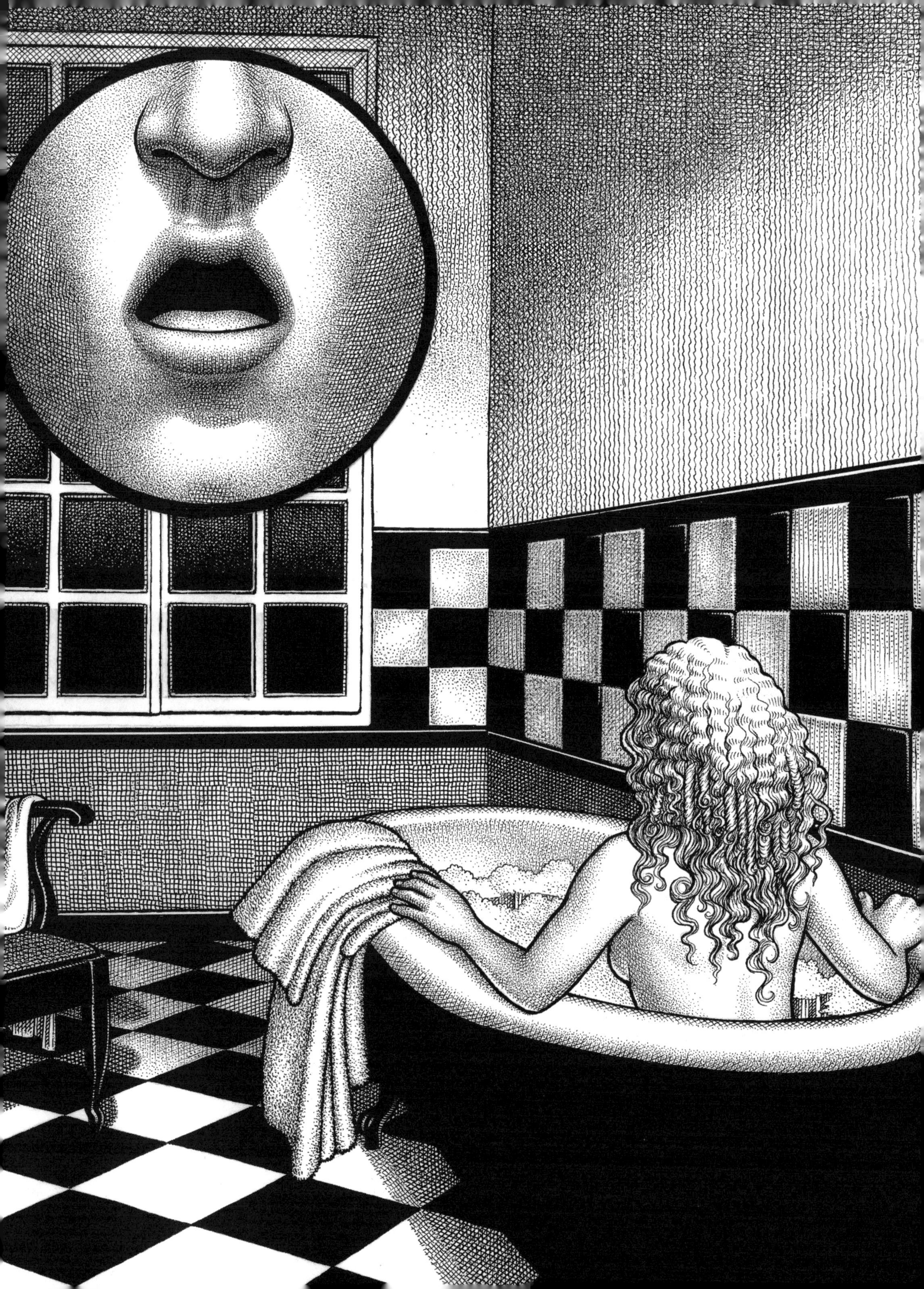

Panisch ergriff er die Flucht. Er fühlte, wie sein Herz in seinem Unterleib hämmerte, in seiner Brust, in seinem Hals. Sein gesamter Körper schien sich in ein einziges pochendes, geschwollenes, pulsierendes Organ verwandelt zu haben, das fast platzte.

Er hatte sich noch nie so lebendig gefühlt ...

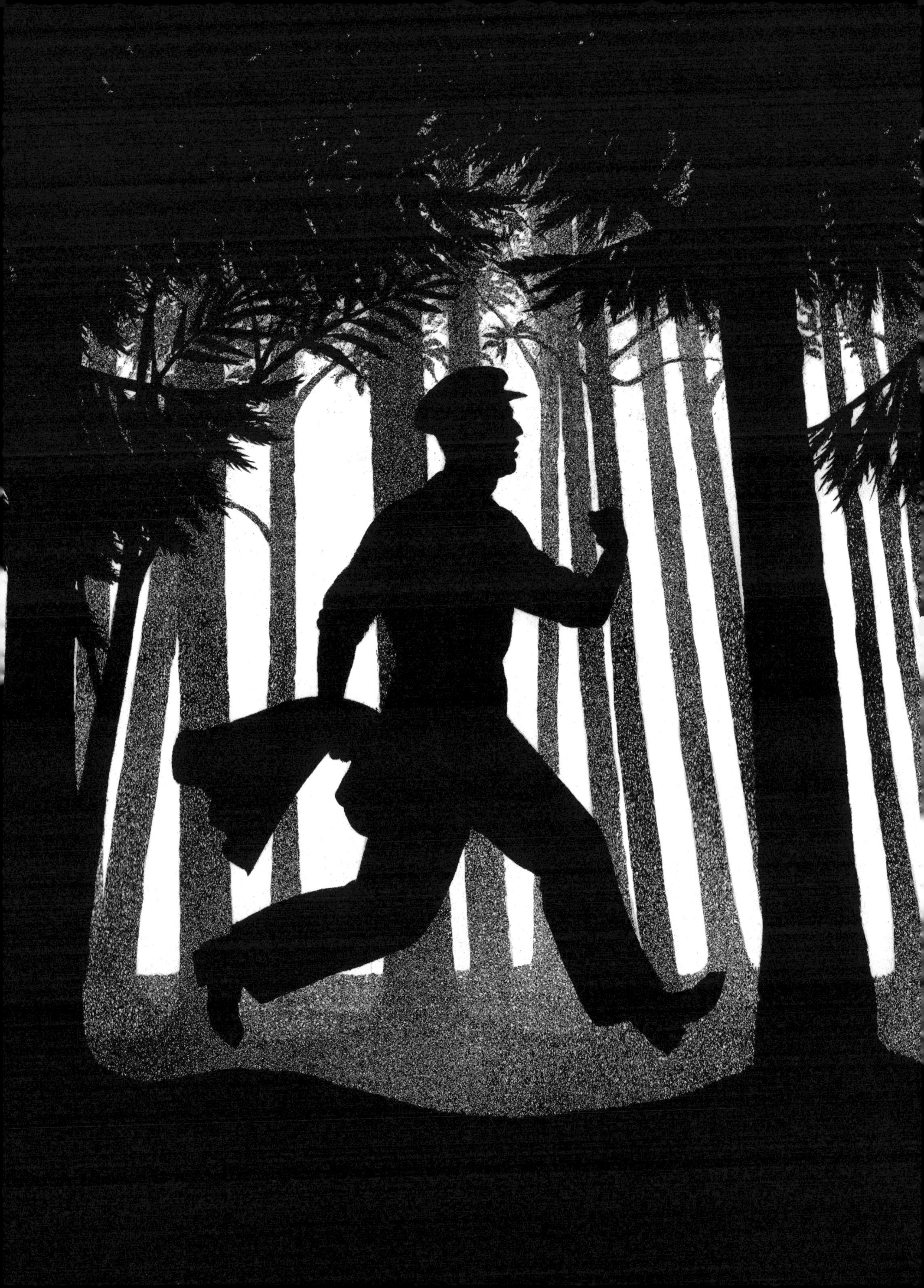

ER RANNTE, SO SCHNELL IHN SEINE BEINE TRUGEN, UND HIELT ERST AN, ALS ER SEIN HAUS AUF DER GERBERSTRASSE ERREICHT HATTE.

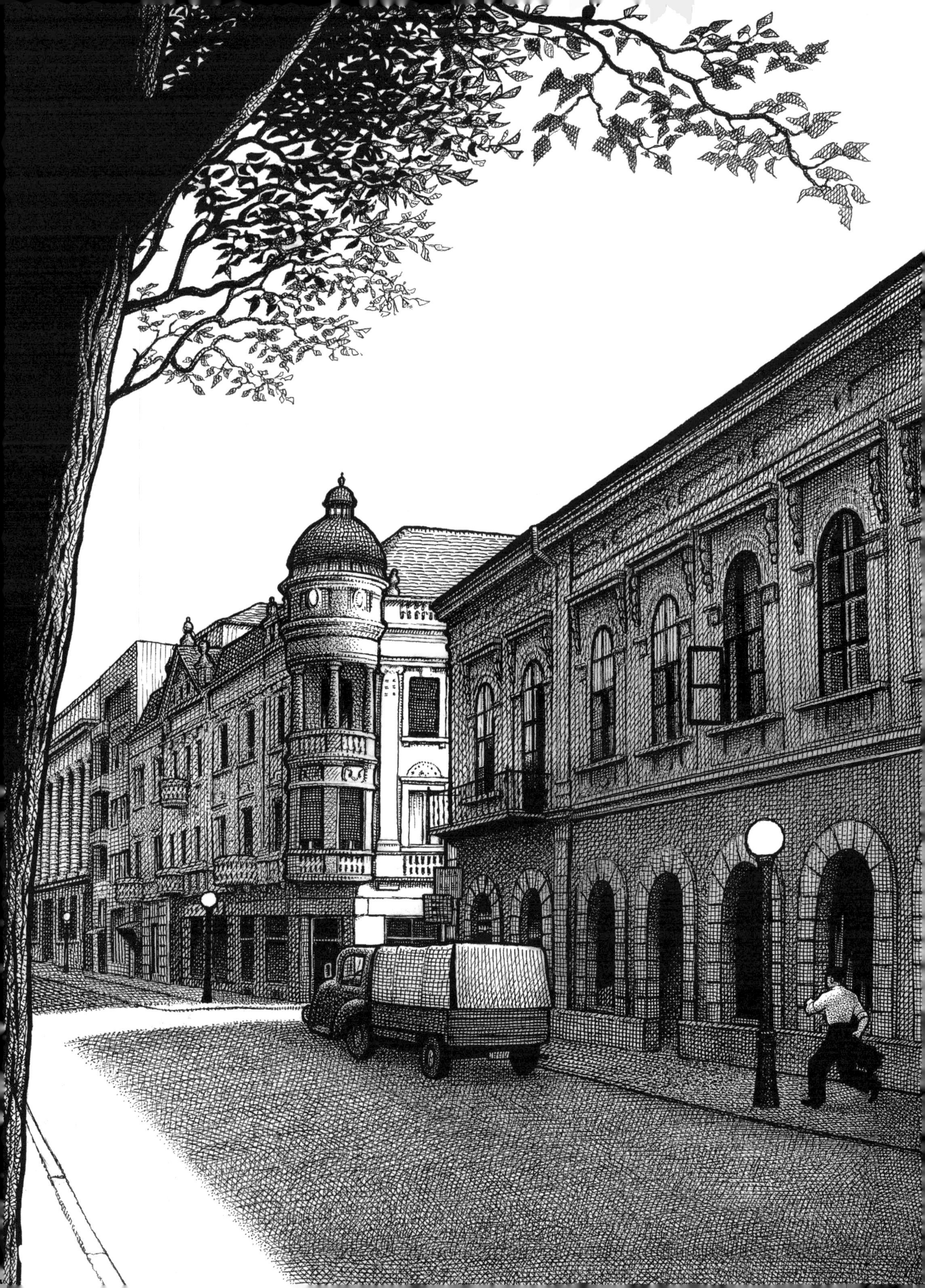

ALS SICH SEIN ATEM WIEDER BERUHIGT UND ER SICH ETWAS GESAMMELT HATTE, ERINNERTE SICH BENNY AN DAS SKIZZENBUCH, DAS ER ZUVOR IN SEINE TASCHE GESTECKT HATTE.

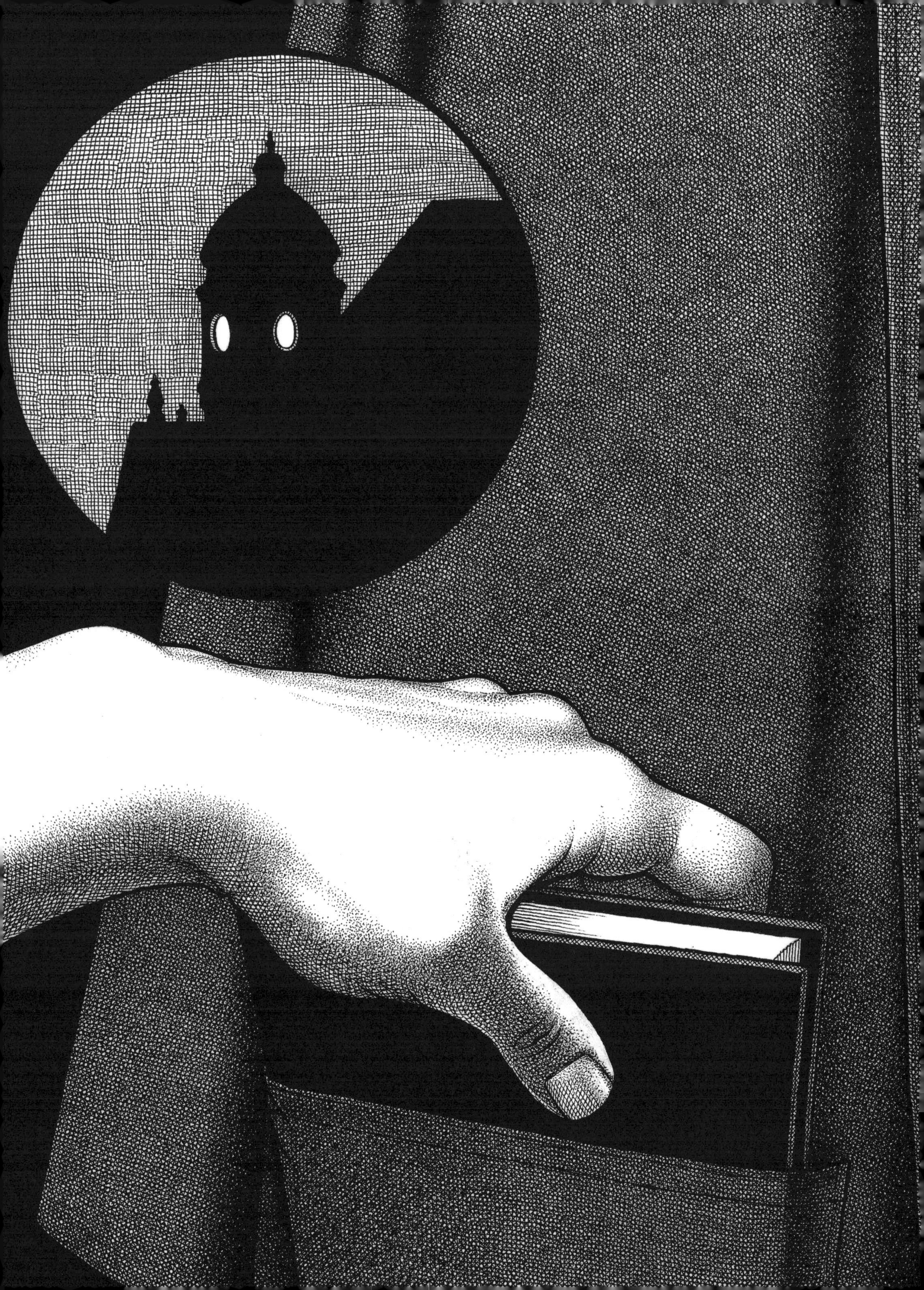

ES WAR VOLLER ZEICHNUNGEN EROTISCHER NATUR, IN DENEN DIE MÄNNLICHE FIGUR STETS EINE ERSCHRECKENDE ÄHNLICHKEIT MIT BENNY AUFWIES. EIN SELTSAMES GEFÜHL ÜBERKAM IHN, SO ETWAS WIE EIN DÉJÀ-VU. ER BLÄTTERTE ZURÜCK ZUR ERSTEN SEITE DES BUCHES ... UND DORT FAND ER ES, EINE ZEICHNUNG VON IHM, WIE ER DURCH DAS FENSTER DER ABSTELLKAMMER BECKY BEOBACHTETE ...

AUF DEN NÄCHSTEN SEITEN WAREN DIE RESTLICHEN EREIGNISSE DES TAGES DARGESTELLT: BENNY, WIE ER BECKY NACH HAUSE FOLGTE, WIE ER IM SCHATTEN DER BÄUME WARTETE, WIE ER SIE DURCH DAS FENSTER DES BADEZIMMERS BEOBACHTETE ...

UND WIE ER WEGRANNTE.

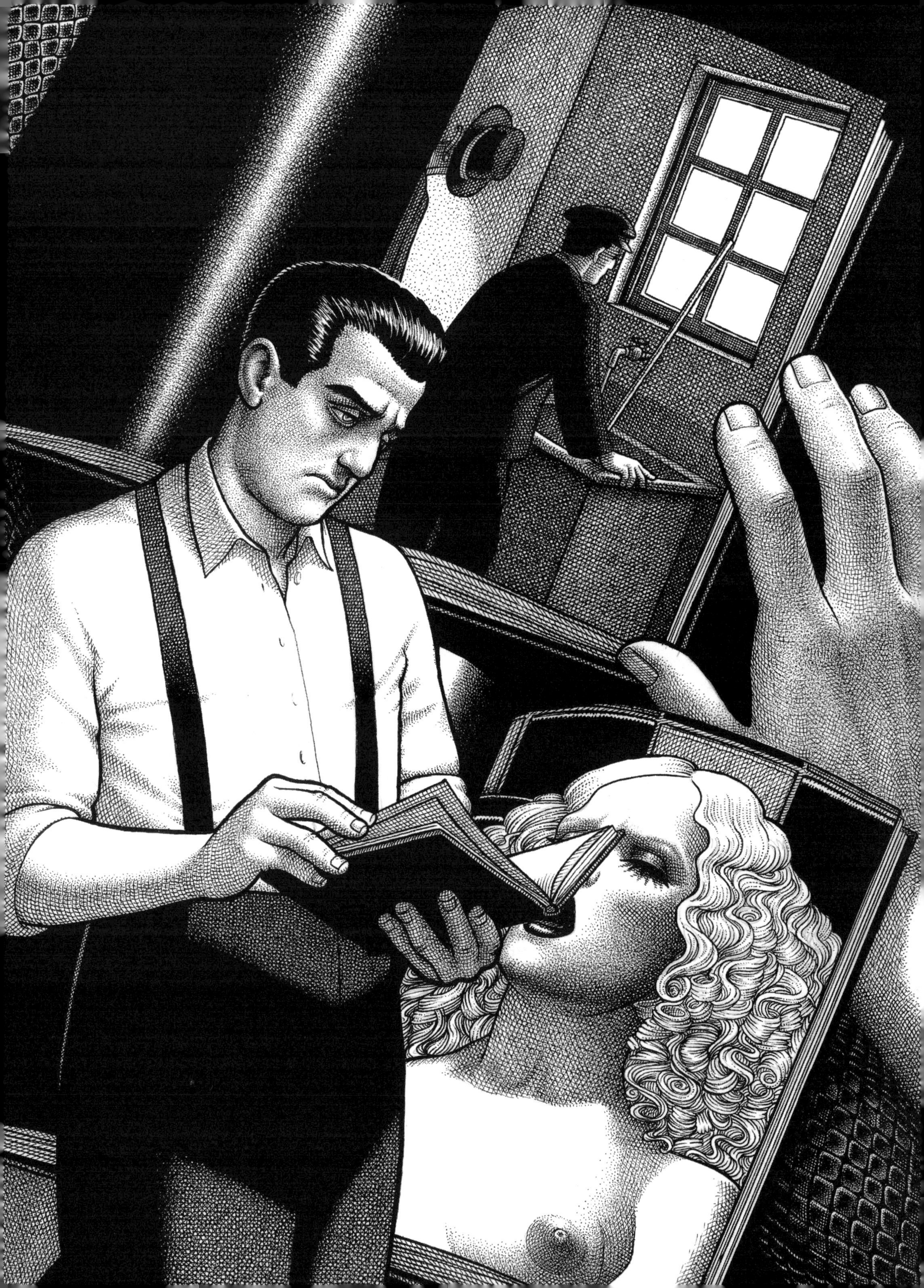

Doch das Buch endete nicht damit, es ging noch weiter, mit Zeichnungen von Benny, Becky, ihrem Dienstmädchen und ihrer Begleiterin aus dem Zoo, bei verschiedensten sexuellen Akten.

Ihm wurde klar, dass die Begegnung mit Becky keinesfalls eine rein zufällige gewesen war und dass sie das Skizzenbuch absichtlich dort gelassen hatte, damit er es fand.

Vielleicht ... als Einladung für ihn, diese Fantasien auszuleben.

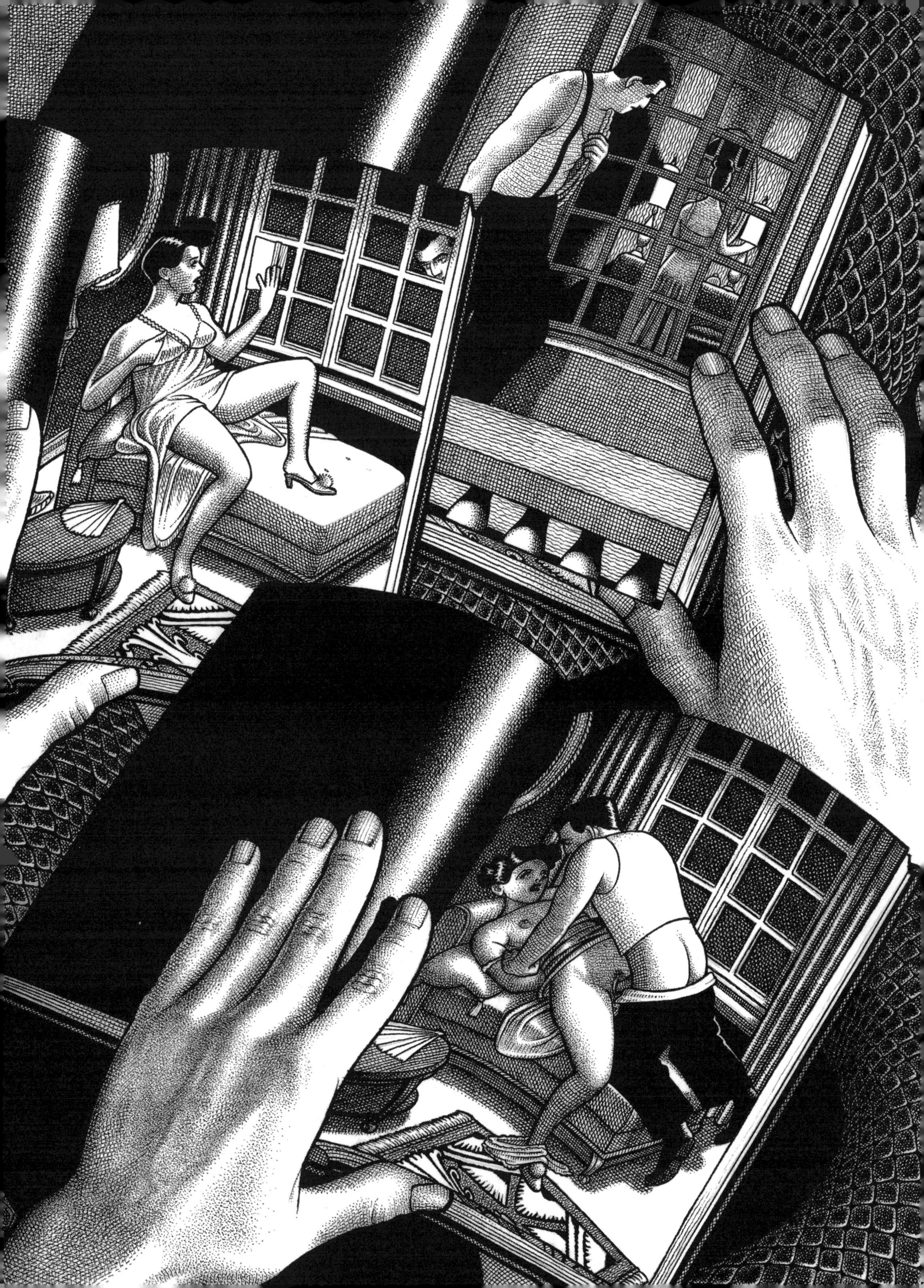

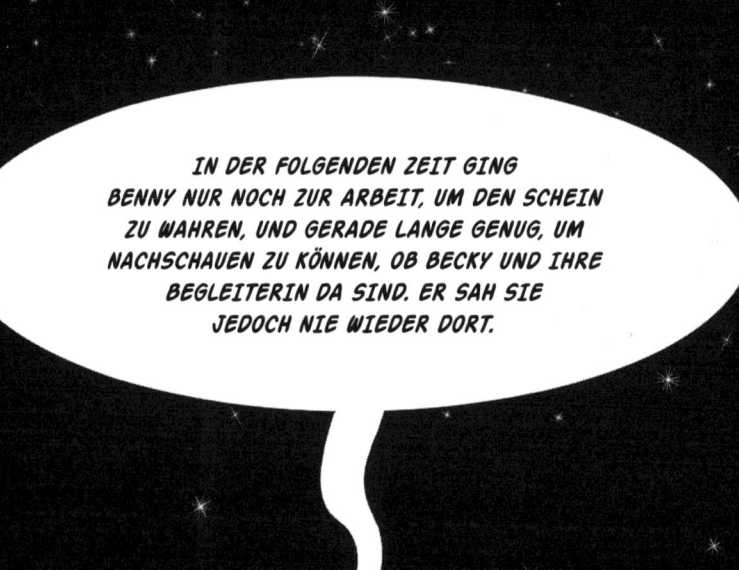

IN DER FOLGENDEN ZEIT GING BENNY NUR NOCH ZUR ARBEIT, UM DEN SCHEIN ZU WAHREN, UND GERADE LANGE GENUG, UM NACHSCHAUEN ZU KÖNNEN, OB BECKY UND IHRE BEGLEITERIN DA SIND. ER SAH SIE JEDOCH NIE WIEDER DORT.

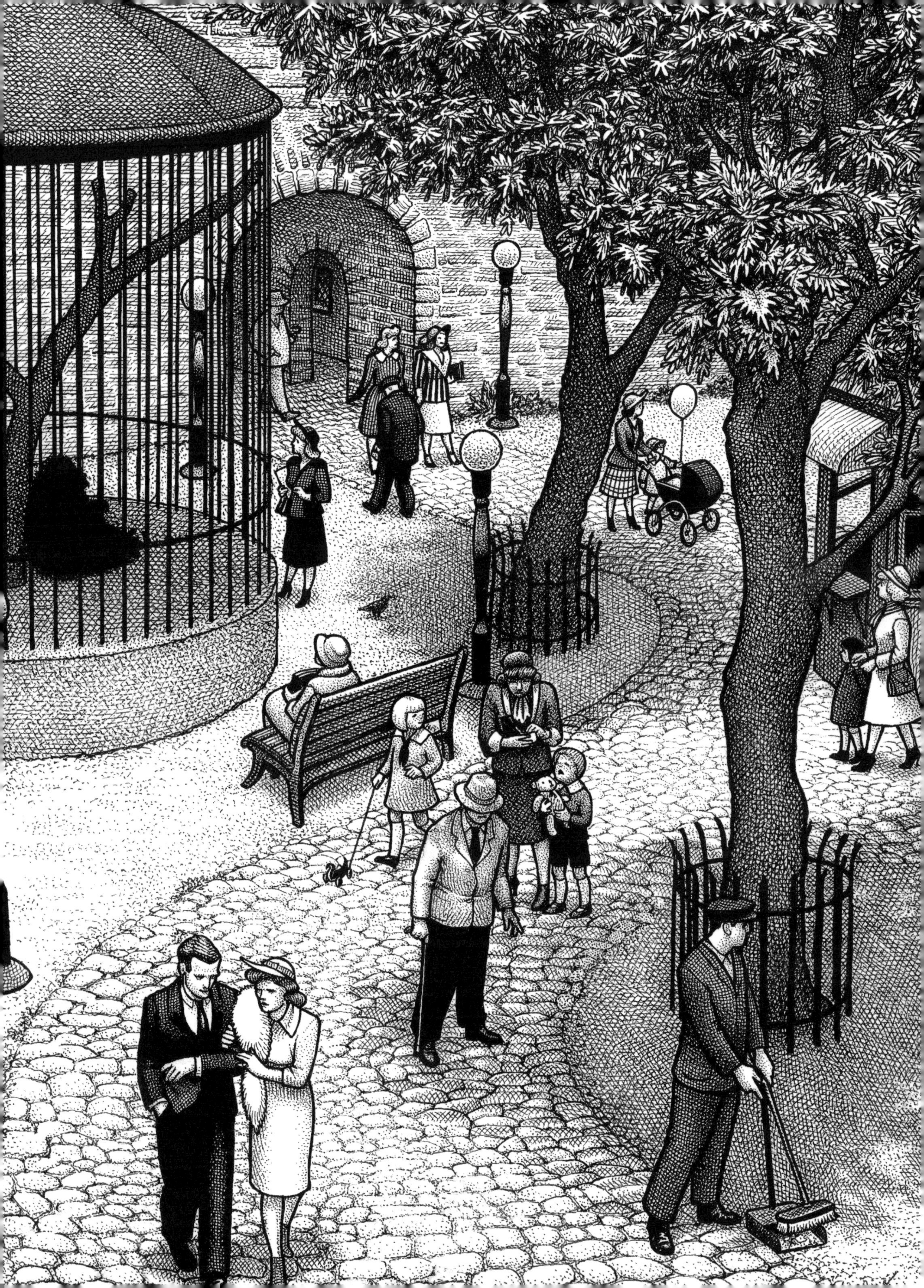

SO VERBRACHTE BENNY DIE MEISTE ZEIT ZU HAUSE UND MACHTE SICH NÄHER MIT DEM BUCH VERTRAUT. ER VERSANK GERADEZU DARIN.

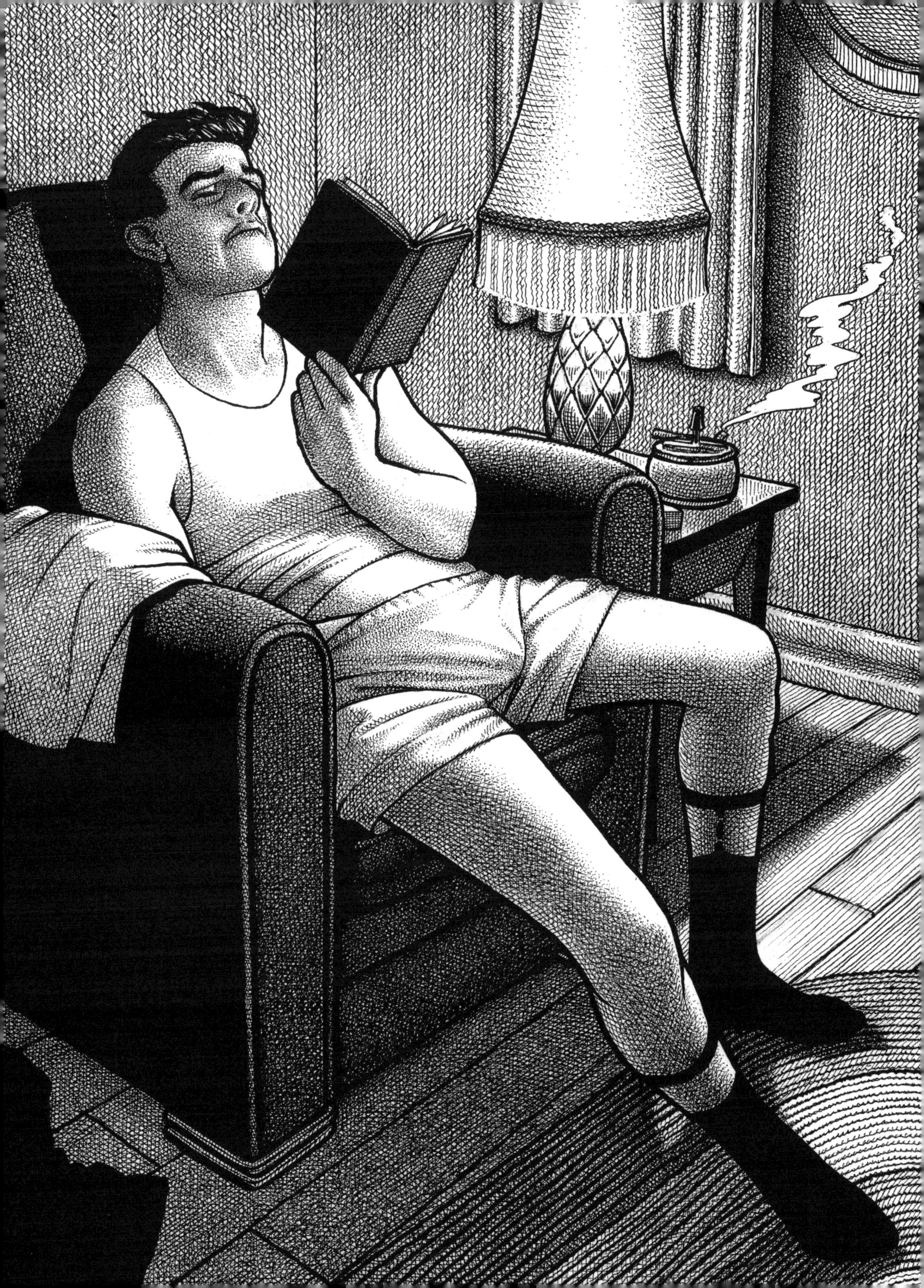

> STUNDENLANG VERTIEFTE ER SICH IN DIE ZEICHNUNGEN UND STUDIERTE SORGFÄLTIG DIE NOTIZZETTEL, DIE ER ZWISCHEN DEN SEITEN FAND.

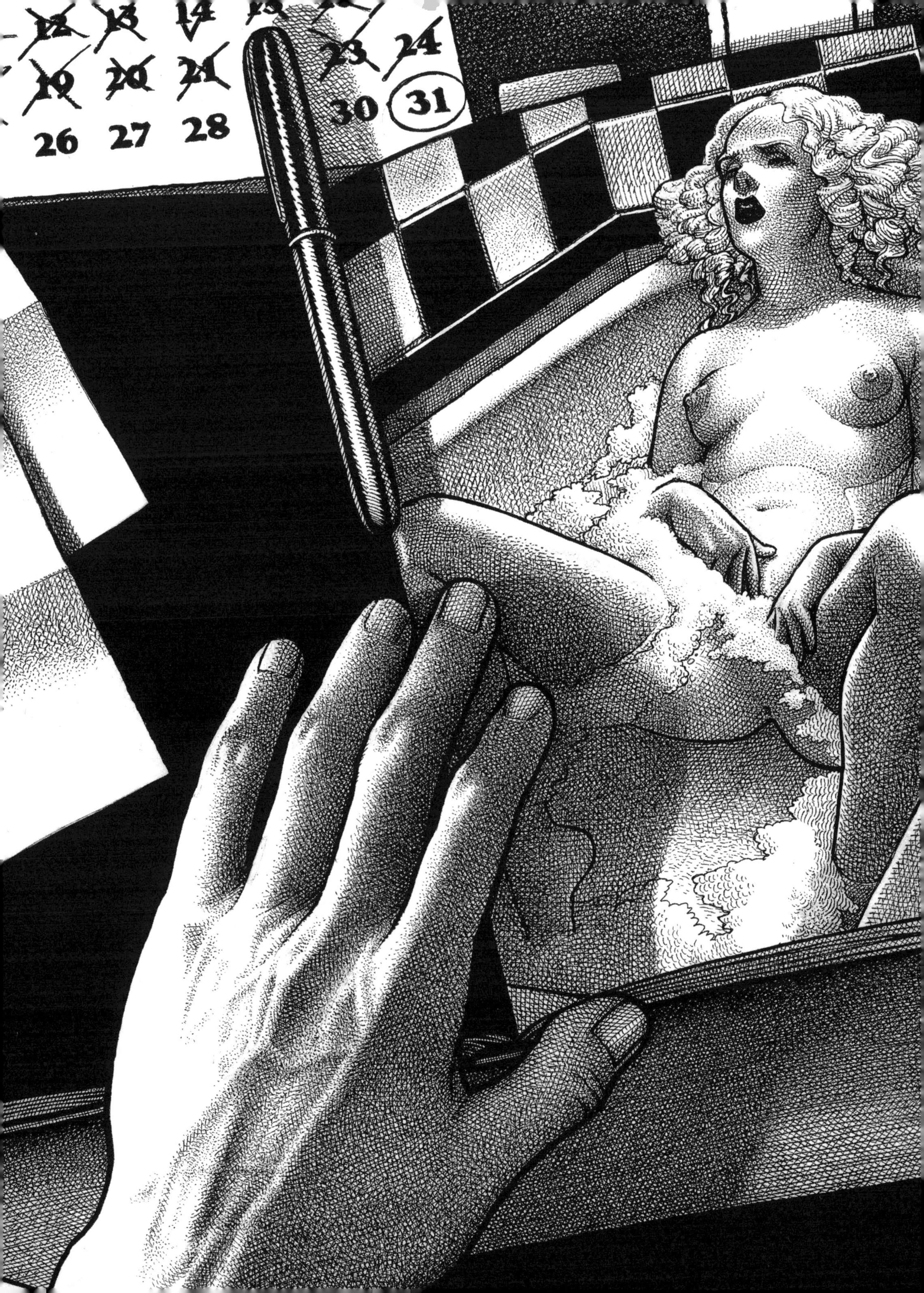
12 13 14
19 20 21
26 27 28
23 24
30 31

JEDE SEXUELLE BEGEGNUNG WAR GEKENNZEICHNET VON EINER BESTIMMTEN MONDPHASE UND DER GENAUEN UHRZEIT, ZU DER DAS ZUSAMMENTREFFEN ERFOLGEN MUSSTE, WOBEI DAS ERSTE DAVON DREI TAGE NACH NEUMOND STATTFINDEN SOLLTE.

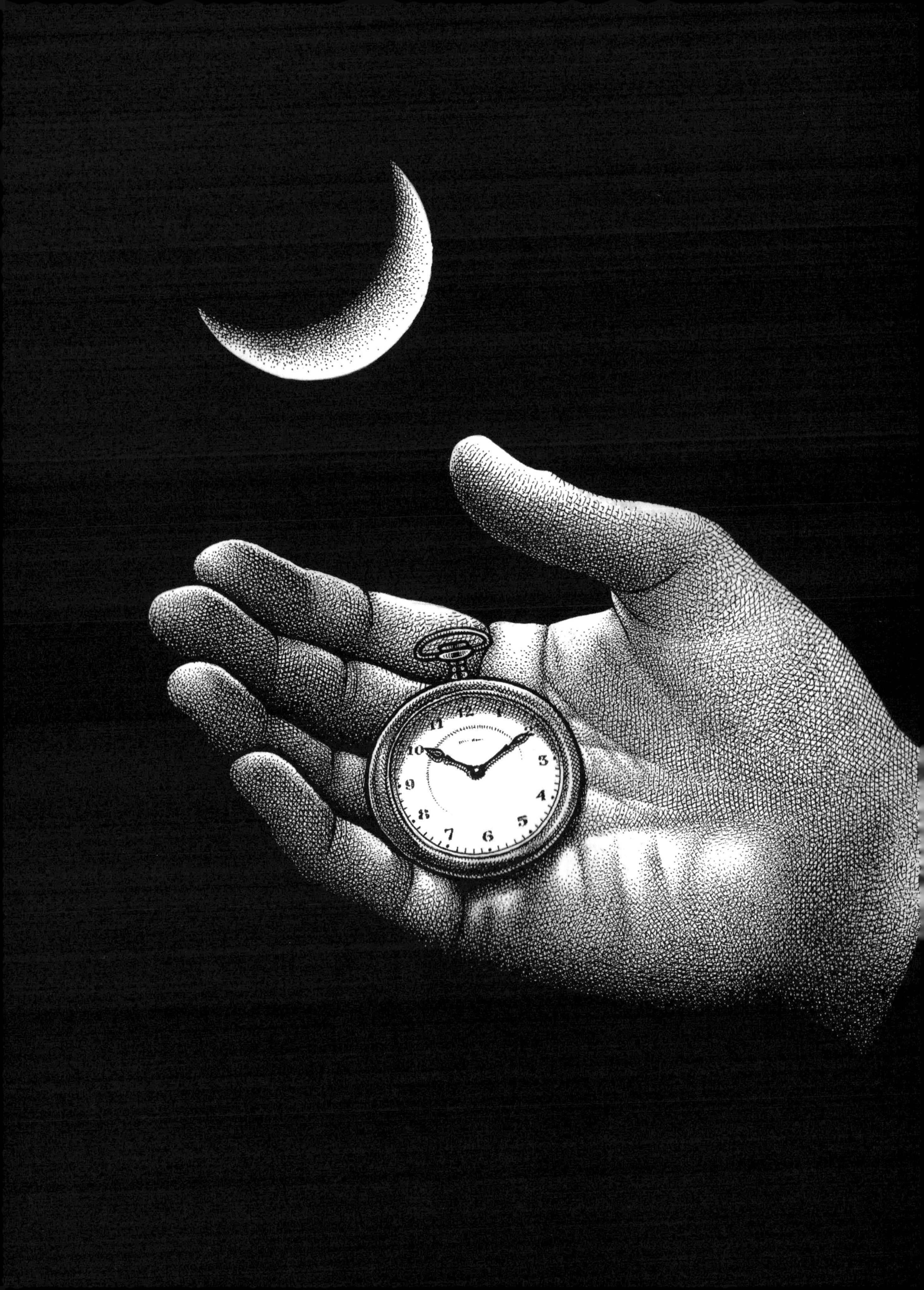

Als die Nacht des zunehmenden Sichelmondes endlich gekommen war, verliess Benny, mittlerweile ein nervliches Wrack, seine Wohnung. Dabei vergass er, das Licht auszuschalten.

Er betrat die Altstadt, als der Mond gerade am Nachthimmel erschien.

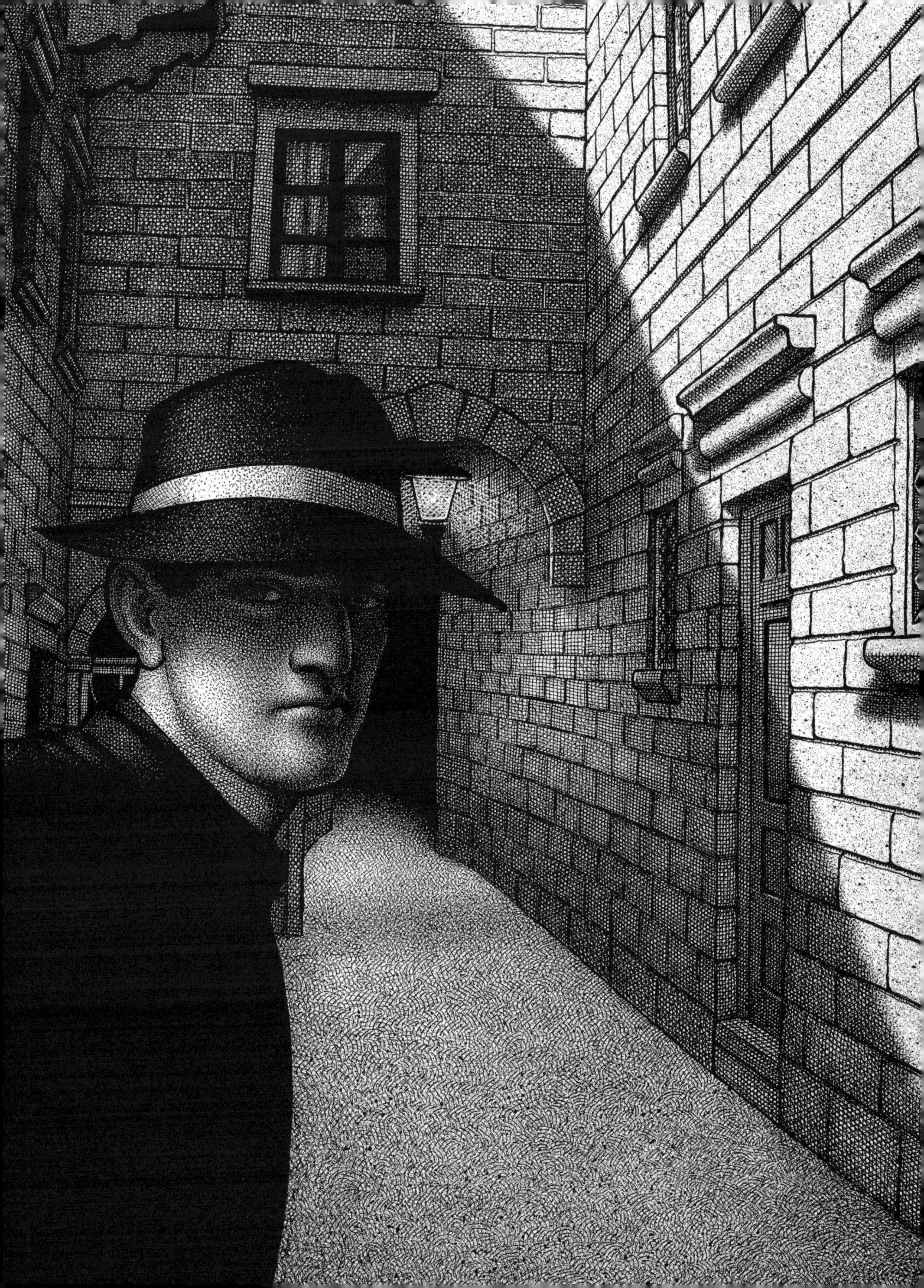

ER KAM AN DEM RÖMISCHEN BRUNNEN VORBEI UND HIELT KURZ AN, UM SICH EINE ZIGARETTE ANZUZÜNDEN.

SEIN MAGEN KNURRTE UND IHM WURDE PLÖTZLICH BEWUSST, DASS ER DEN GANZEN TAG NOCH NICHTS GEGESSEN HATTE.

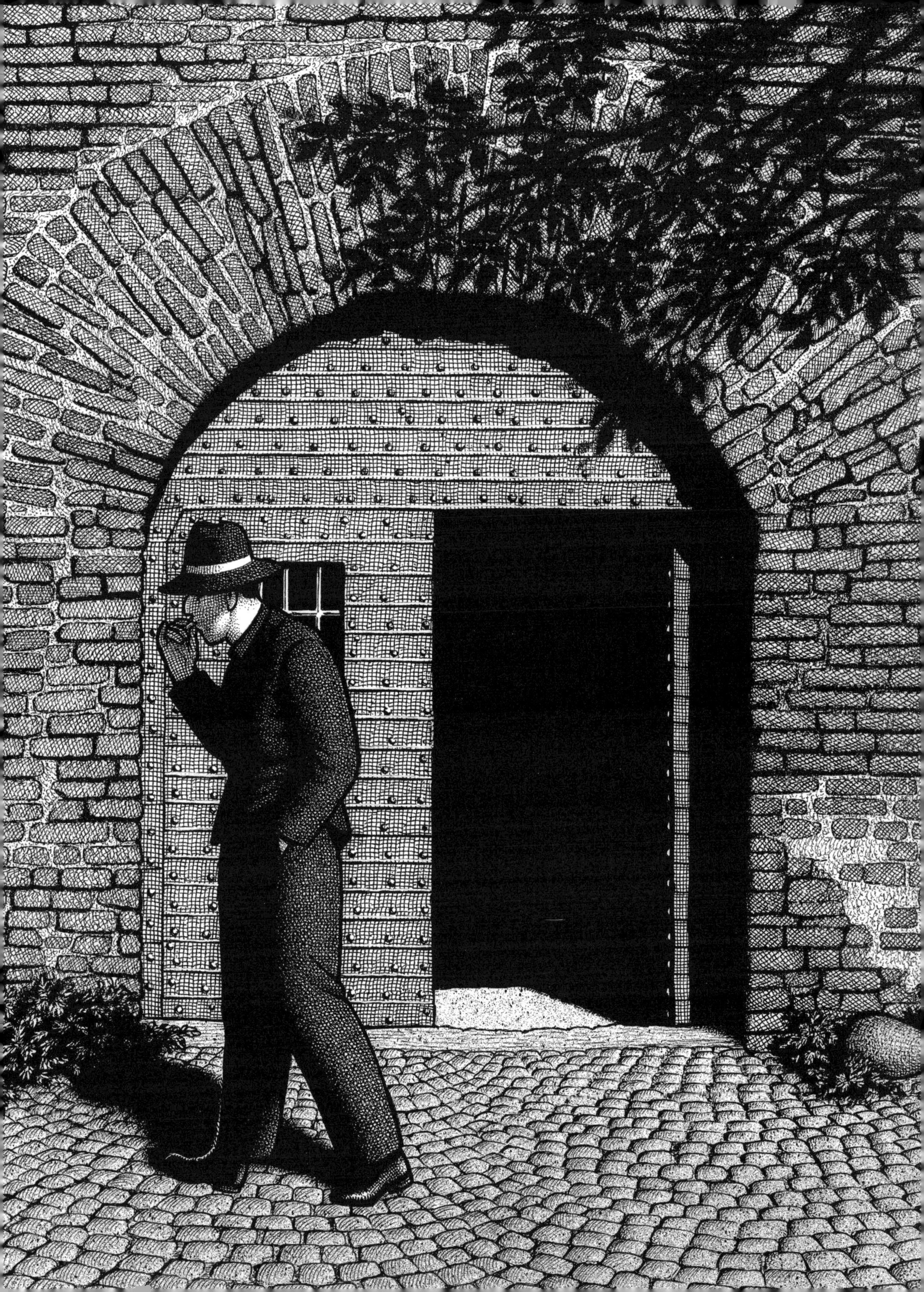

DIE NACHT WAR ERFÜLLT VON DEN GERÄUSCHEN DER FRÖSCHE, DER GRILLEN UND DES PLÄTSCHERNDEN WASSERS DES NAHE GELEGENEN BACHS. ER HATTE DEN WALD BEREITS ZUR HÄLFTE DURCHQUERT, ALS MERKUR AUF EINMAL AM HIMMEL AUFTAUCHTE. BENNY WAR SCHWEISSGEBADET ...

DOCH ER SCHIEN ES KAUM ZU BEMERKEN.

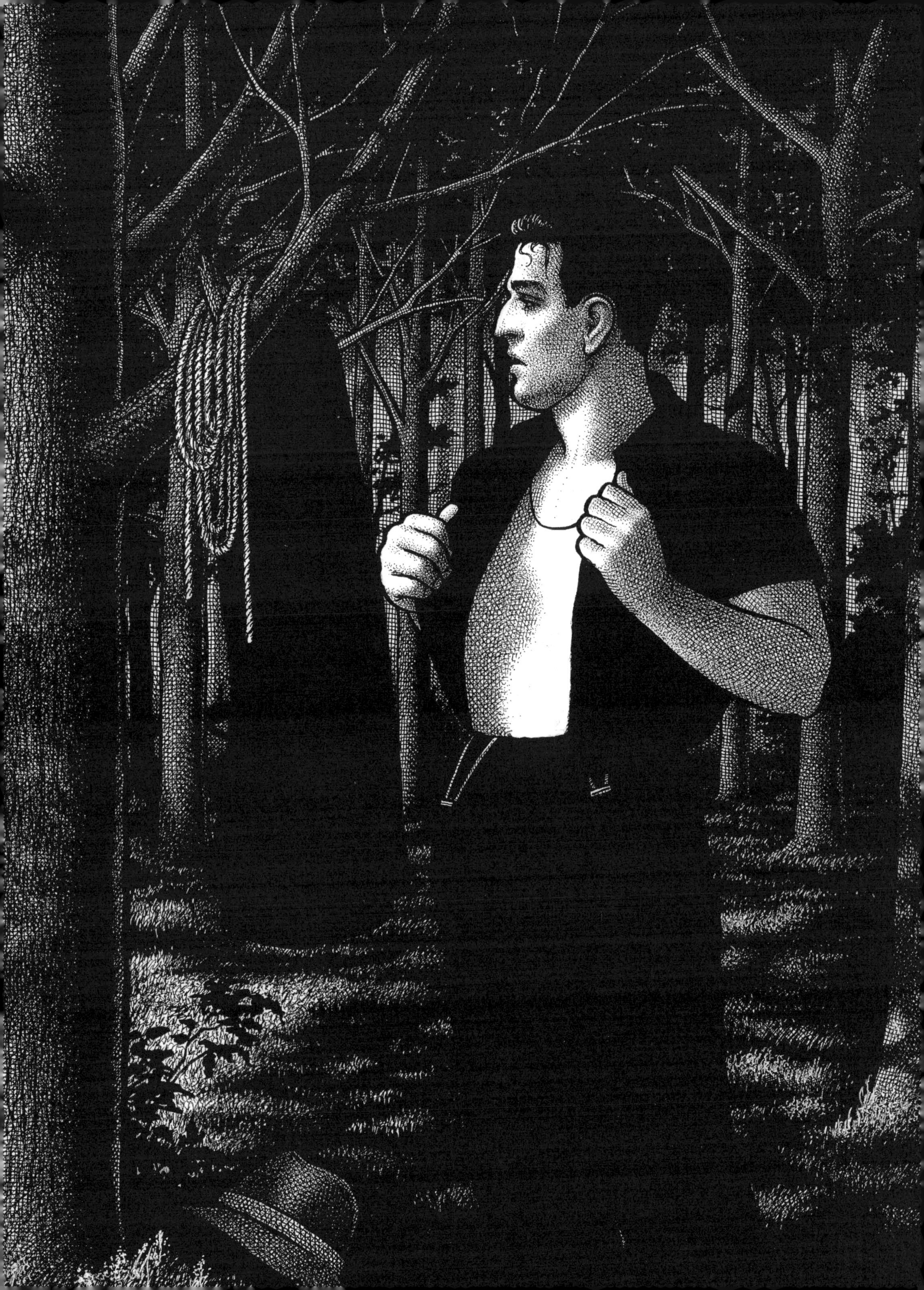

> IHM SCHIEN, ER LAUFE BEREITS SEIT STUNDEN DURCH DEN WALD, ALS ER ENDLICH SEIN ZIEL ERREICHTE. DIE LEITER WAR AN DER BESCHRIEBENEN STELLE AUFGESTELLT WORDEN UND WARTETE AUF IHN.

> ER KLETTERTE AUF DEN BALKON. EINE GROSSE ANSPANNUNG ZOG SICH AUS DER TIEFE SEINES HALSES BIS HINAUF IN SEINEN KOPF …

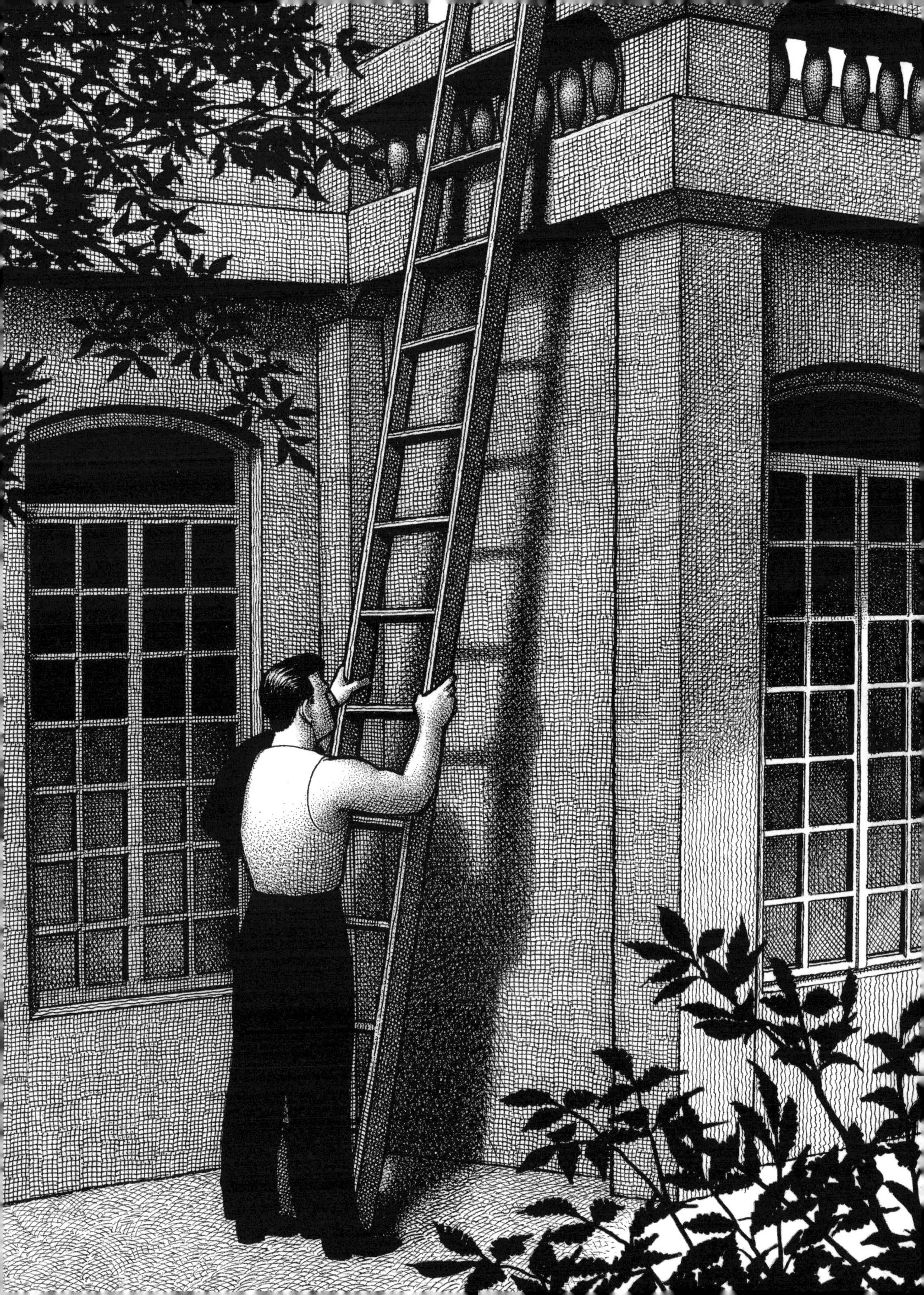

BECKYS BEGLEITERIN AUS DEM ZOO GING GERADE ZU BETT.

ALLES WAR SO WIE IM BUCH BESCHRIEBEN. BENNY HATTE ALLE SCHRITTE BEFOLGT UND WAR ZUR VORGEGEBENEN ZEIT GEKOMMEN.

NUN MUSSTE ER NUR DORT STEHEN BLEIBEN UND AUF DAS ZEICHEN WARTEN …

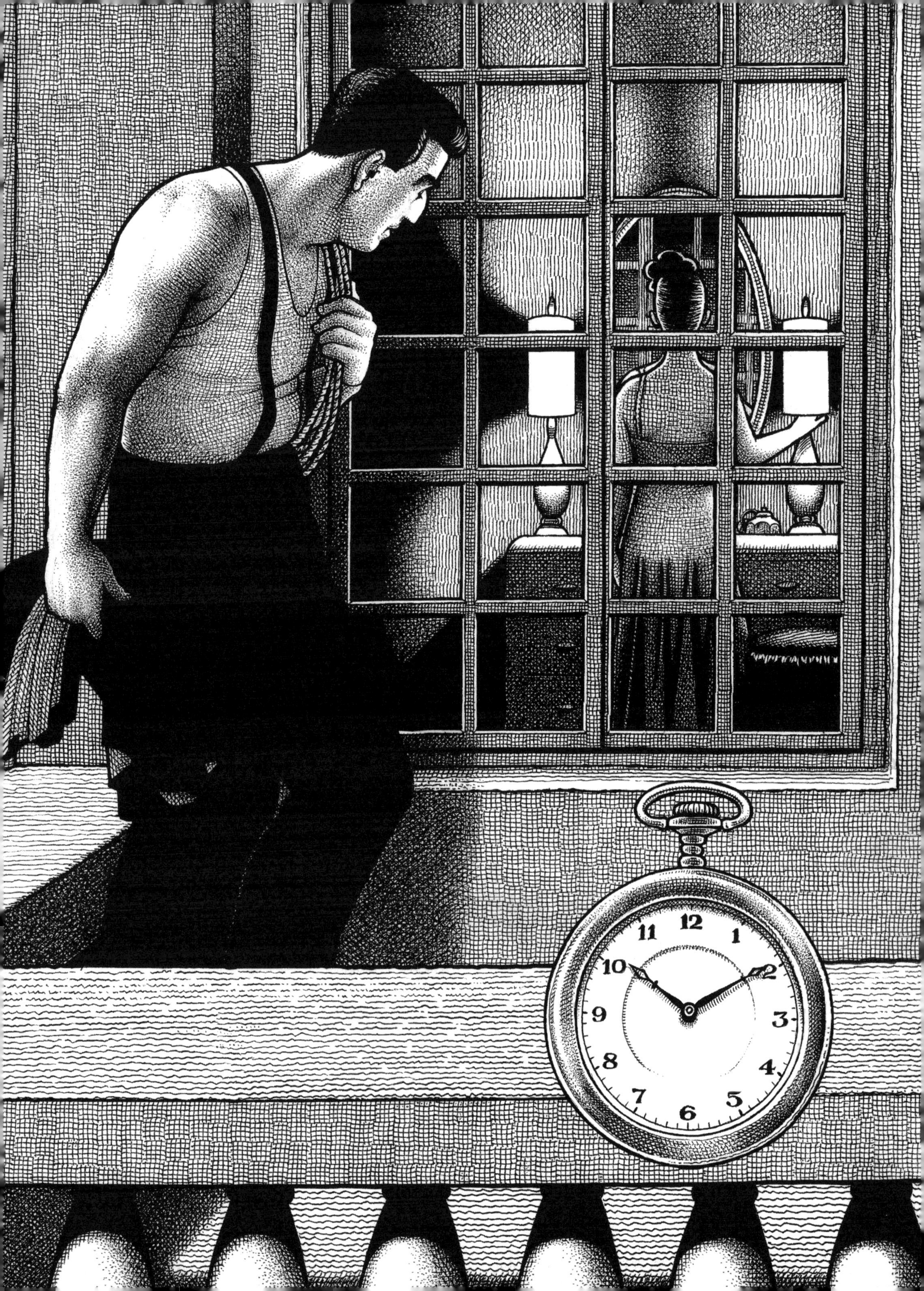

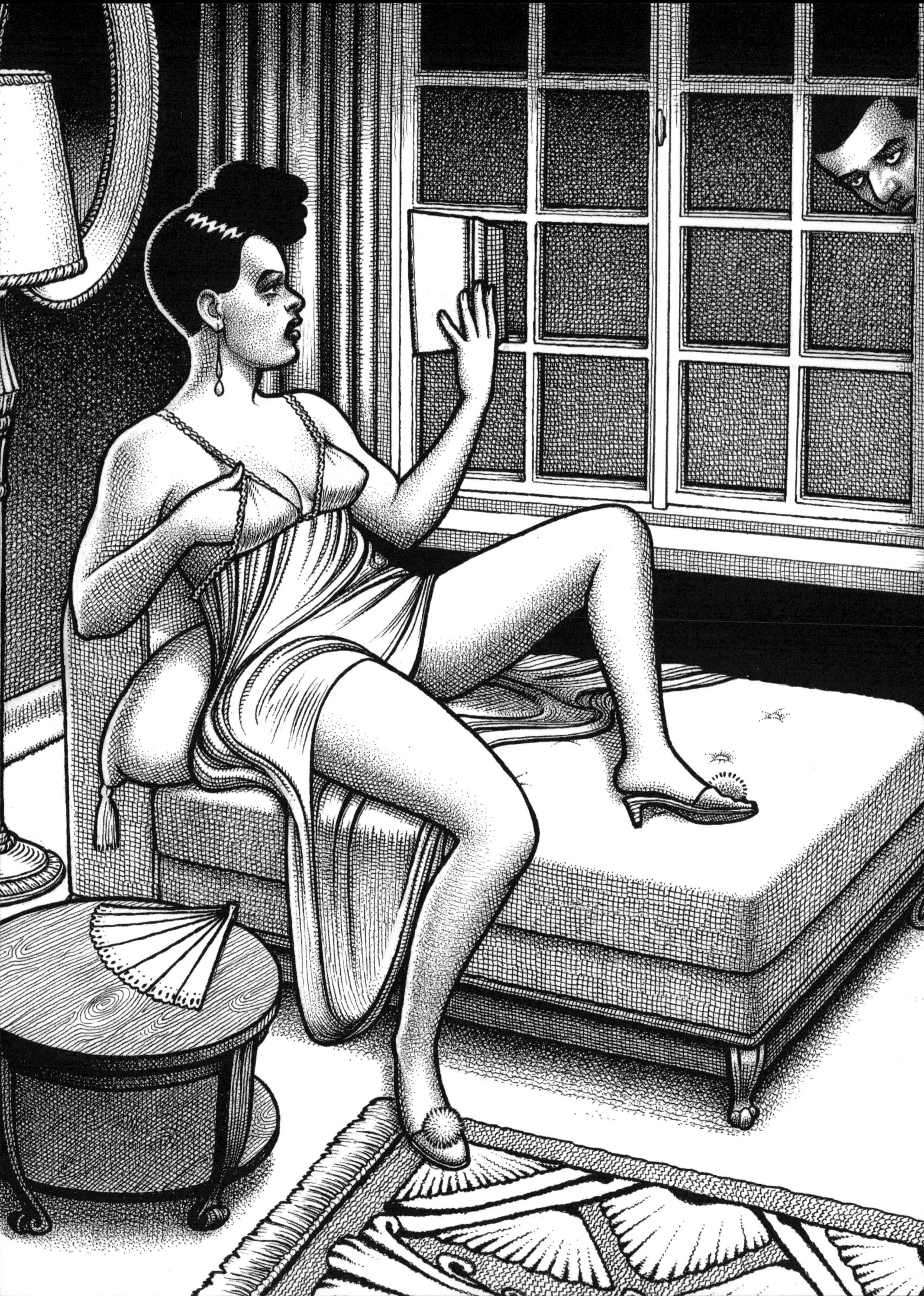

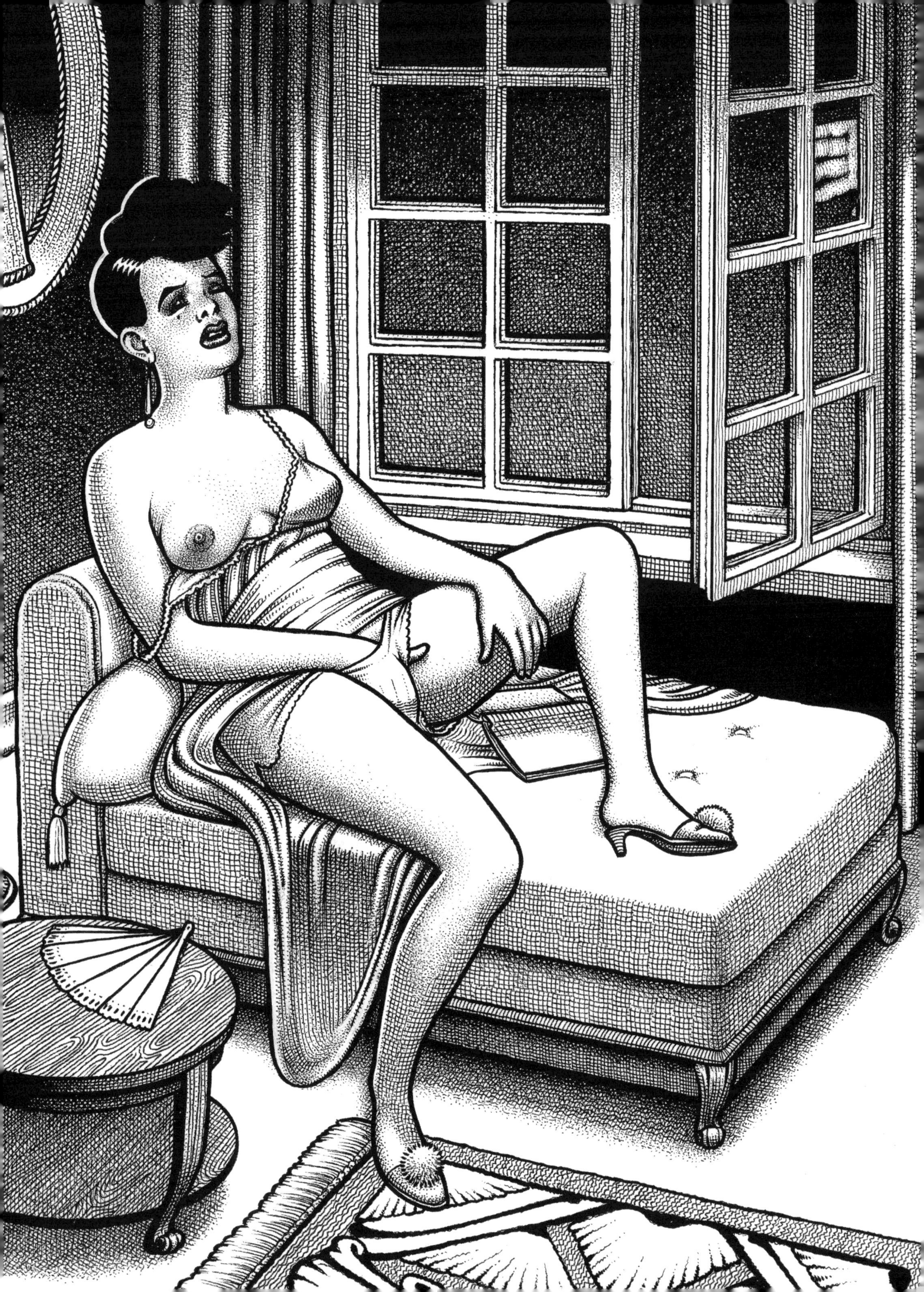

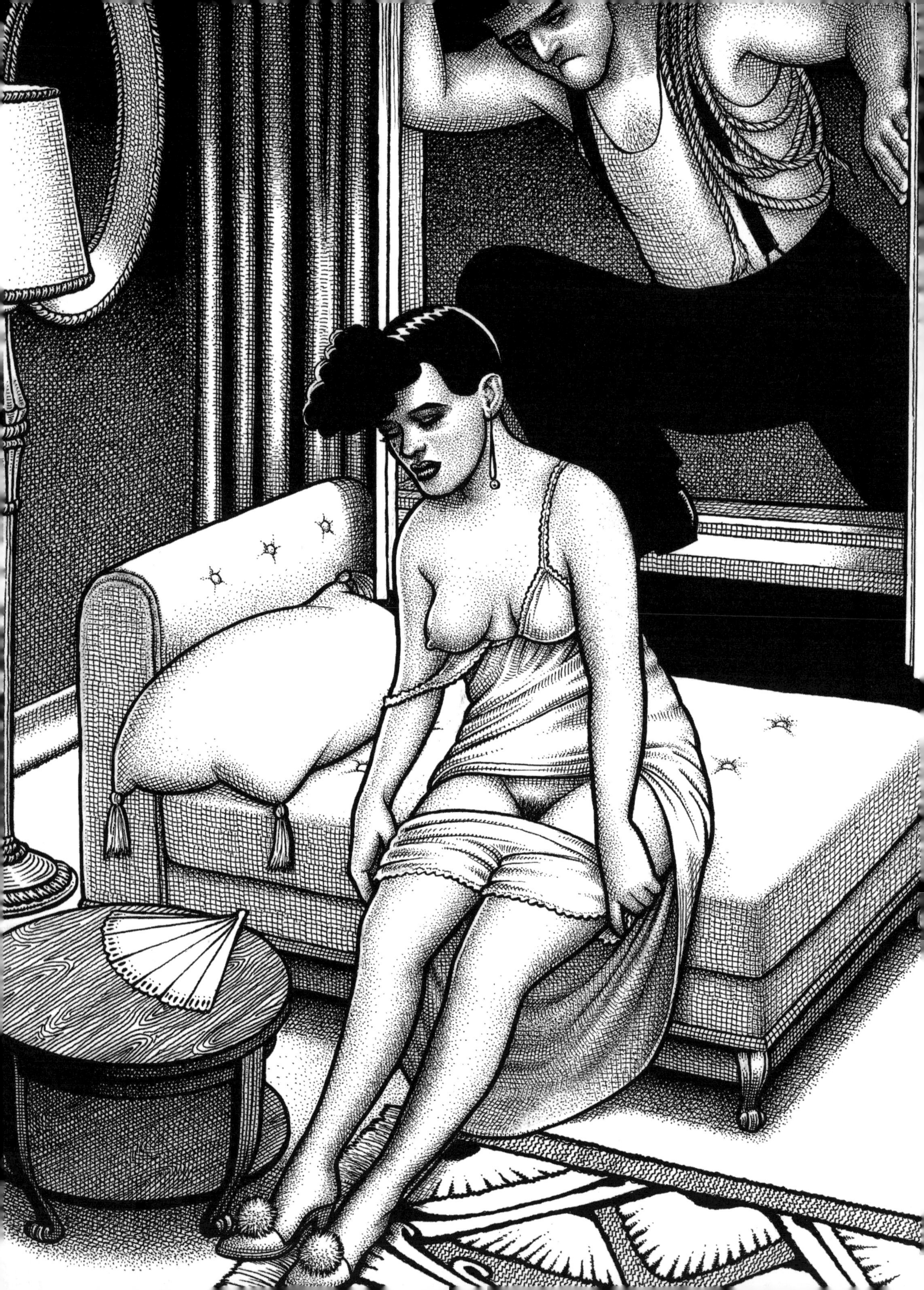

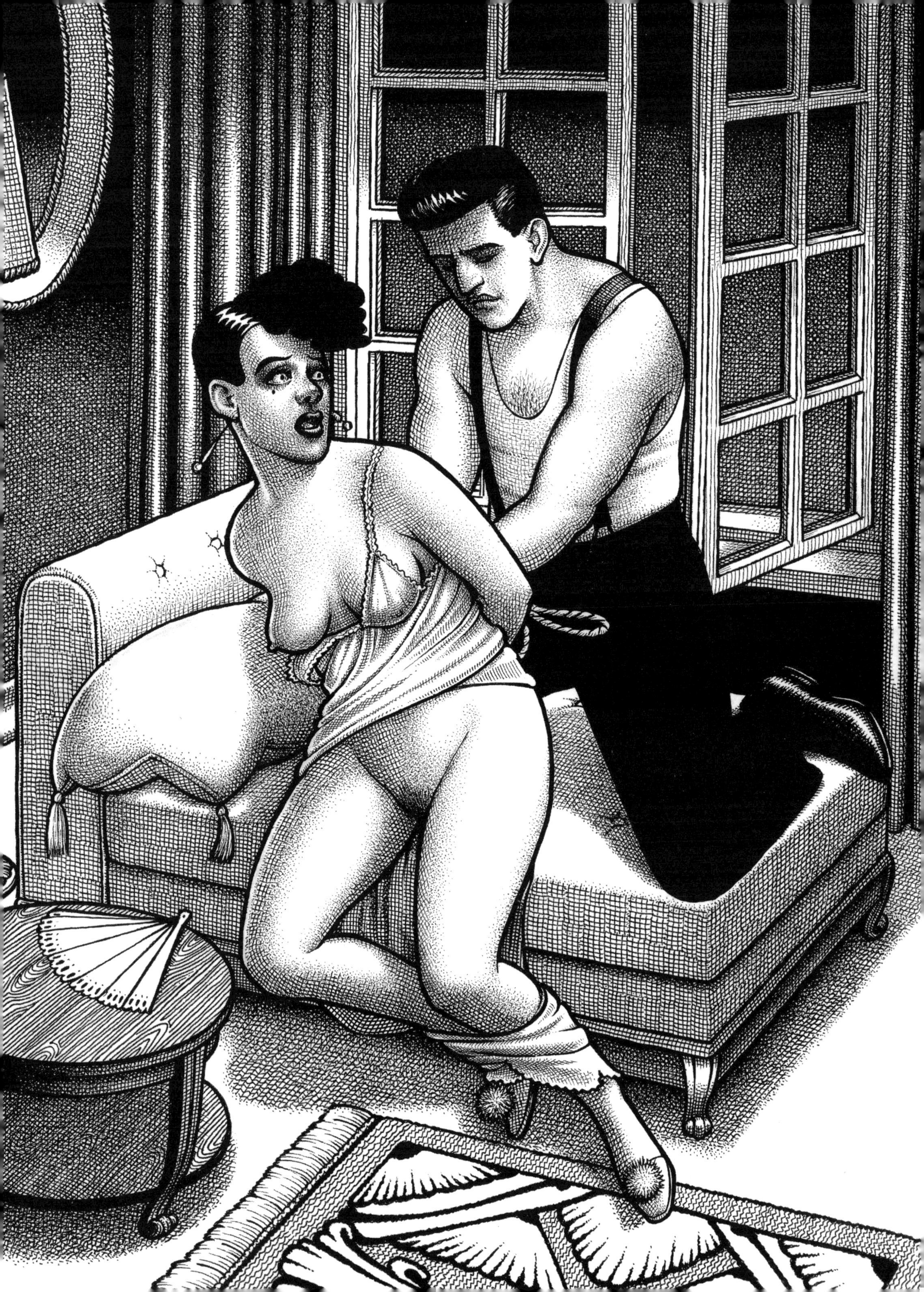

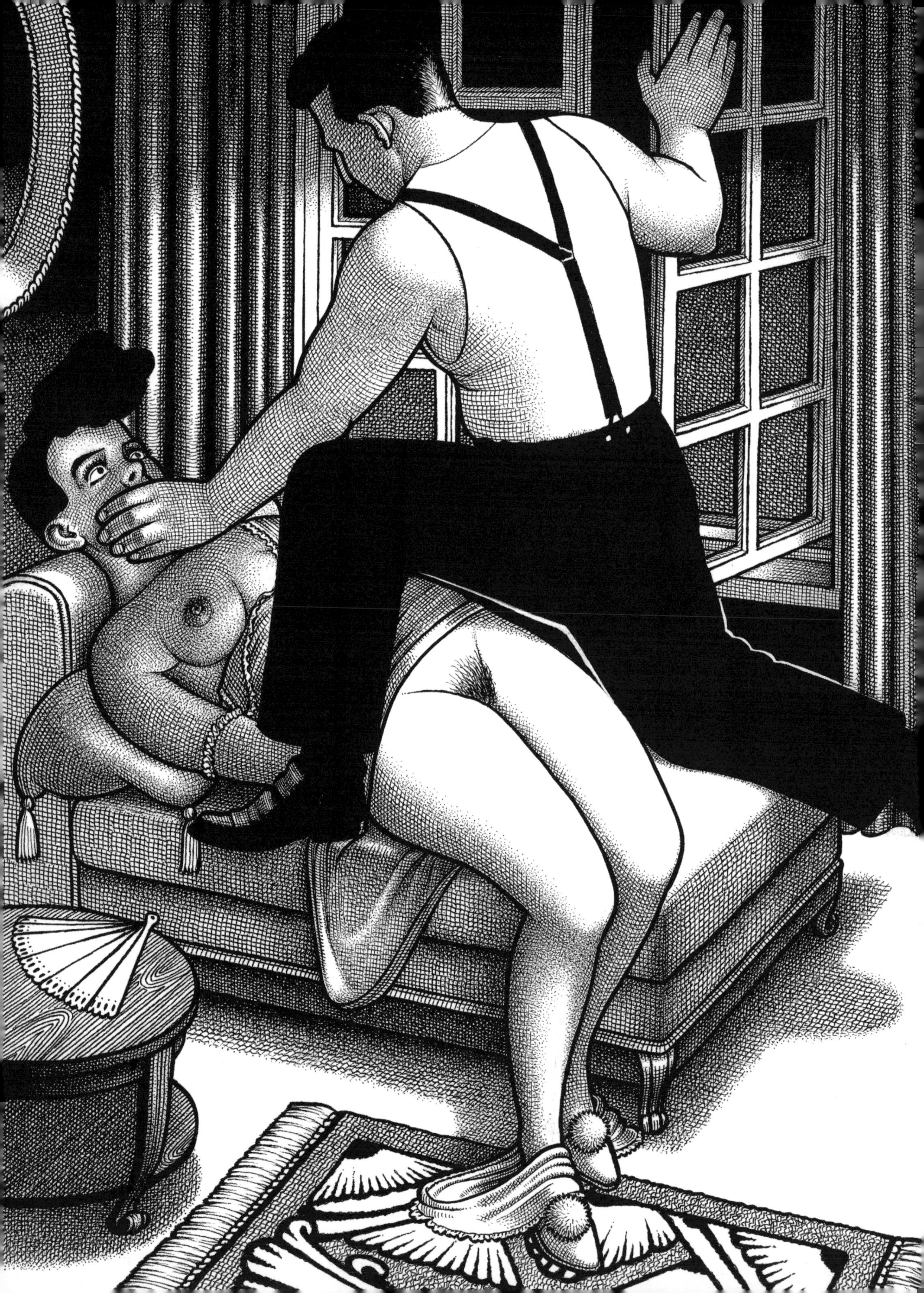

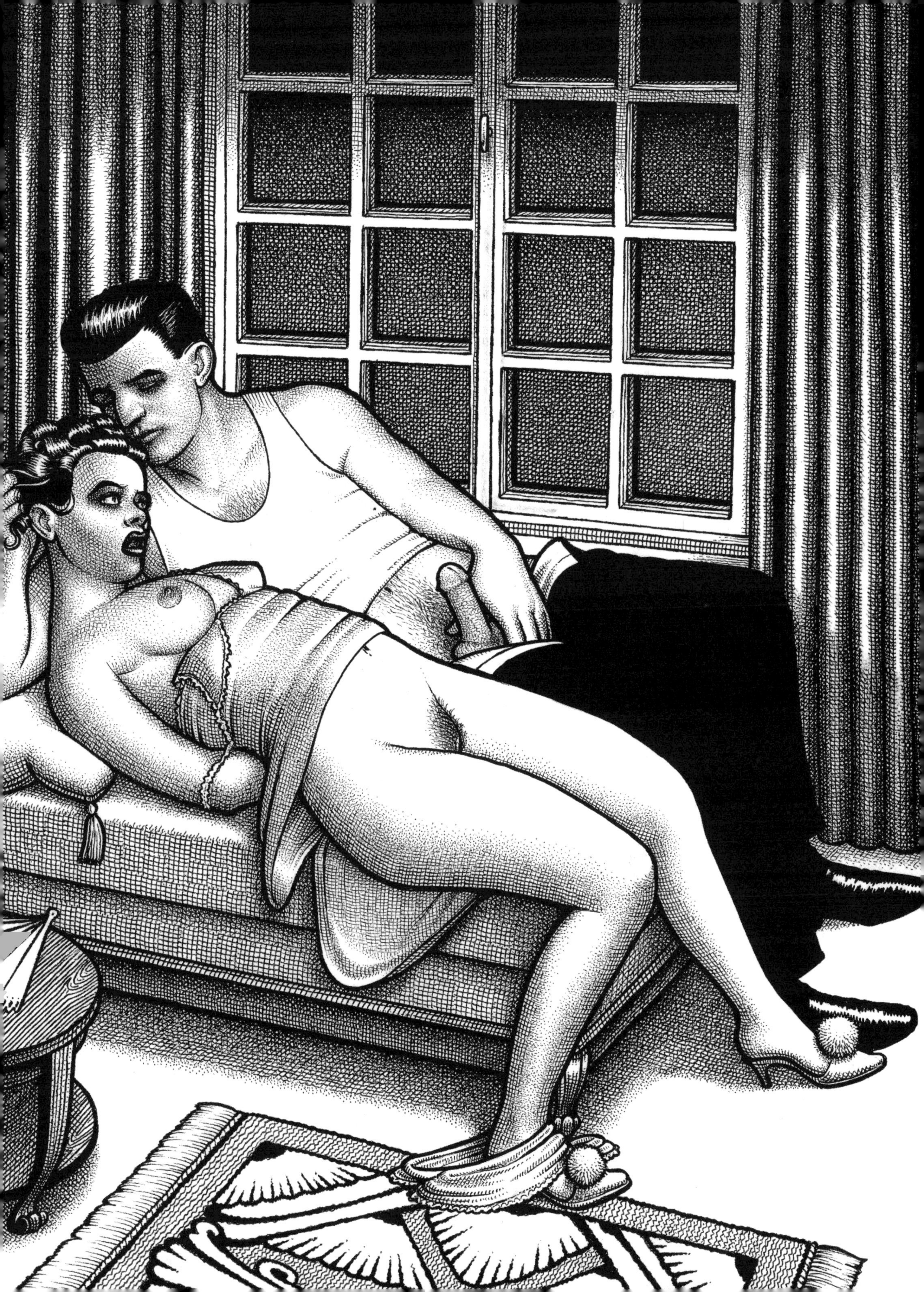

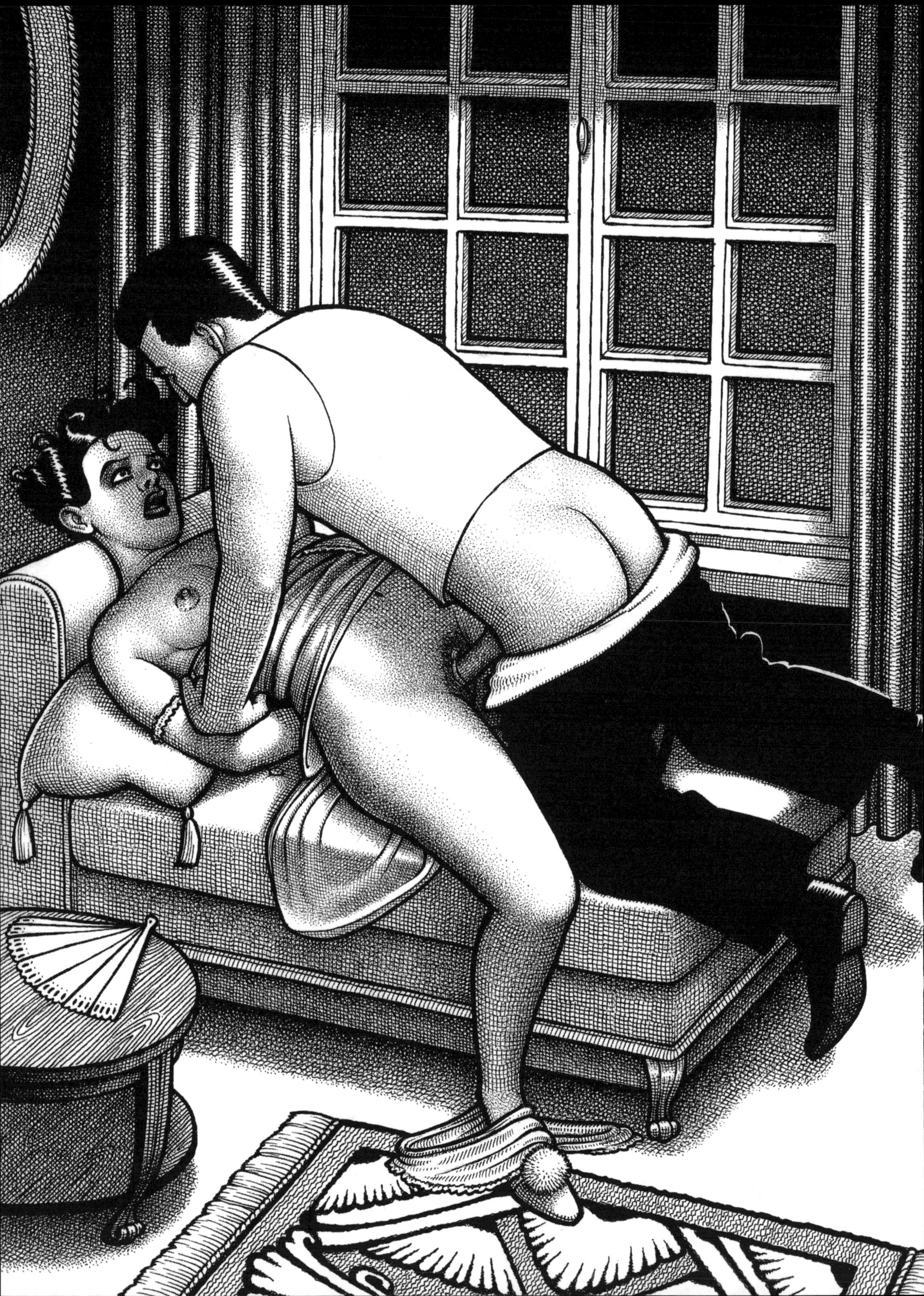

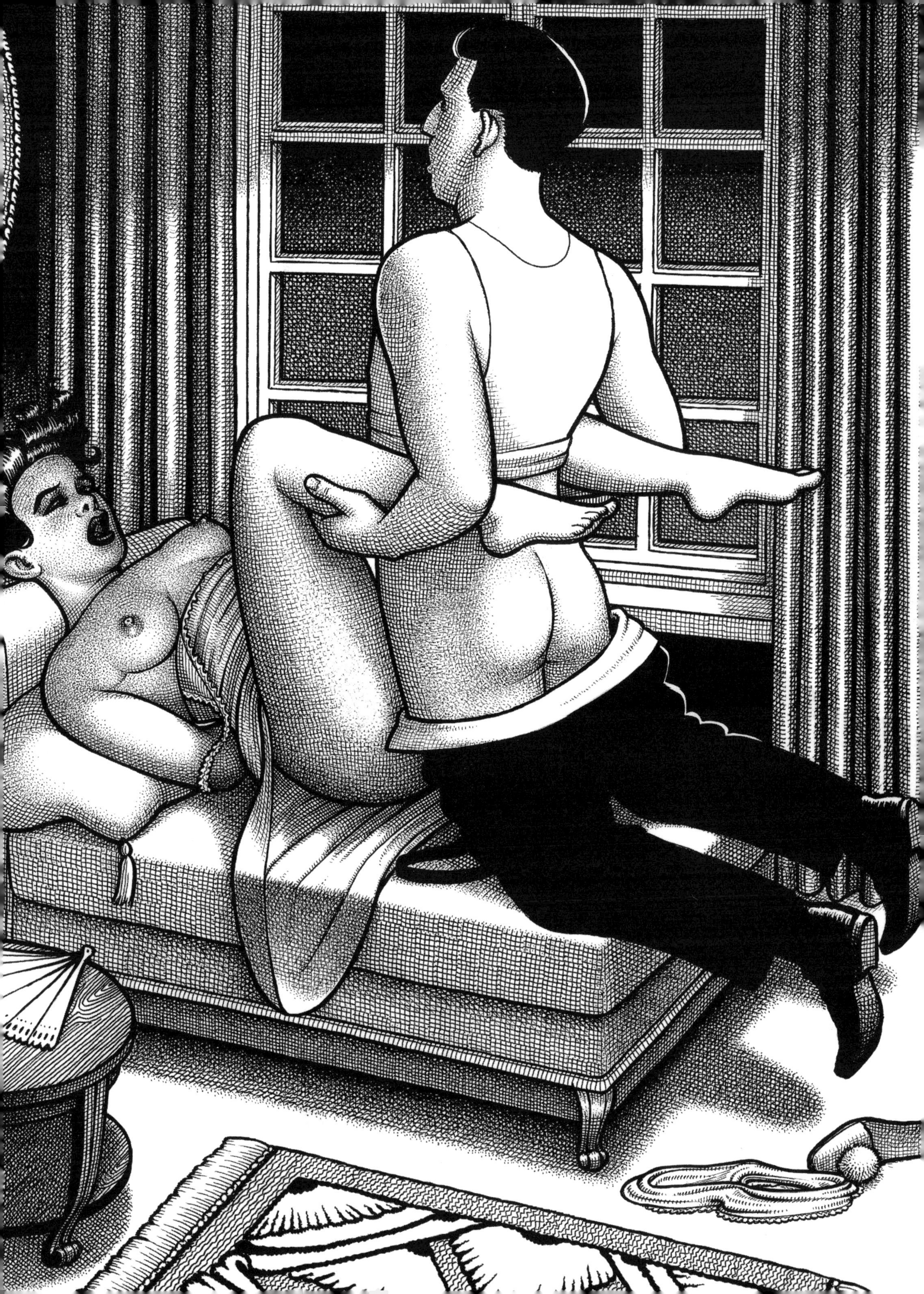

„DIE GEDANKEN SIND RAUS ..."

... DACHTE ER, WÄHREND ER DAS ZIMMER SO VERLIESS, WIE ER ES BETRETEN HATTE. DIE FRAU LAG NOCH IMMER ERSCHÖPFT UND SCHWER ATMEND AUF DER VON SCHWEISS UND SAMEN GETRÄNKTEN CHAISELONGUE.

„DIE GEDANKEN SIND RAUS AUS MEINEM KOPF ..."

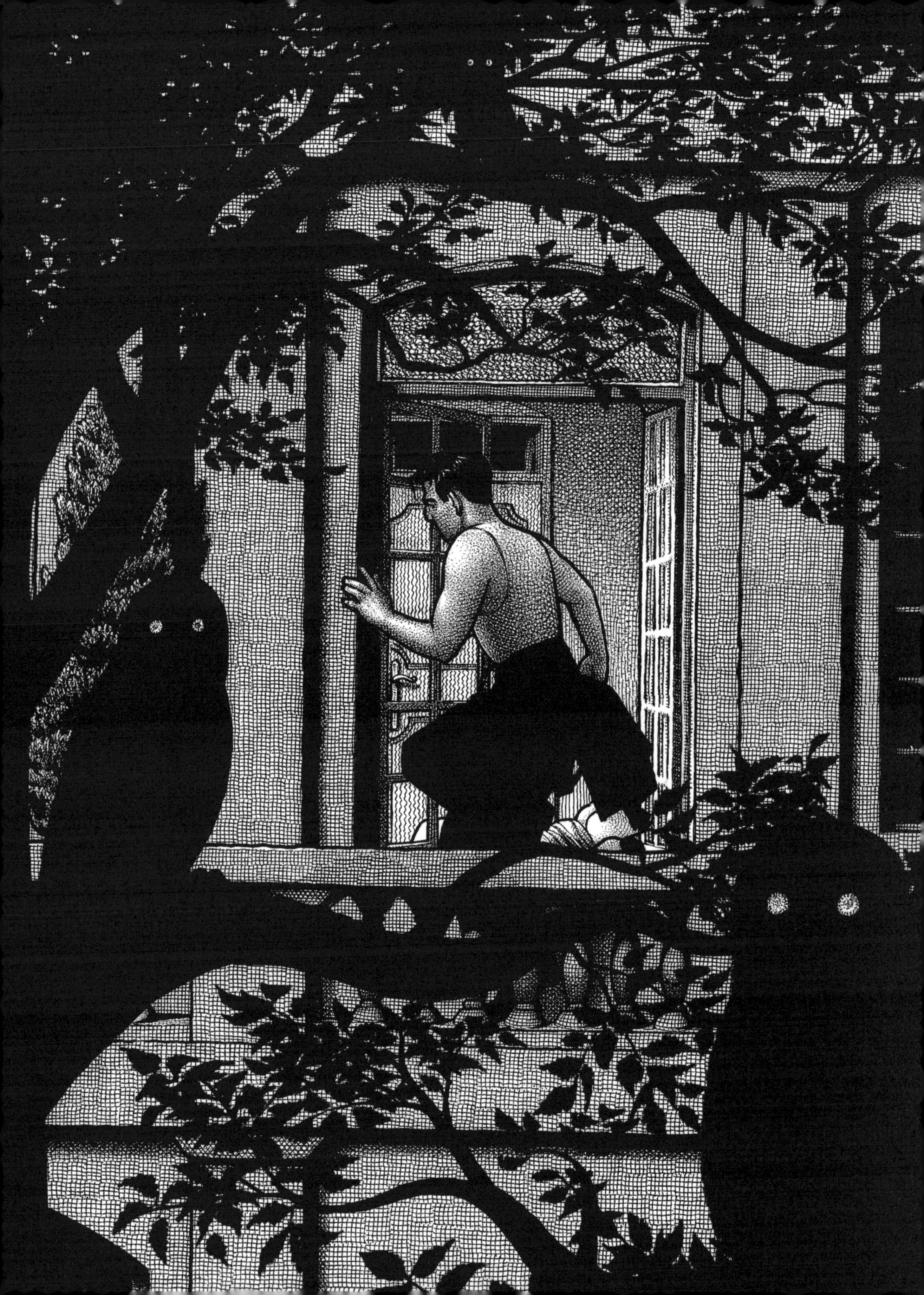

MIT GROSSEN SCHRITTEN LIEF ER NACH HAUSE. SEINE FÜSSE GLITTEN ÜBER DAS PFLASTER, BERÜHRTEN ES KAUM.

DIE ZEIT SCHIEN SICH VERLANGSAMT ZU HABEN, FAST WAR SIE STEHEN GEBLIEBEN.

BENNY HATTE SICH NOCH NIE SO LEBENDIG GEFÜHLT.

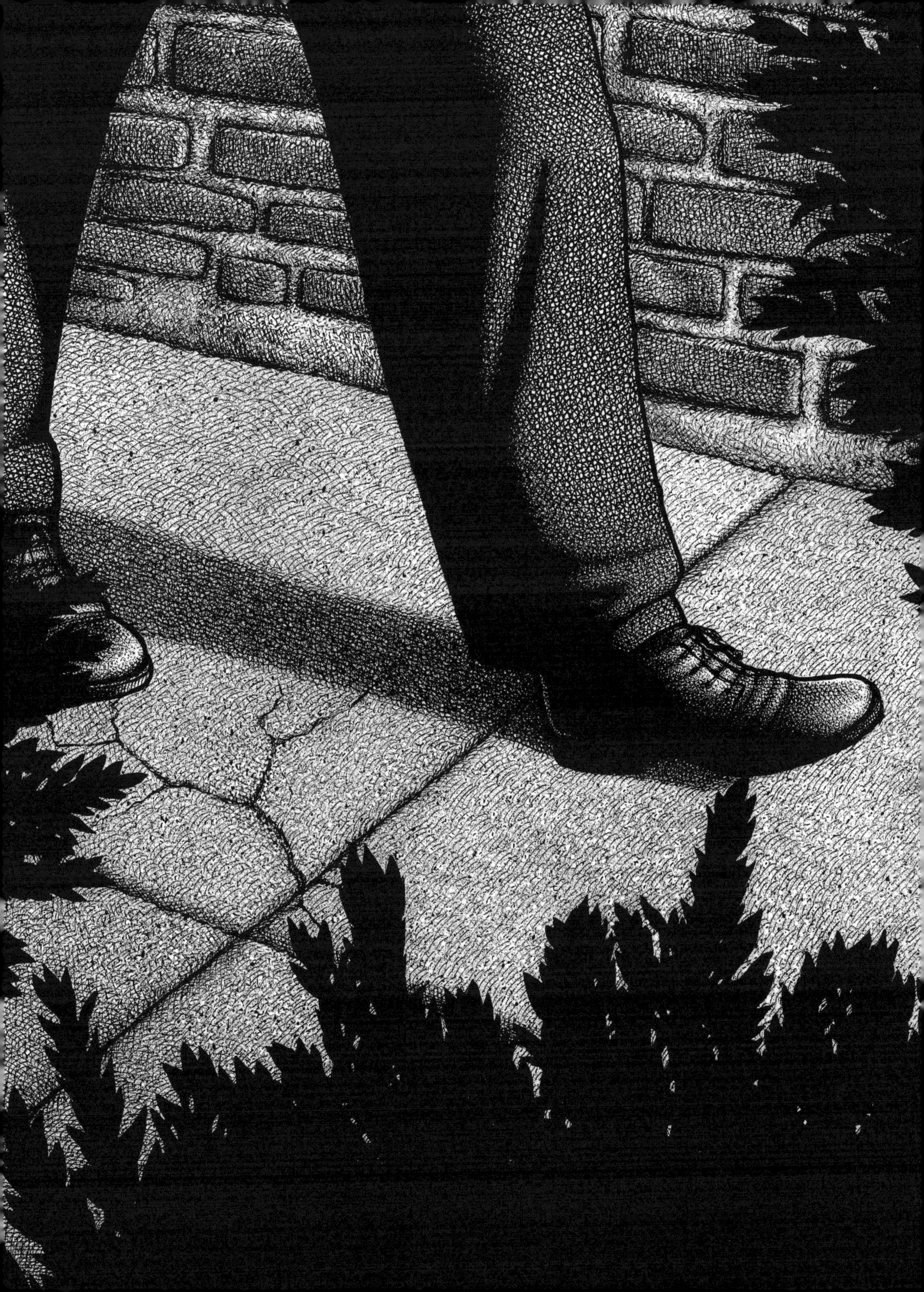

ER KONNTE NICHT MEHR ZURÜCK,
UND DAS WOLLTE ER AUCH NICHT.

ES KÜMMERTE IHN NICHT,
DASS ER IRGENDWIE UND IRGENDWO
SEINEN HUT VERLOREN HATTE.

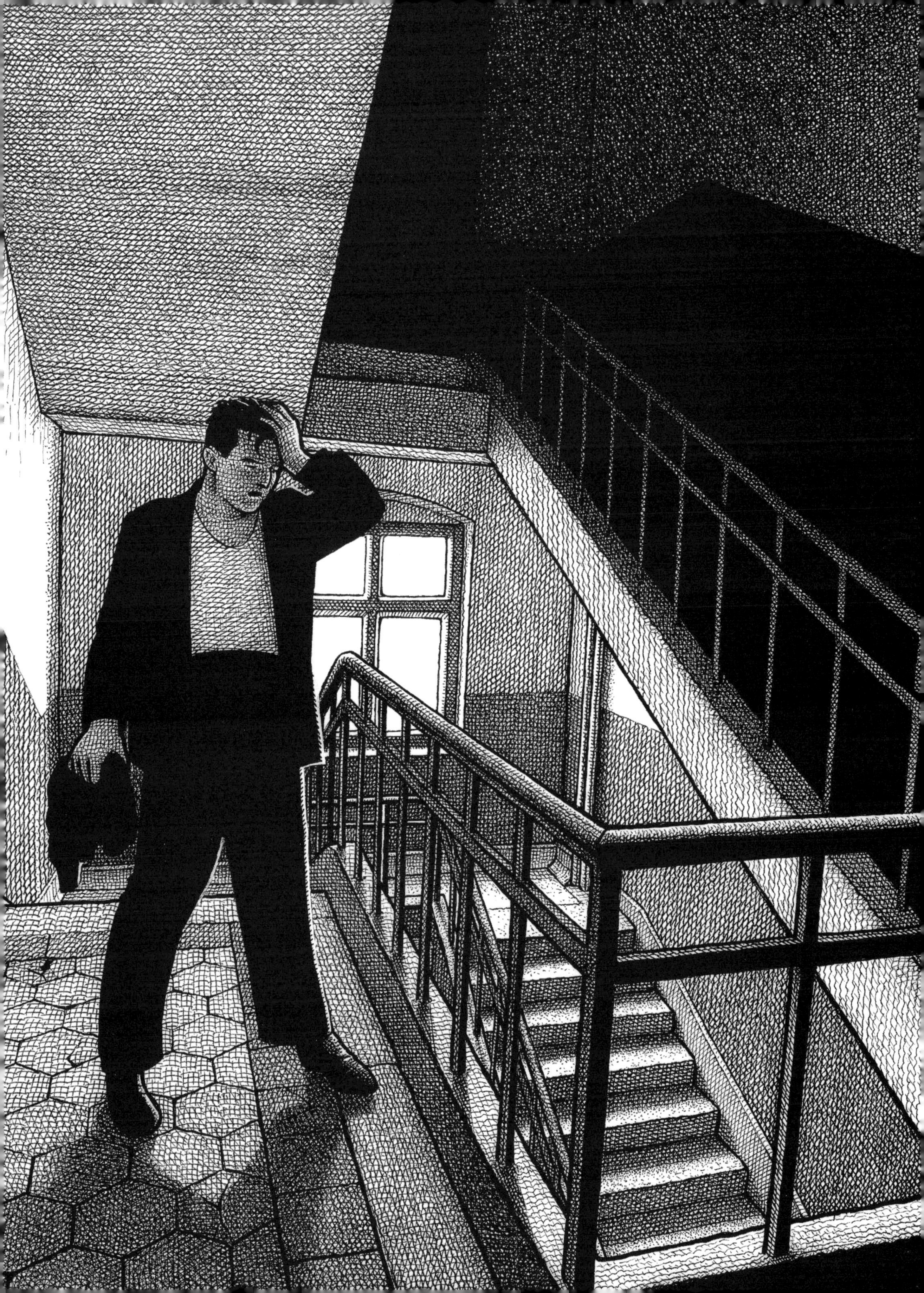

IN DIESER NACHT HATTE BENNY EINEN ALBTRAUM, DEN ERSTEN VON VIELEN, DIE IHN VON NUN AN HEIMSUCHEN SOLLTEN ...

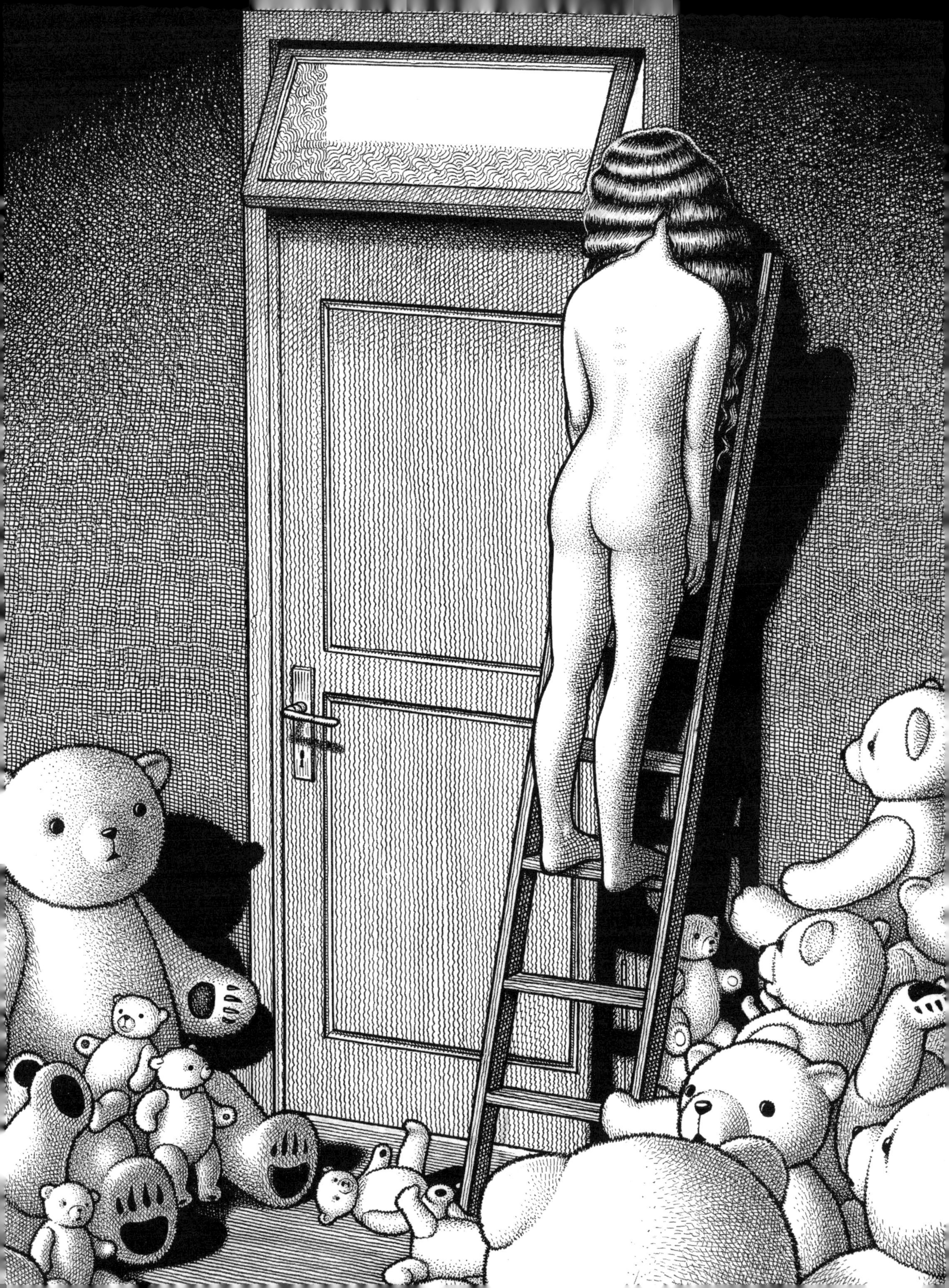

... IN DENEN ER BEOBACHTETE UND BEOBACHTET WURDE ...

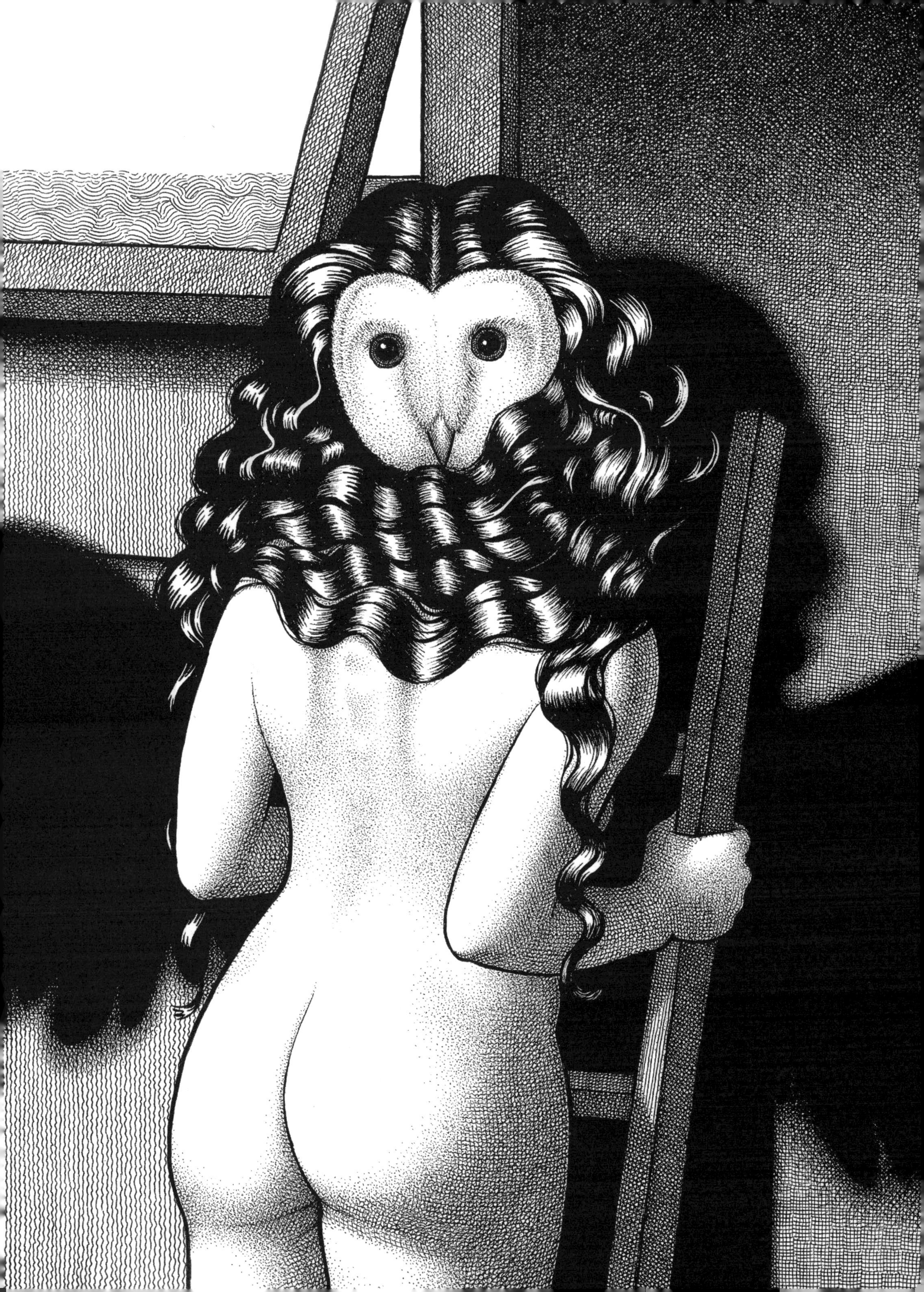

... UND DIE IHN ERSCHÖPFT UND SCHWEISSGEBADET AUFWACHEN LIESSEN.

NICHTS DAVON WAR WICHTIG, ÜBERHAUPT NICHTS.

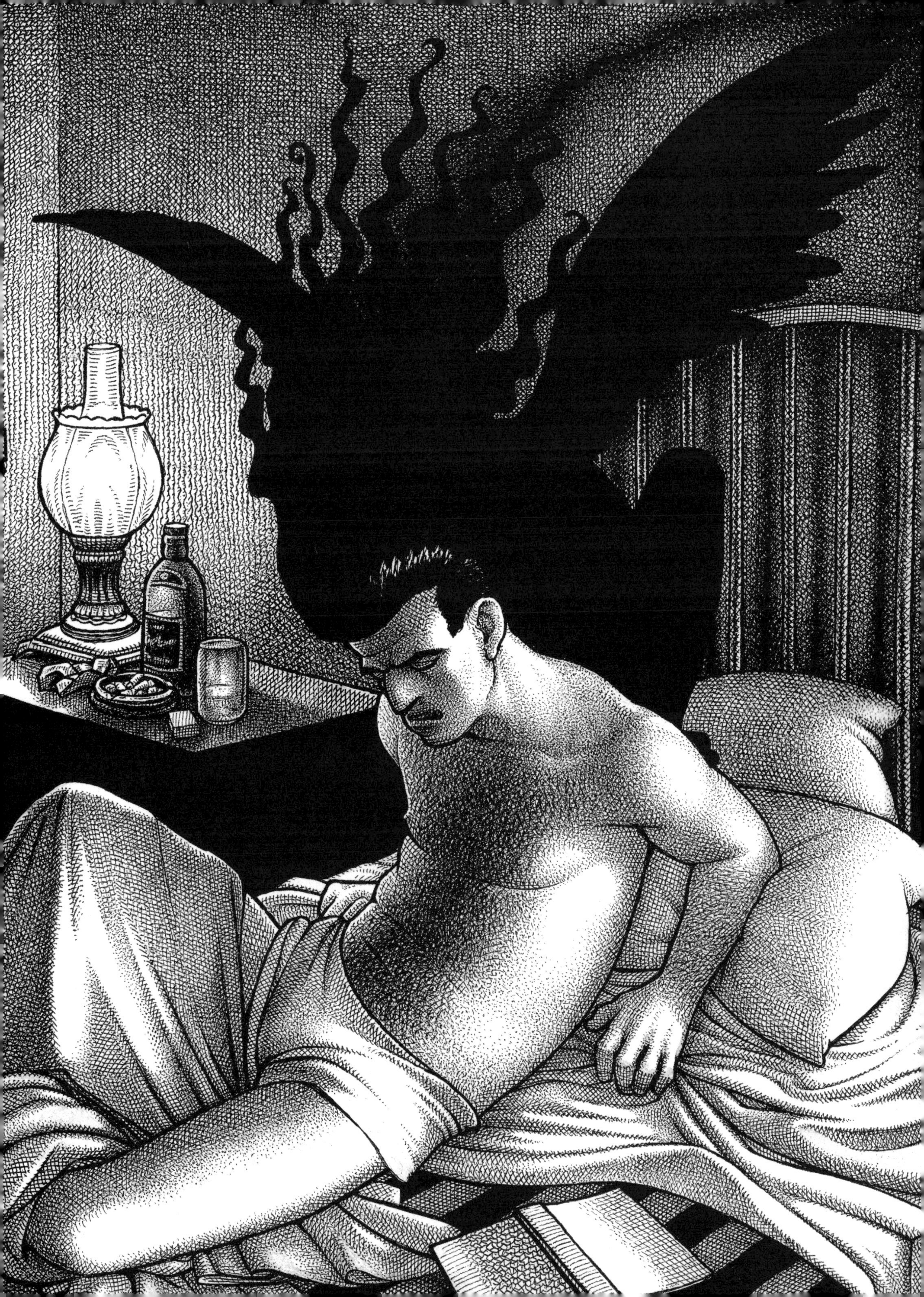

IN DEN FOLGENDEN WOCHEN WURDE BENNY ZU EINEM GETRIEBENEN MANN, UNFÄHIG, AN ETWAS ANDERES ALS DIE NÄCHSTE ZUSAMMENKUNFT ZU DENKEN, DIE IN DER BEVORSTEHENDEN VOLLMONDNACHT STATTFINDEN SOLLTE.

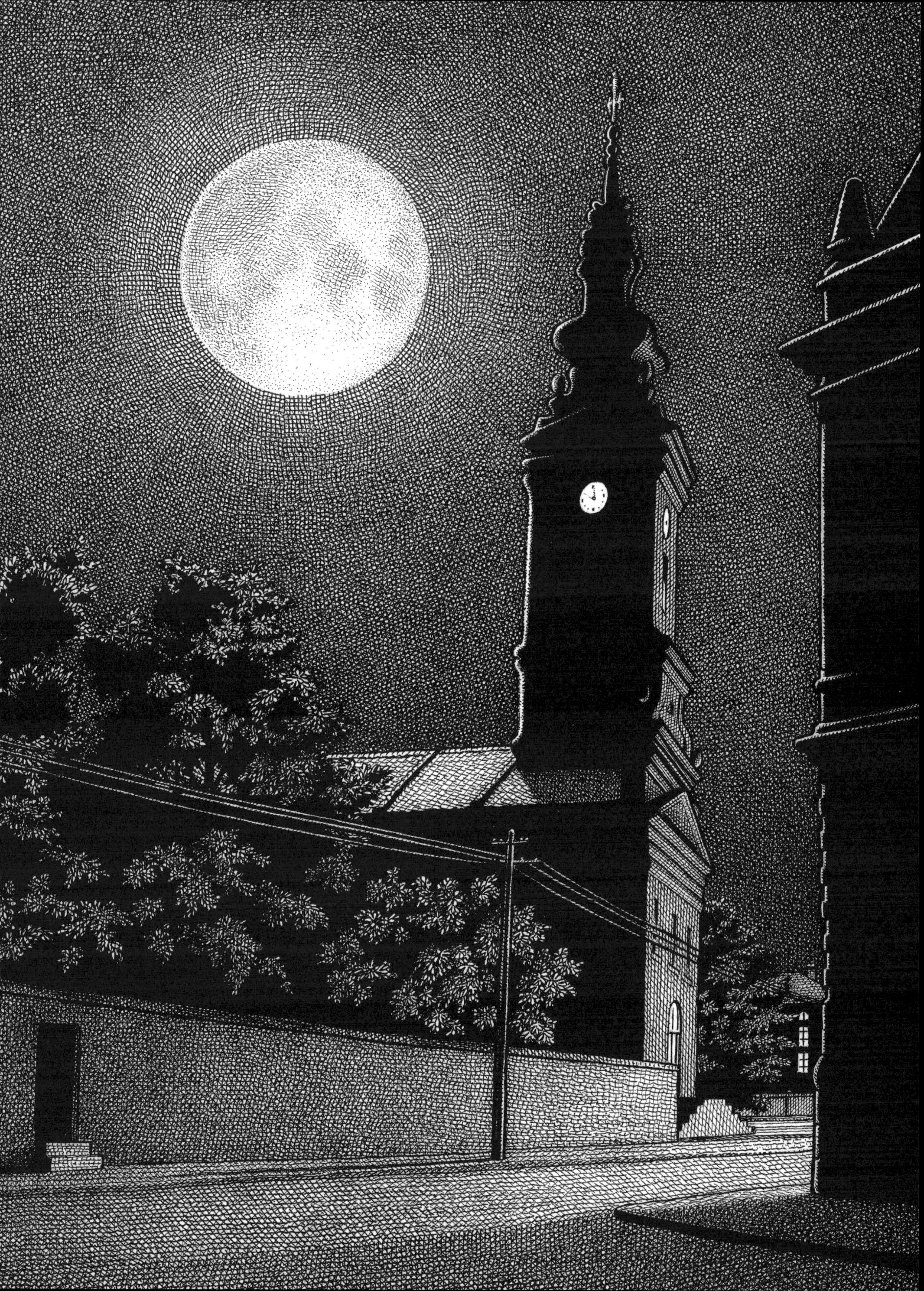

ER HATTE AUFGEHÖRT, ZUR ARBEIT
ZU GEHEN, ZU ESSEN, SICH ZU WASCHEN ...
ER TRANK MEHR ALS SONST ...
ER VERKAM ZUSEHENDS.

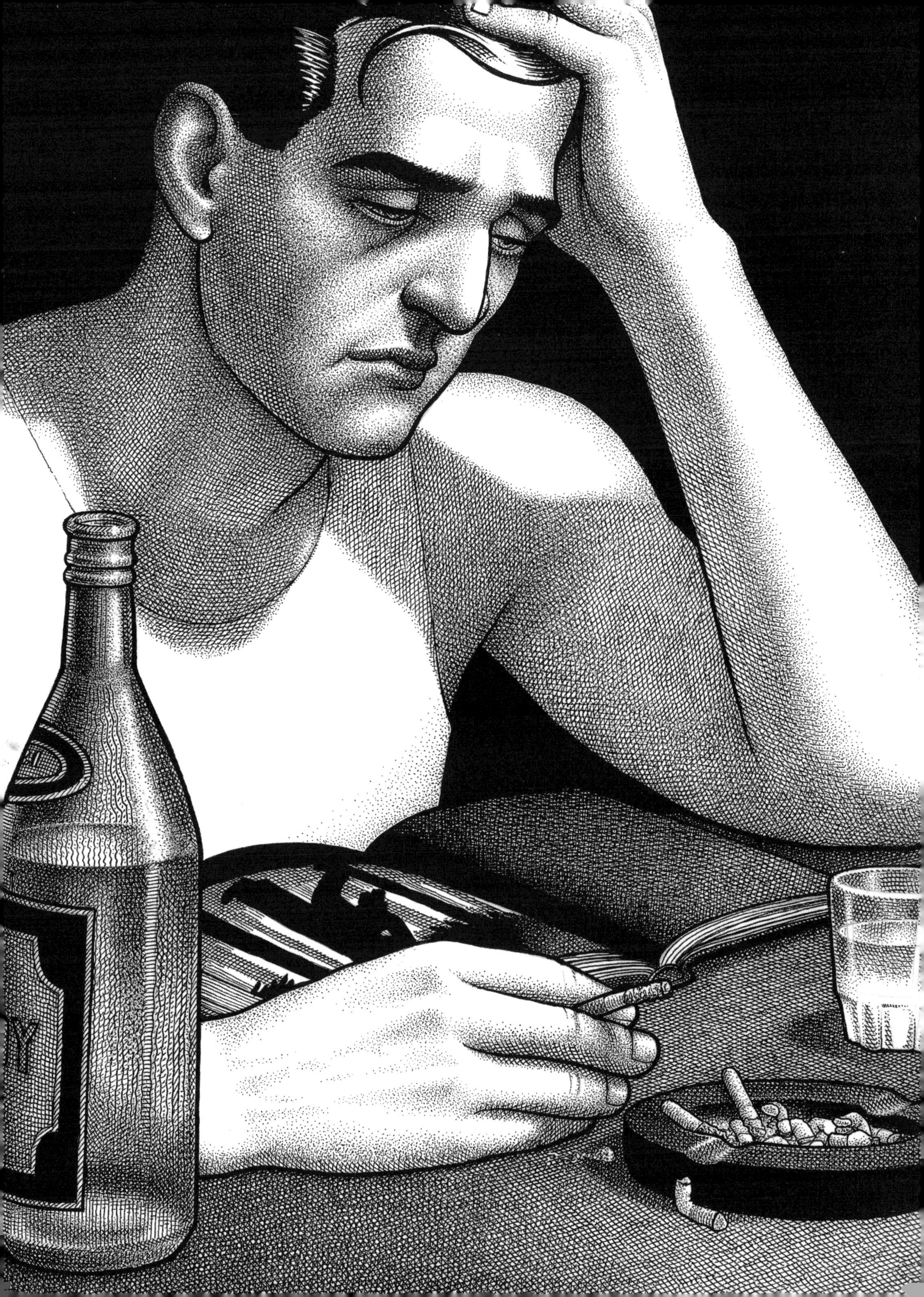

BECKY WAR ES, NACH DER ES
IHN WIRKLICH VERLANGTE. DEM BUCH ZUFOLGE
WÜRDE ER SIE IN EINER MONDLOSEN NACHT ENDLICH
HABEN KÖNNEN. MIT VERZWEIFELTER ERWARTUNG
WÜNSCHTE ER SICH DIESE NACHT HERBEI.

DOCH DIE KRÄFTE DES HIMMELS
HATTEN MIT SEINER GEPEINIGTEN SEELE
KEIN ERBARMEN; DENN IN DER NÄCHSTEN NACHT,
DIE IN BECKYS ZEICHNUNGEN BESCHRIEBEN
WURDE, STAND EIN VOLLMOND AM
NÄCHTLICHEN FIRMAMENT.

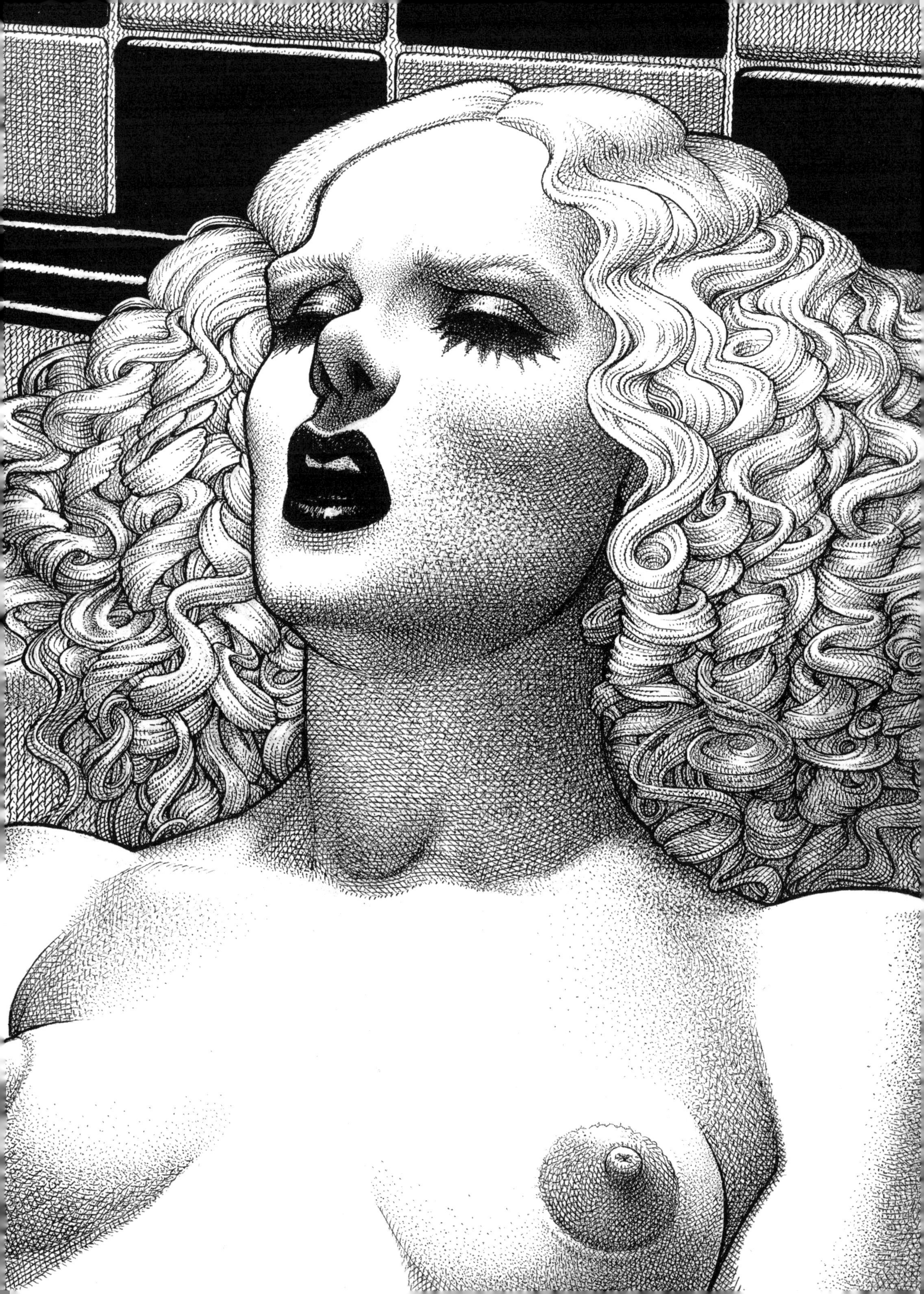

IN JENER VOLLMONDNACHT LIEF BENNY WIEDER ZU DEM HAUS IM WALD.

ER GING ZU DER EFEUBEDECKTEN MAUER AUF DER RÜCKSEITE DES HAUSES. DAS KELLERFENSTER DORT WAR NICHT VERGITTERT UND GERADE GROSS GENUG, DASS ER SICH HINDURCHZWÄNGEN KONNTE …

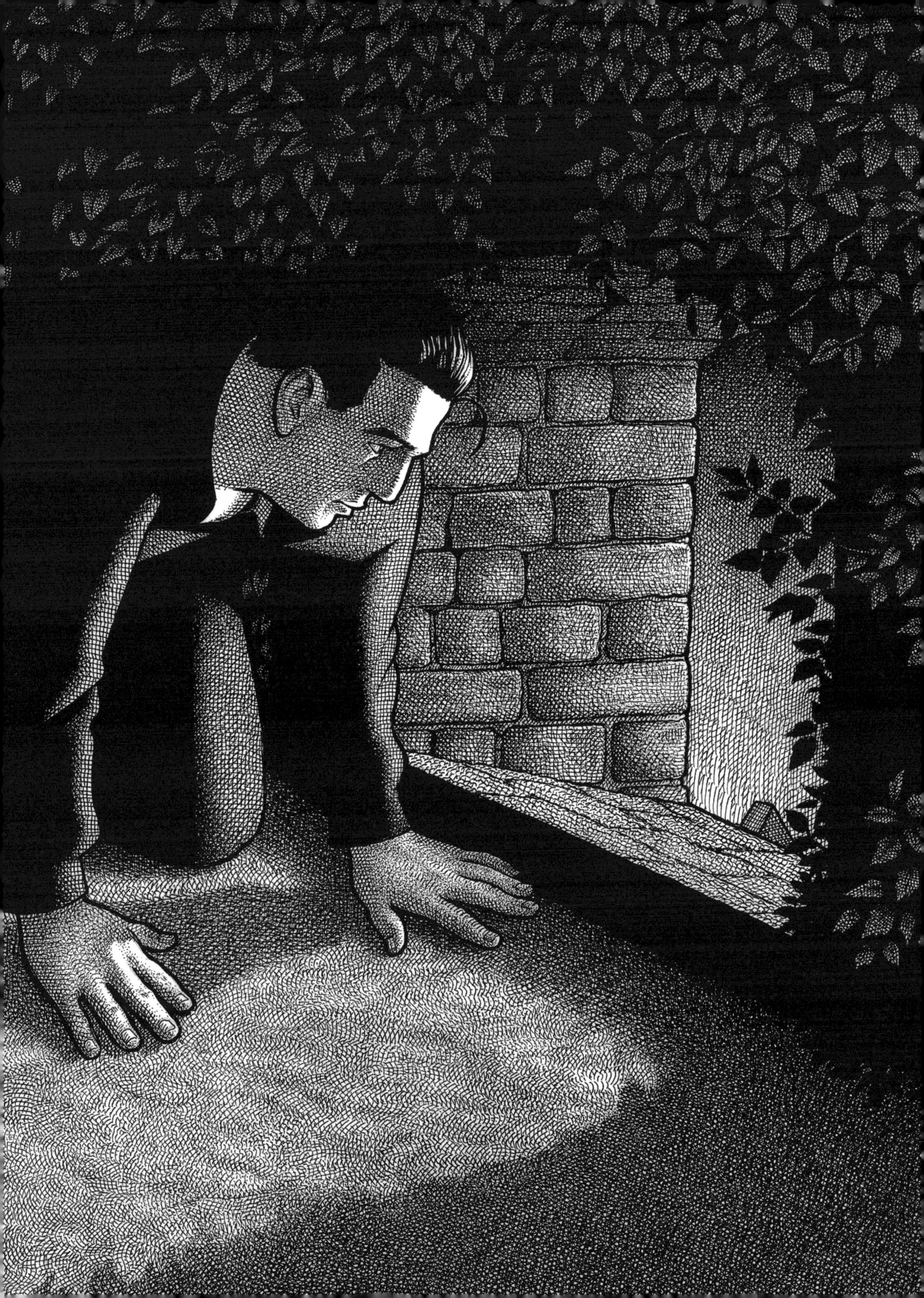

WIEDER WAR DIE LEITER FÜR IHN AUFGESTELLT WORDEN ...

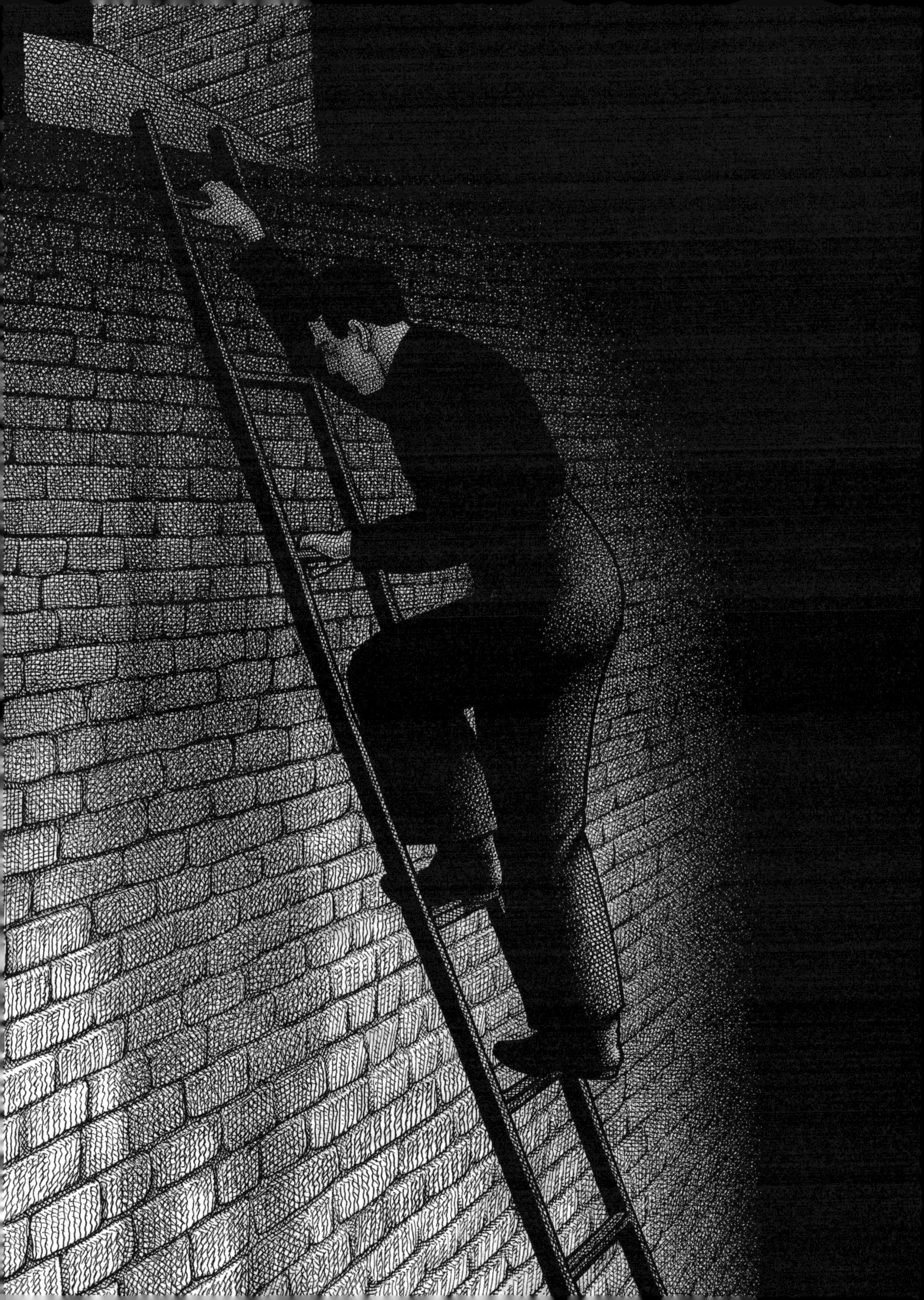

ER STIEG HINAB IN DEN KELLER UND VERSTECKTE SICH IN EINER DUNKLEN ECKE, WO ER DARAUF WARTETE, DASS DAS DIENSTMÄDCHEN KAM, UM KOHLEN ZU HOLEN.

ALLES VERLIEF – WIEDER EINMAL – GENAU WIE IM BUCH BESCHRIEBEN, BIS INS KLEINSTE DETAIL.

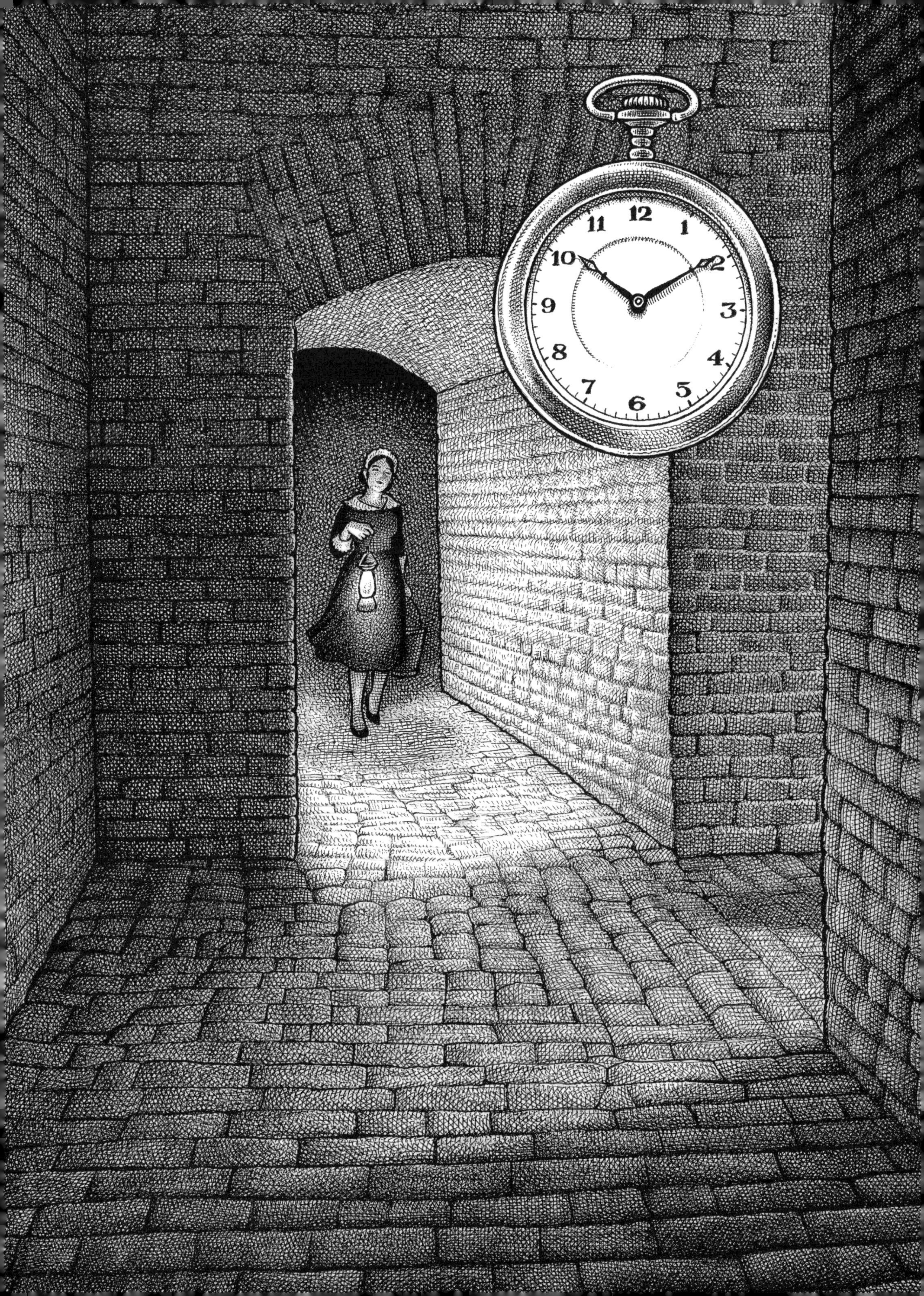
12
1
2
3
4
5
6
7
8
9
10
11

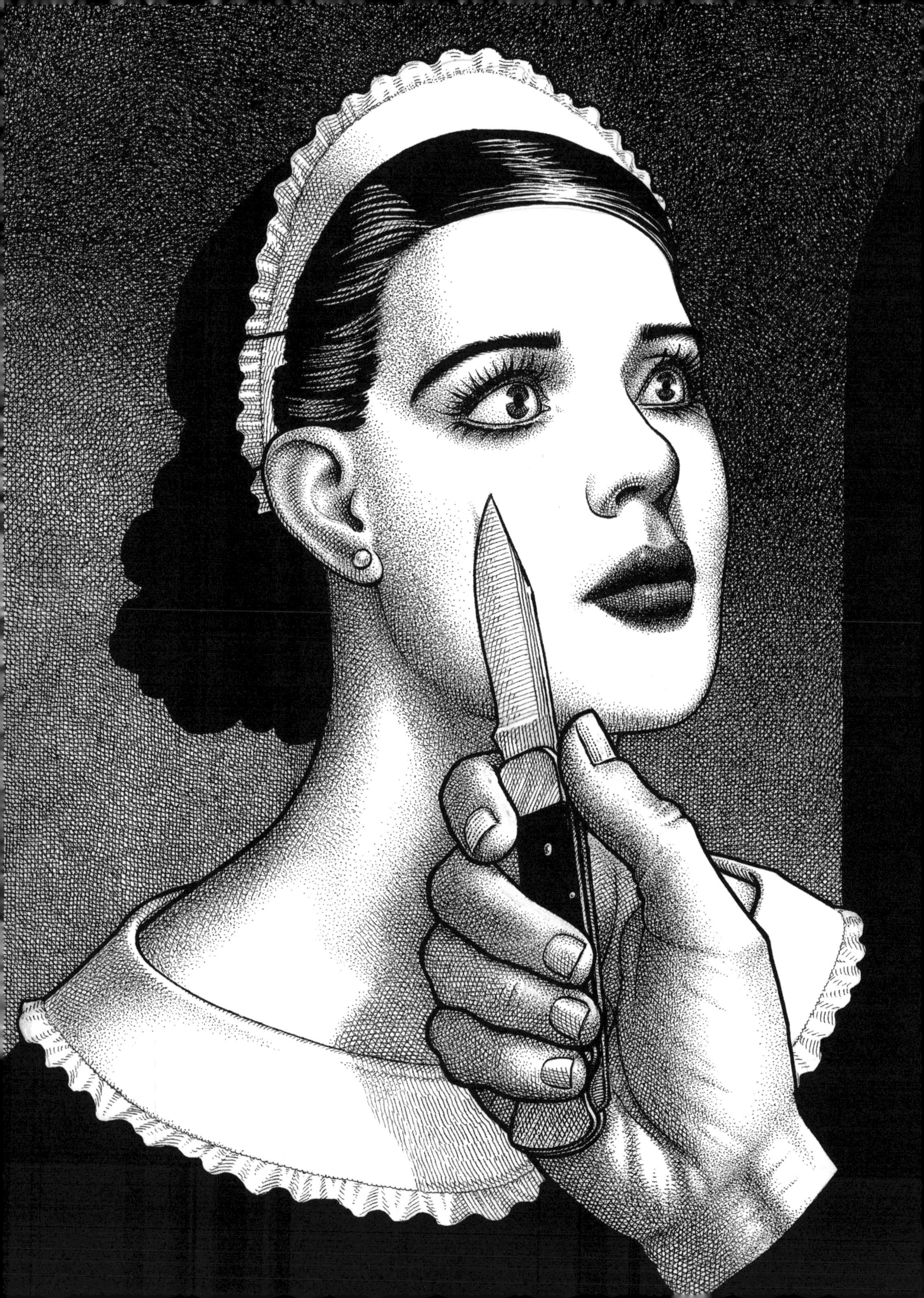

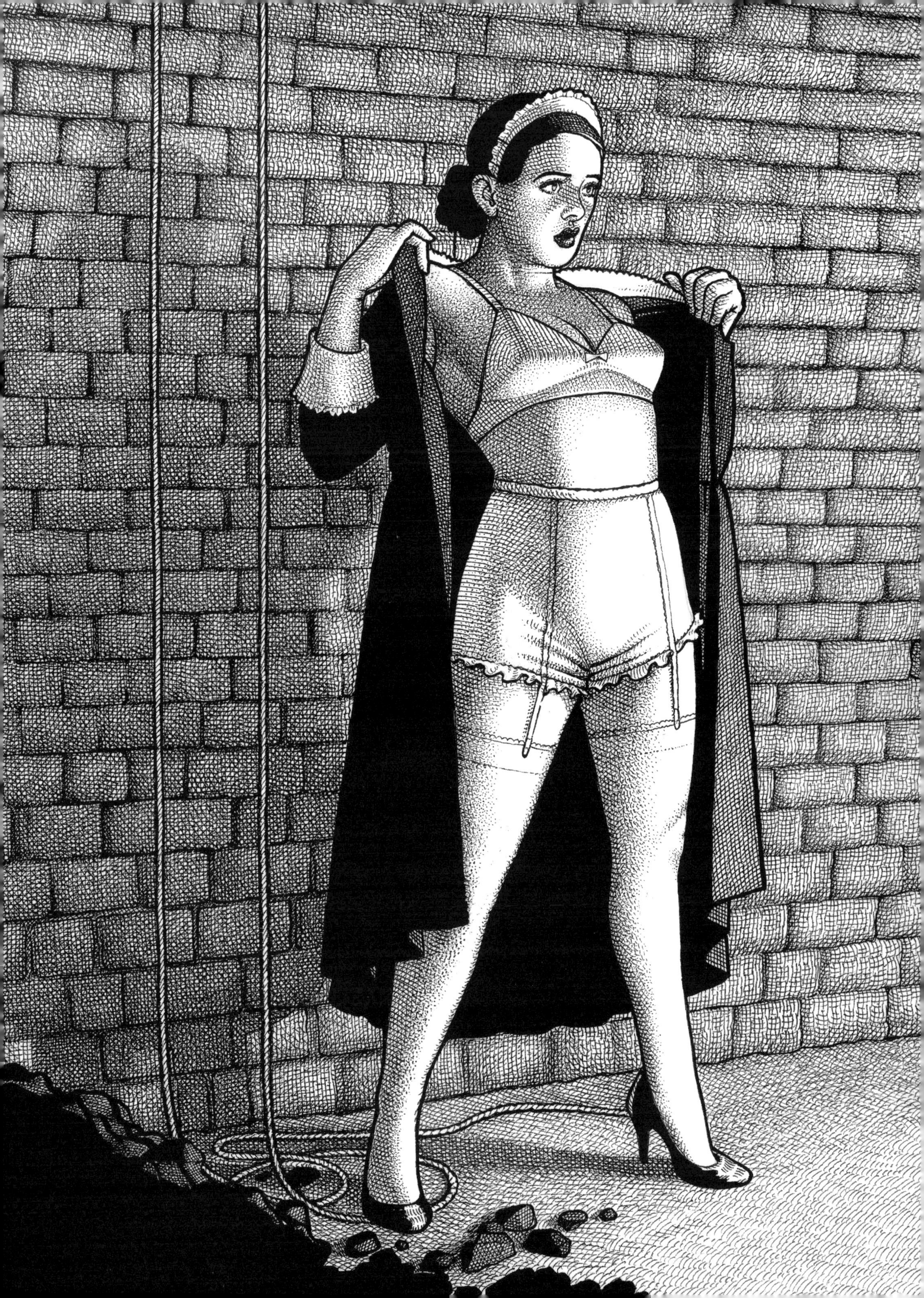

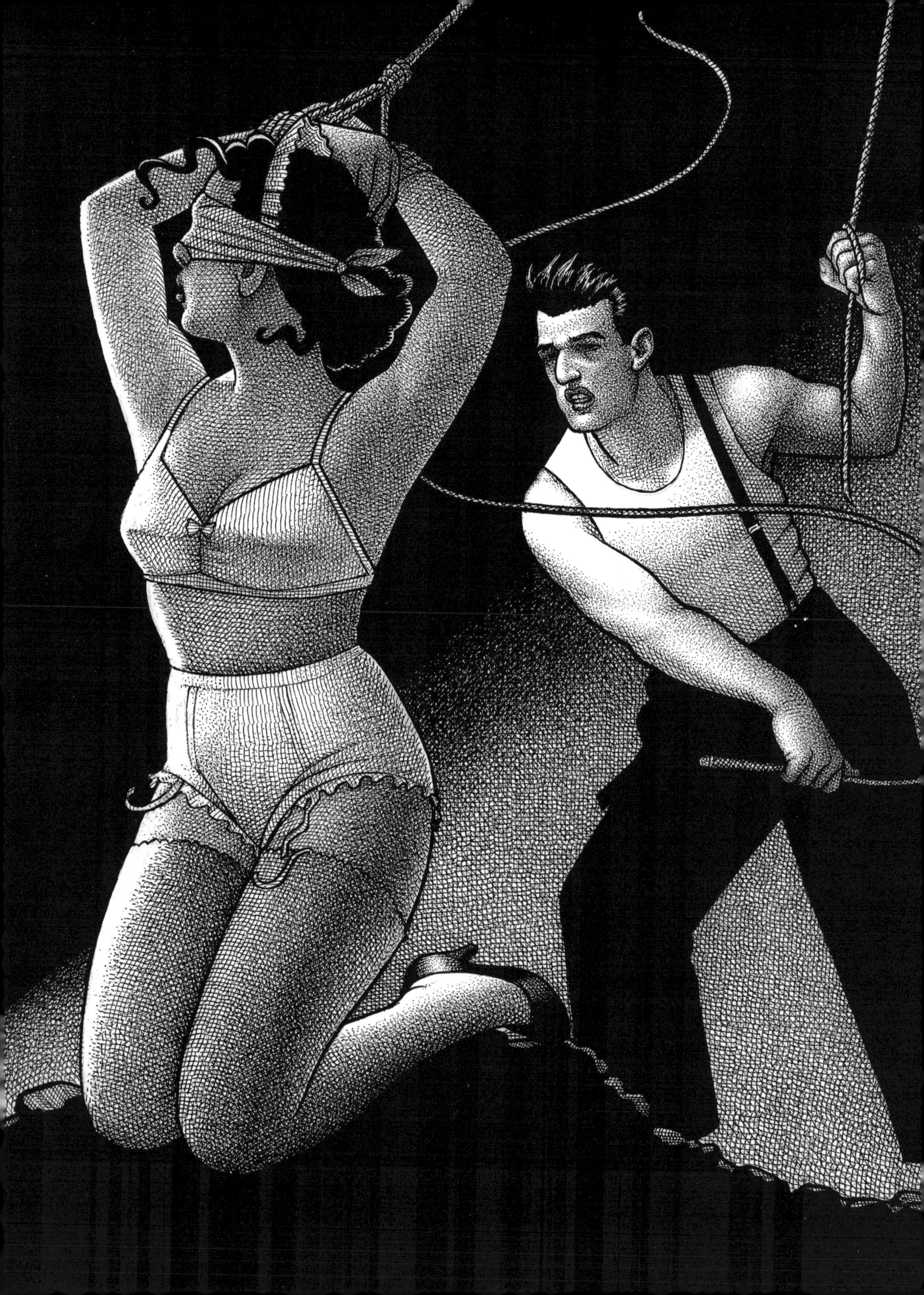

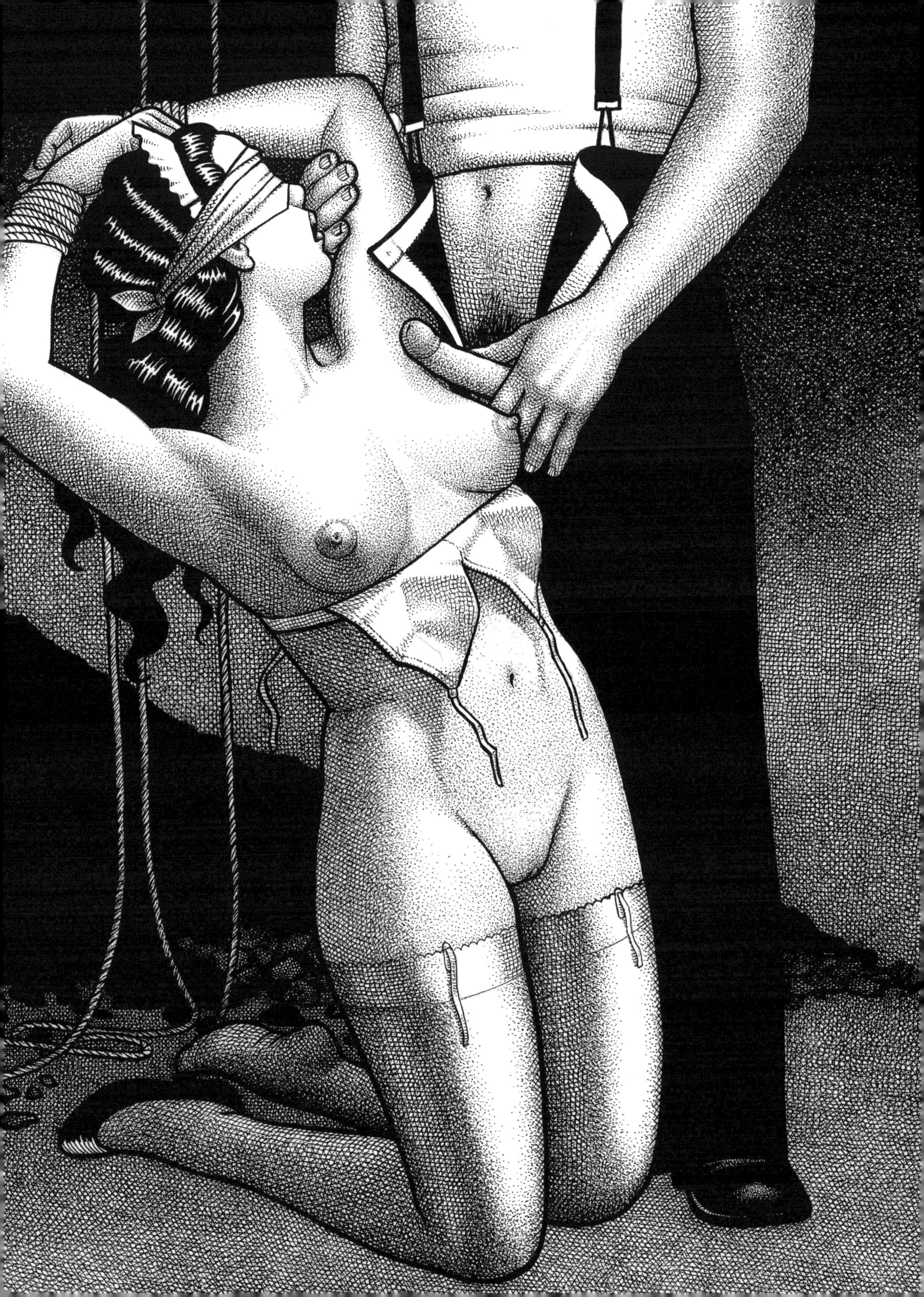

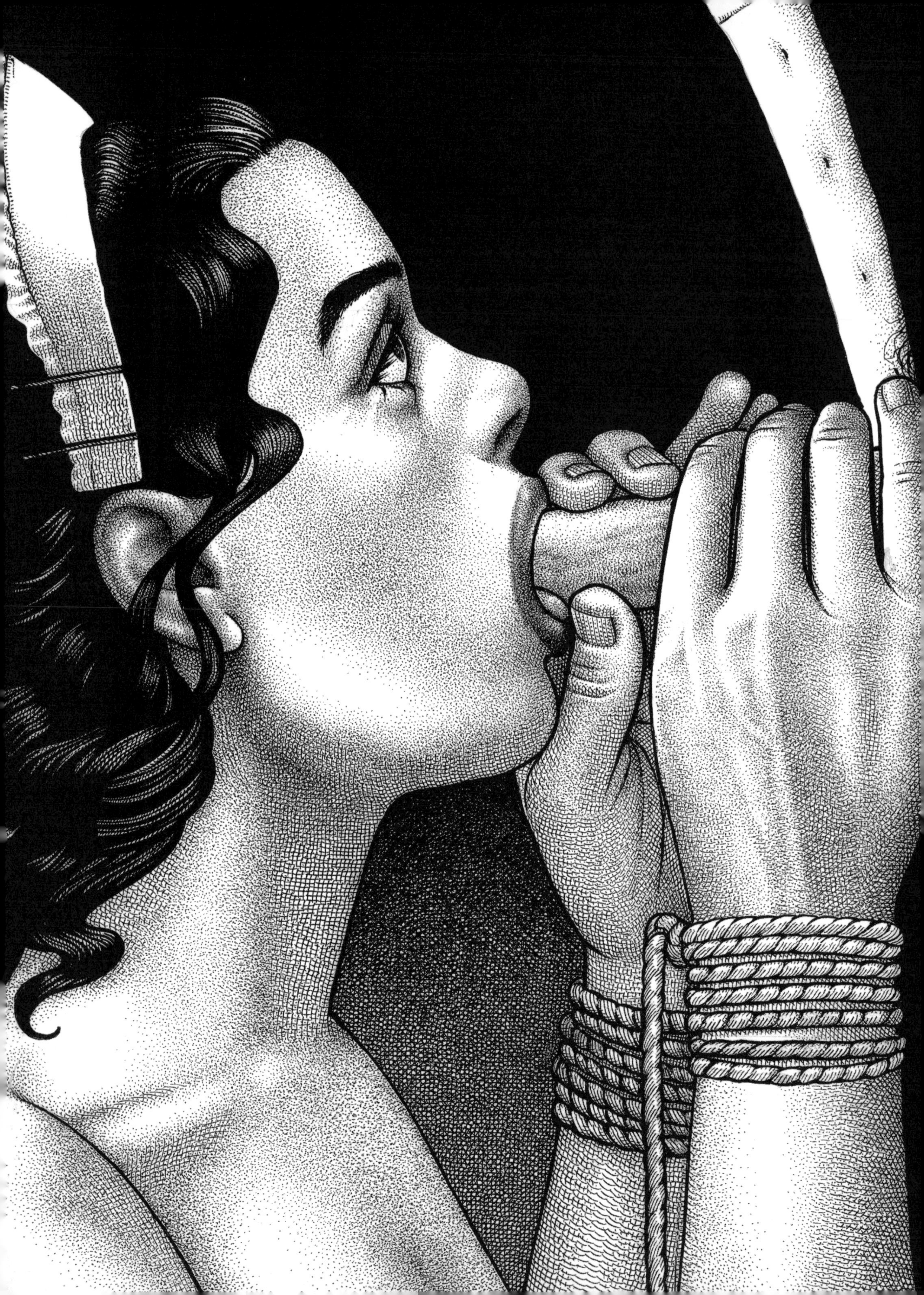

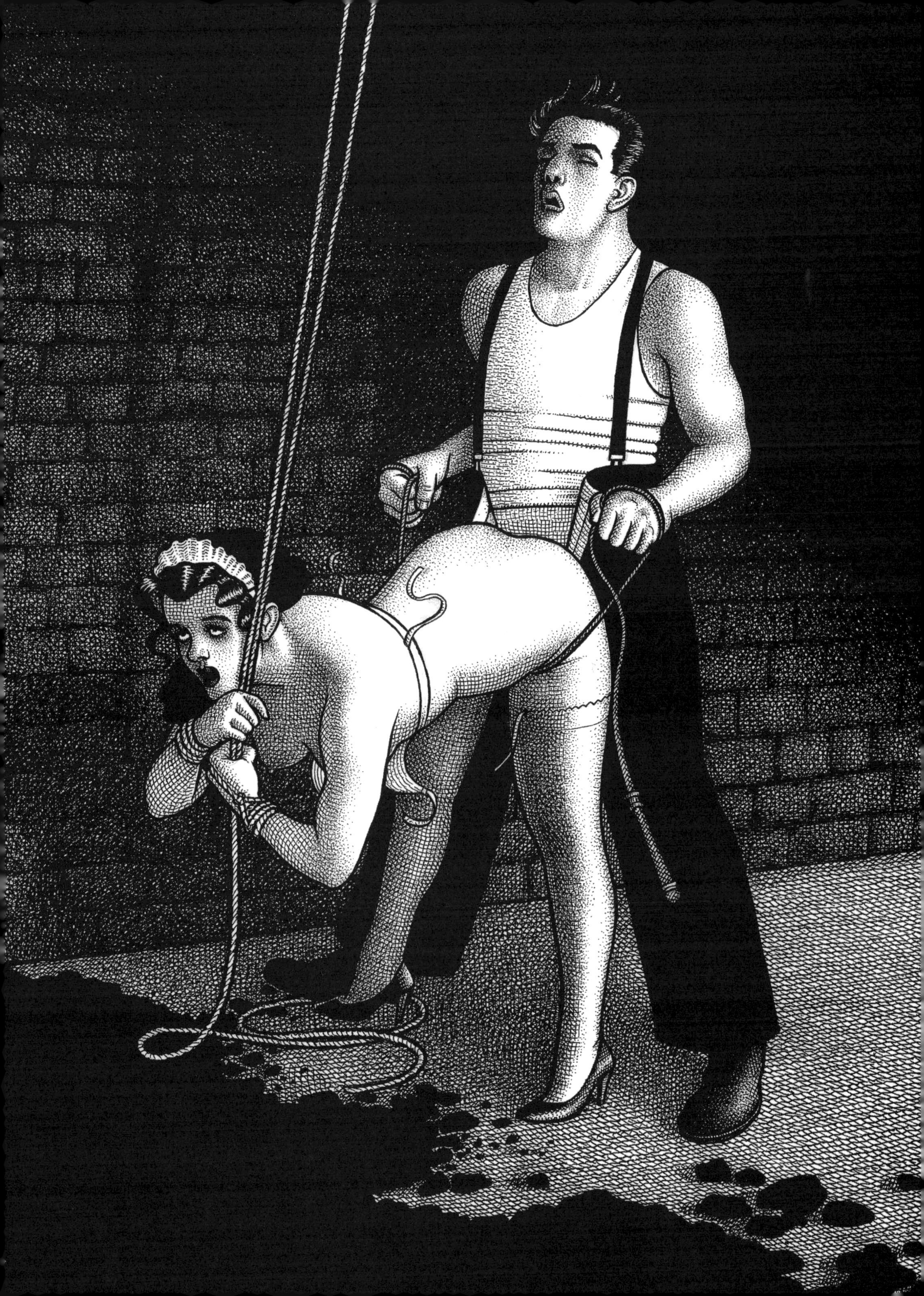

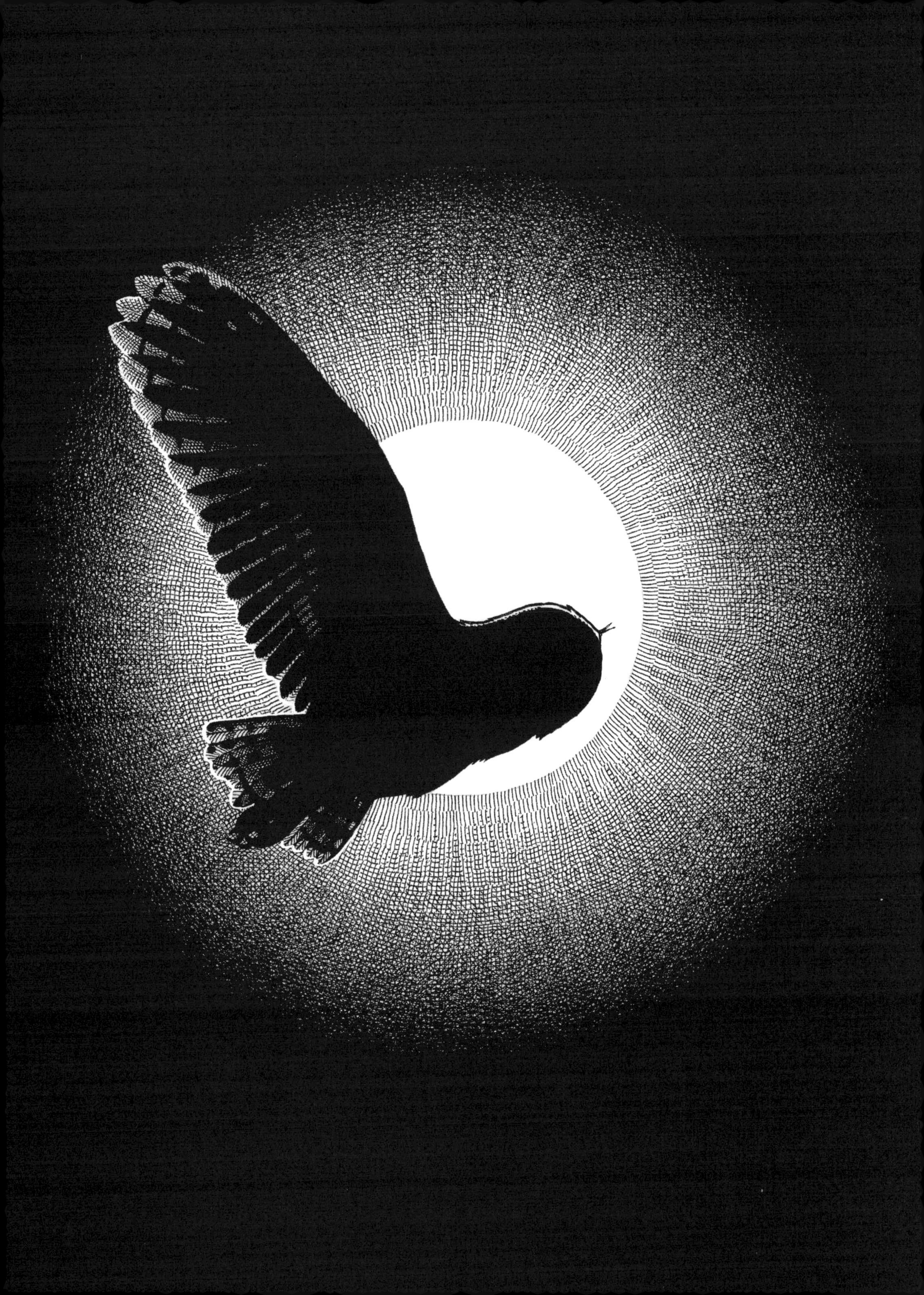

> NACHDEM ER SEIN WERK VOLLBRACHT HATTE UND WIEDER HEIMGEKEHRT WAR, HATTE BENNY EINEN SELTSAMEN TRAUM. ER VERWANDELTE SICH IN EINEN HIRSCH ...

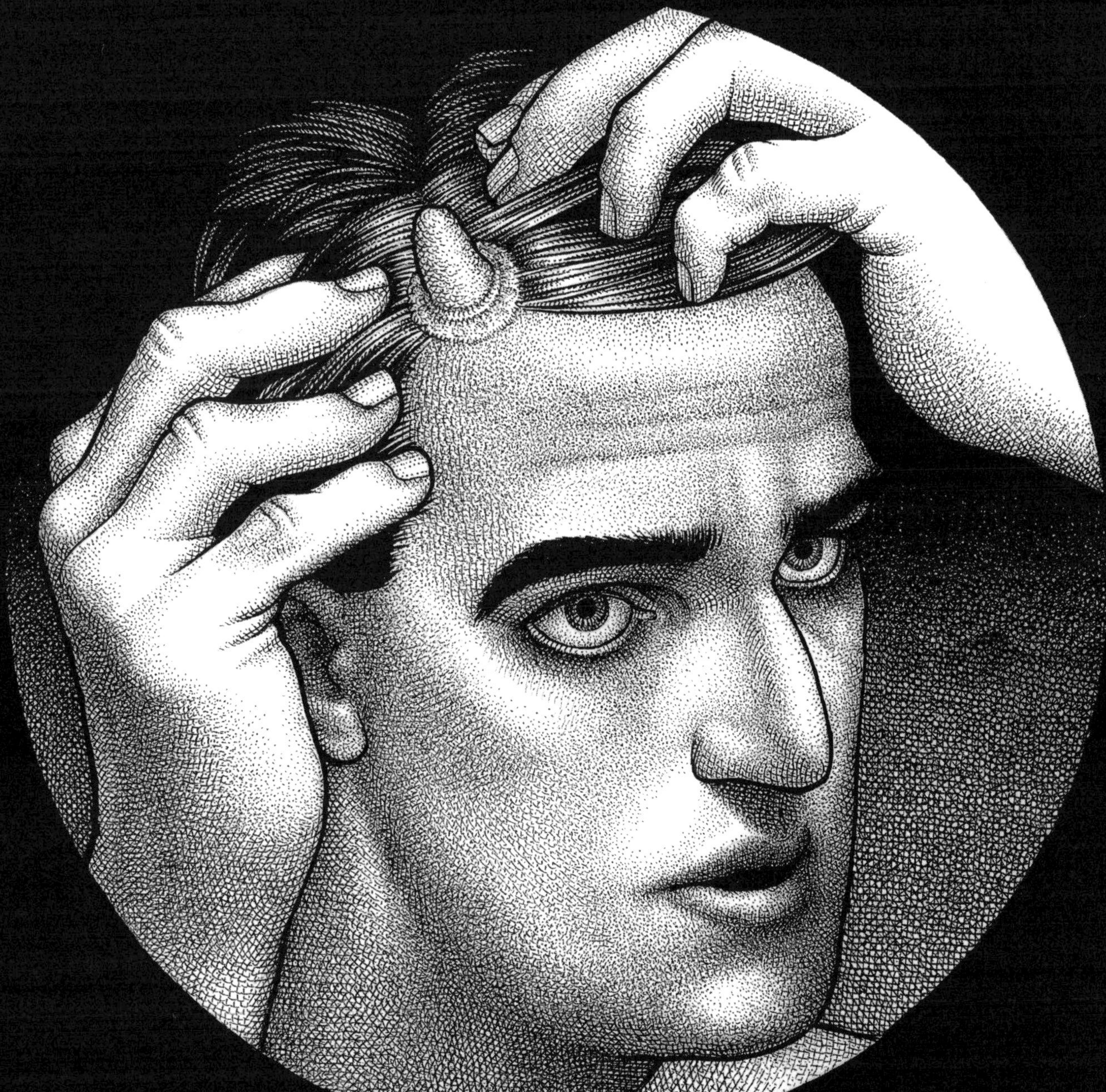

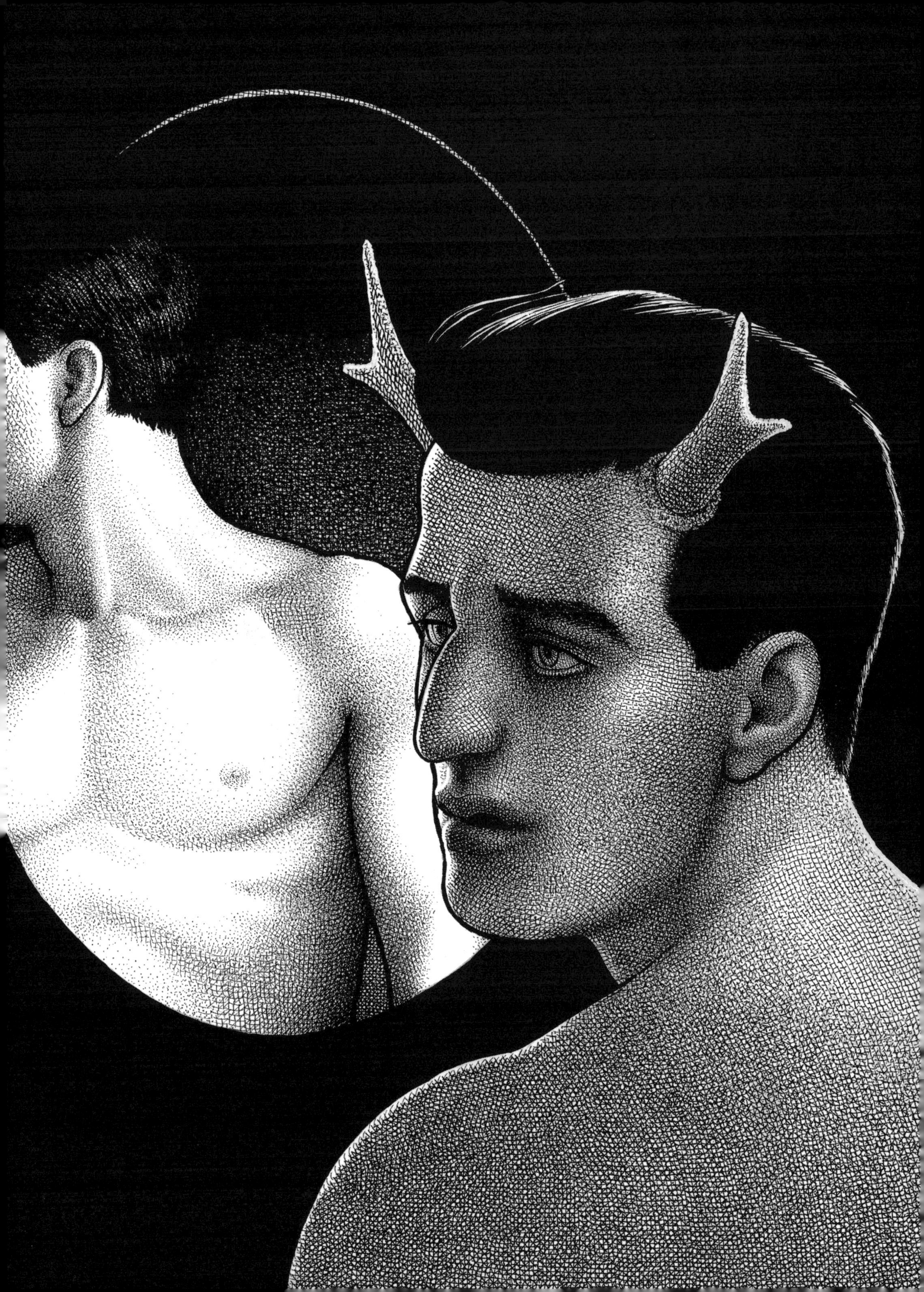

DEN GANZEN TRAUM HINDURCH WURDE ER VON EINEM RUDEL WILDER HUNDE GEJAGT.

WÄHREND ER TRÄUMTE, GLAUBTE ER AUF EINMAL ZU VERSTEHEN, WESHALB ALL DIESE DINGE GESCHAHEN, UND ALLES SCHIEN SINN ZU ERGEBEN ...

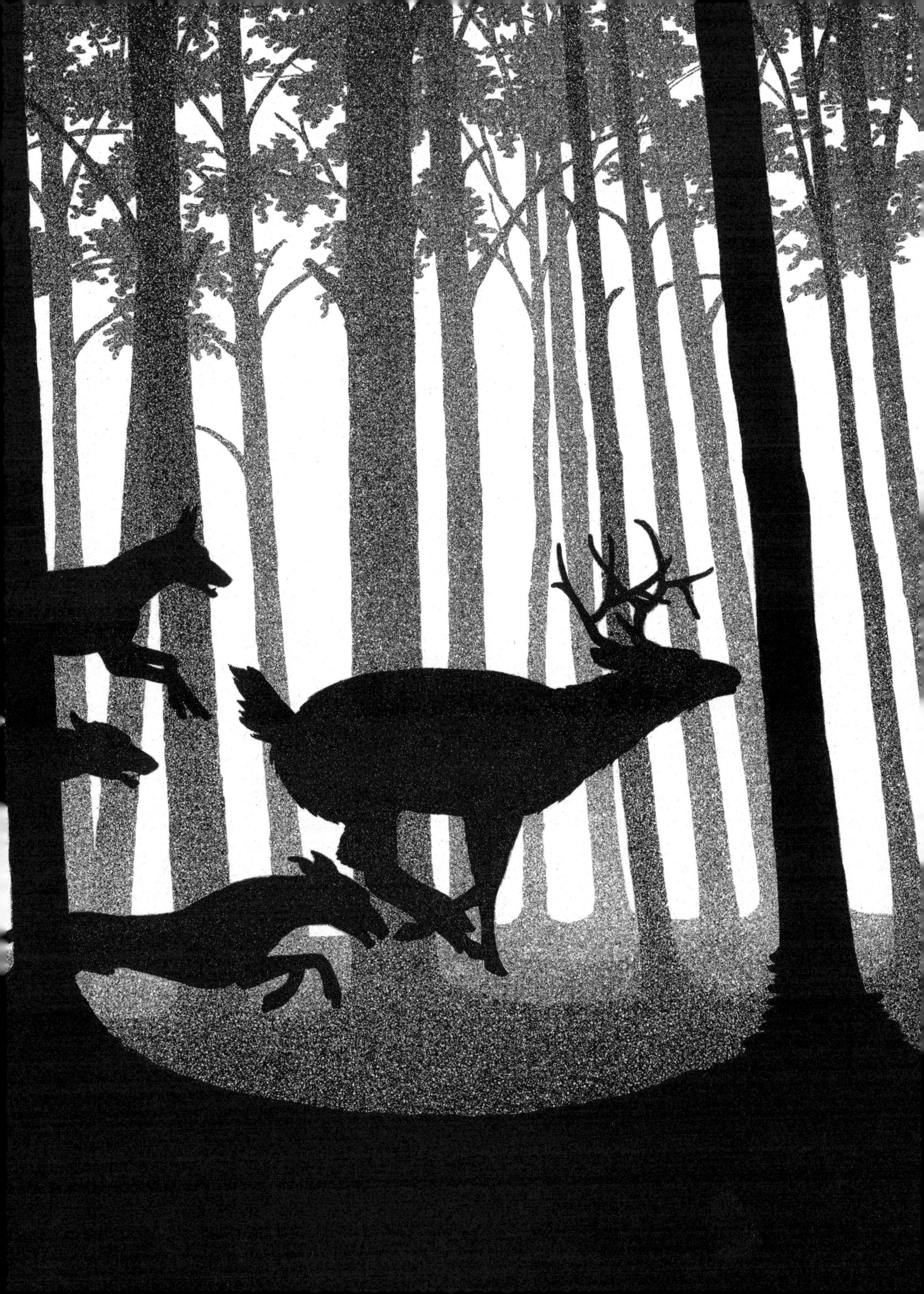

Am nächsten Morgen verblasste diese Erkenntnis jedoch und stattdessen erfasste ihn schieres Entsetzen, als er entdeckte, dass seine Unterarme mit tiefen Schnitten und Kratzern übersät waren.

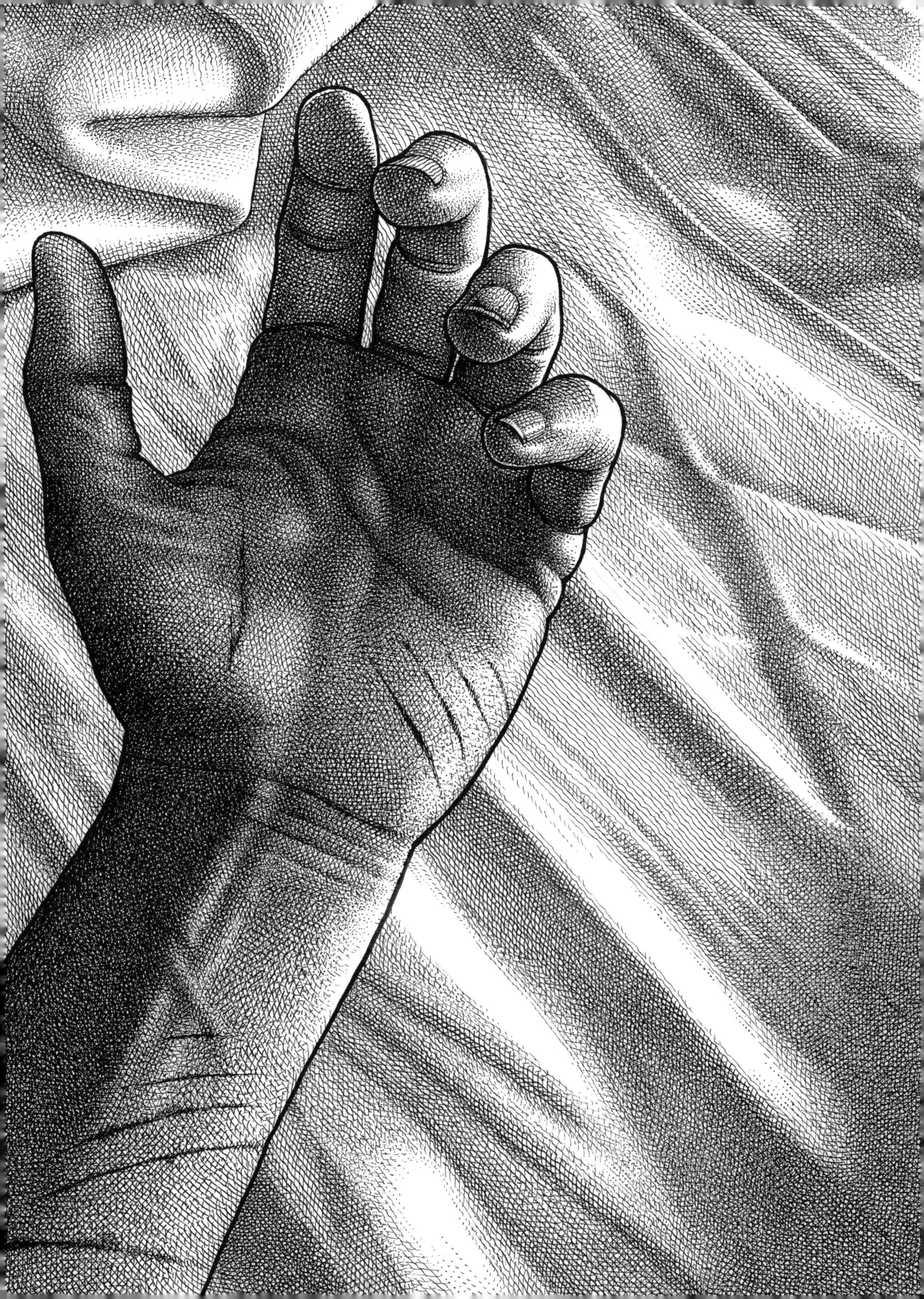

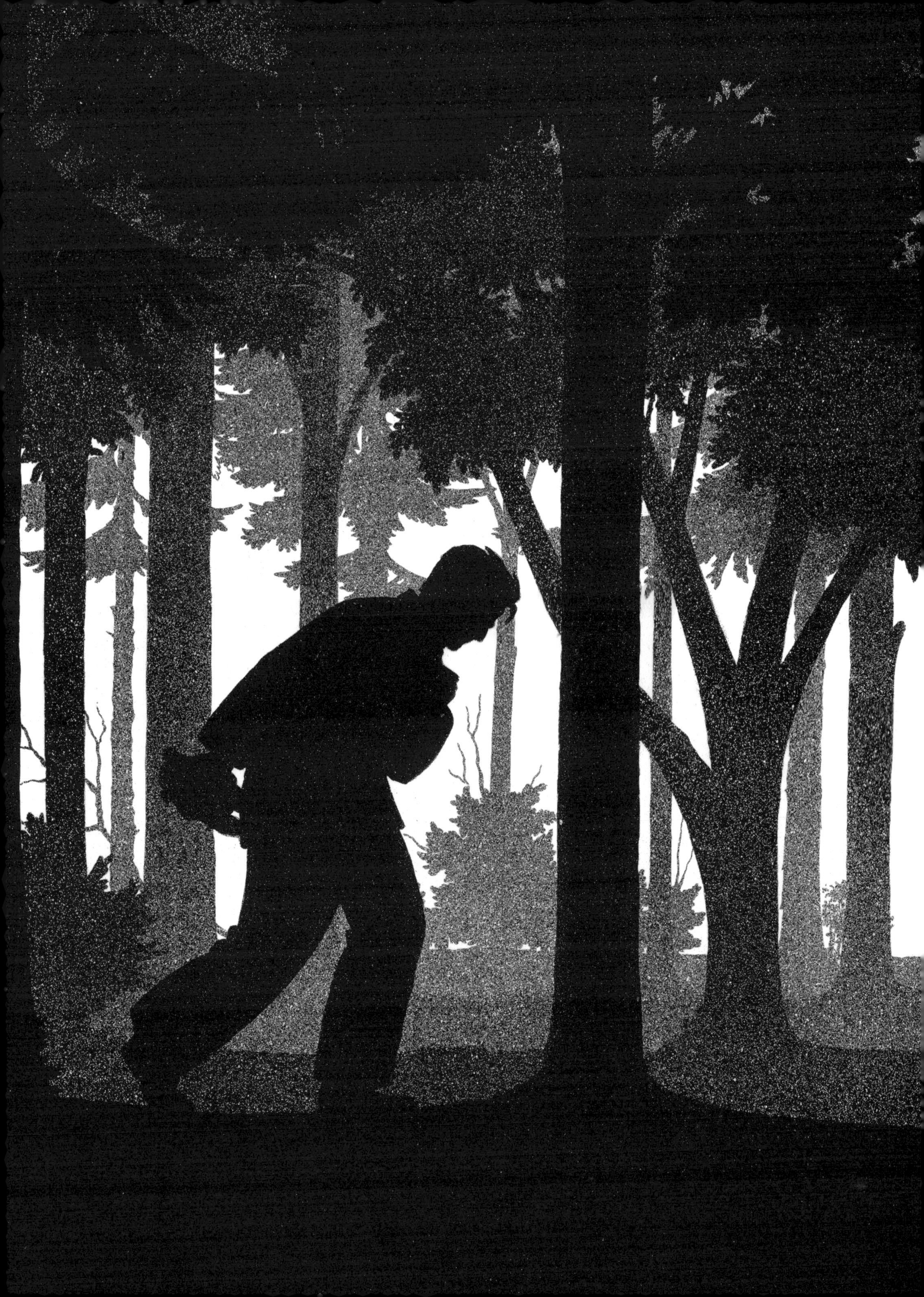

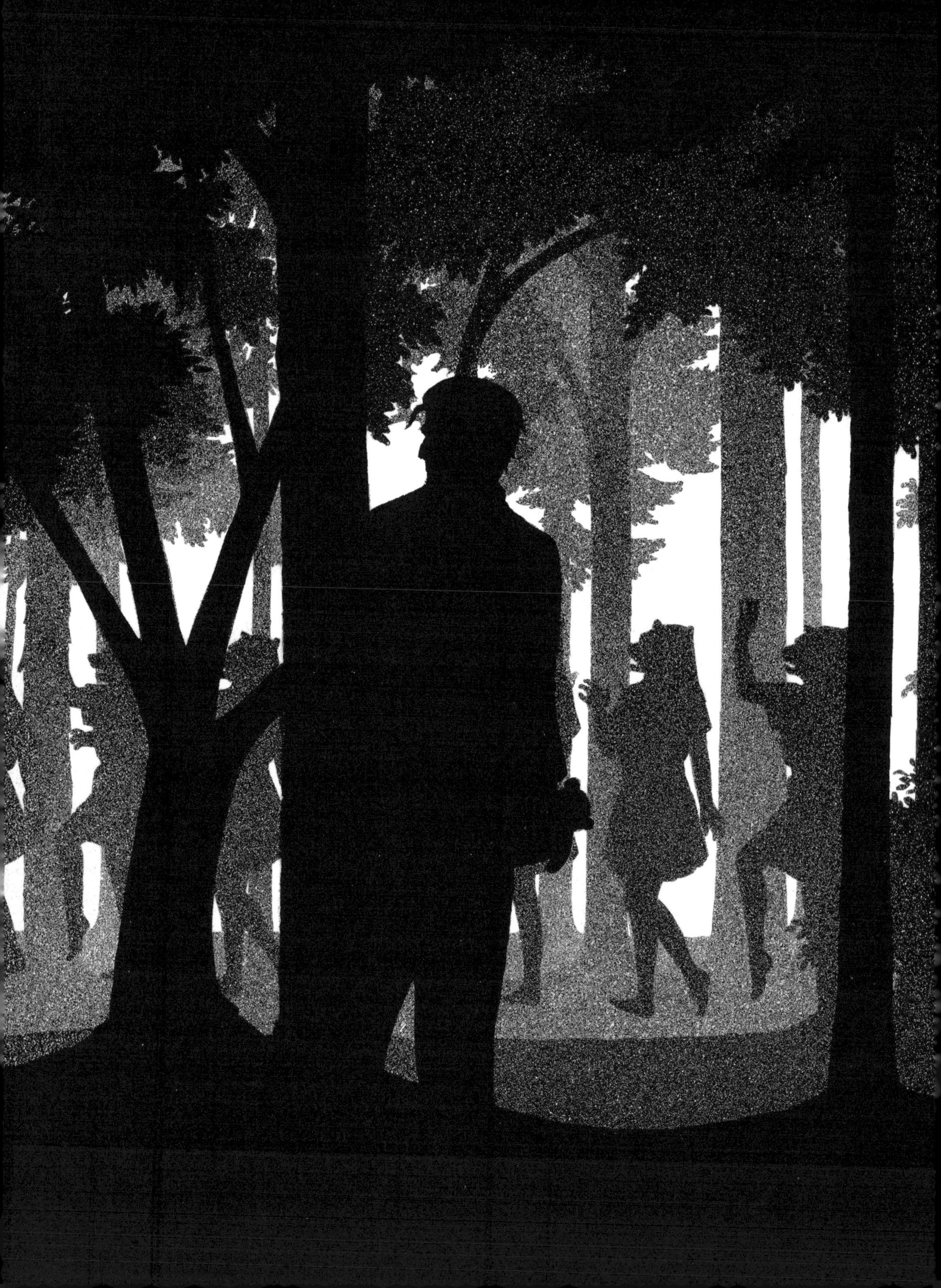

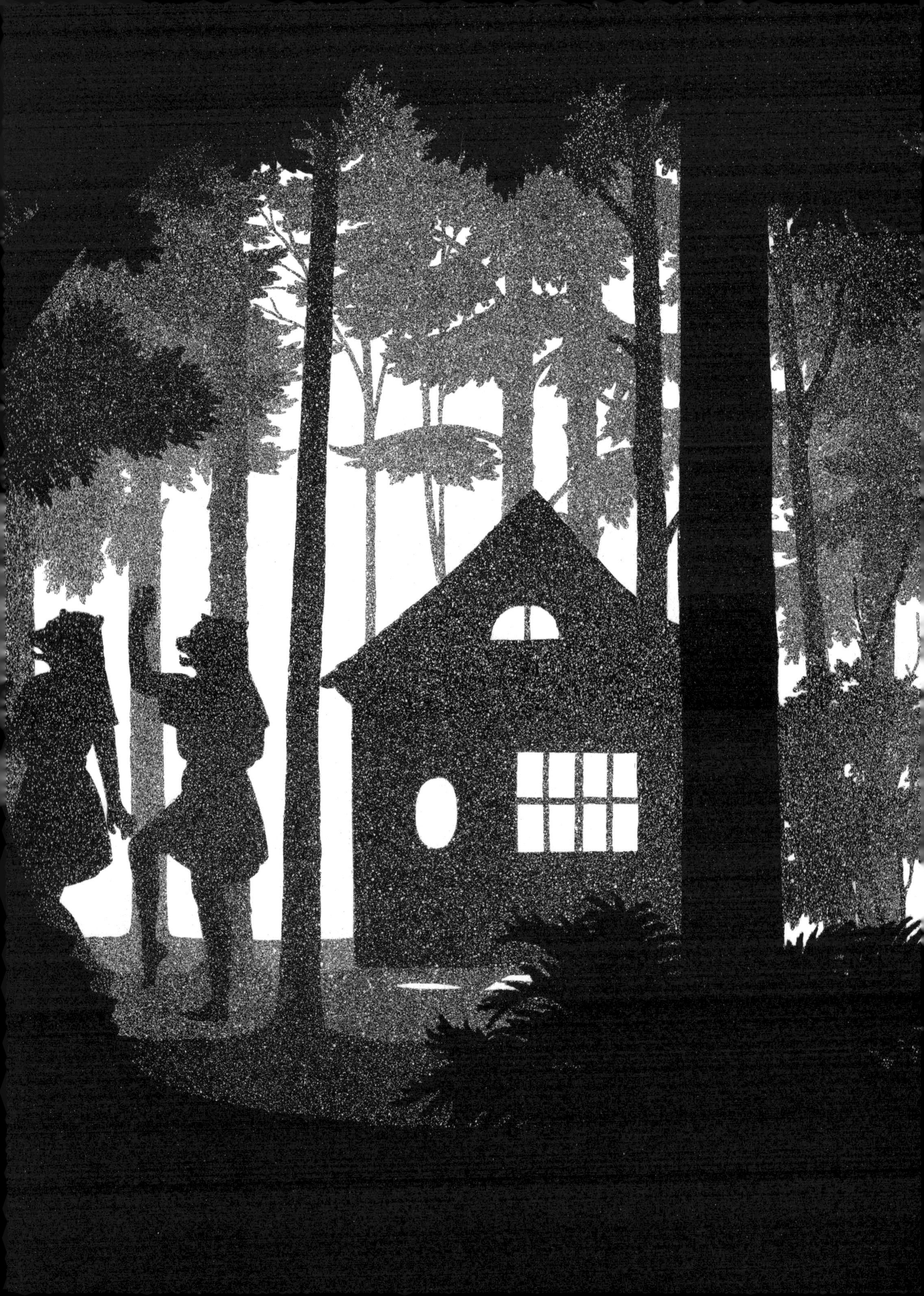

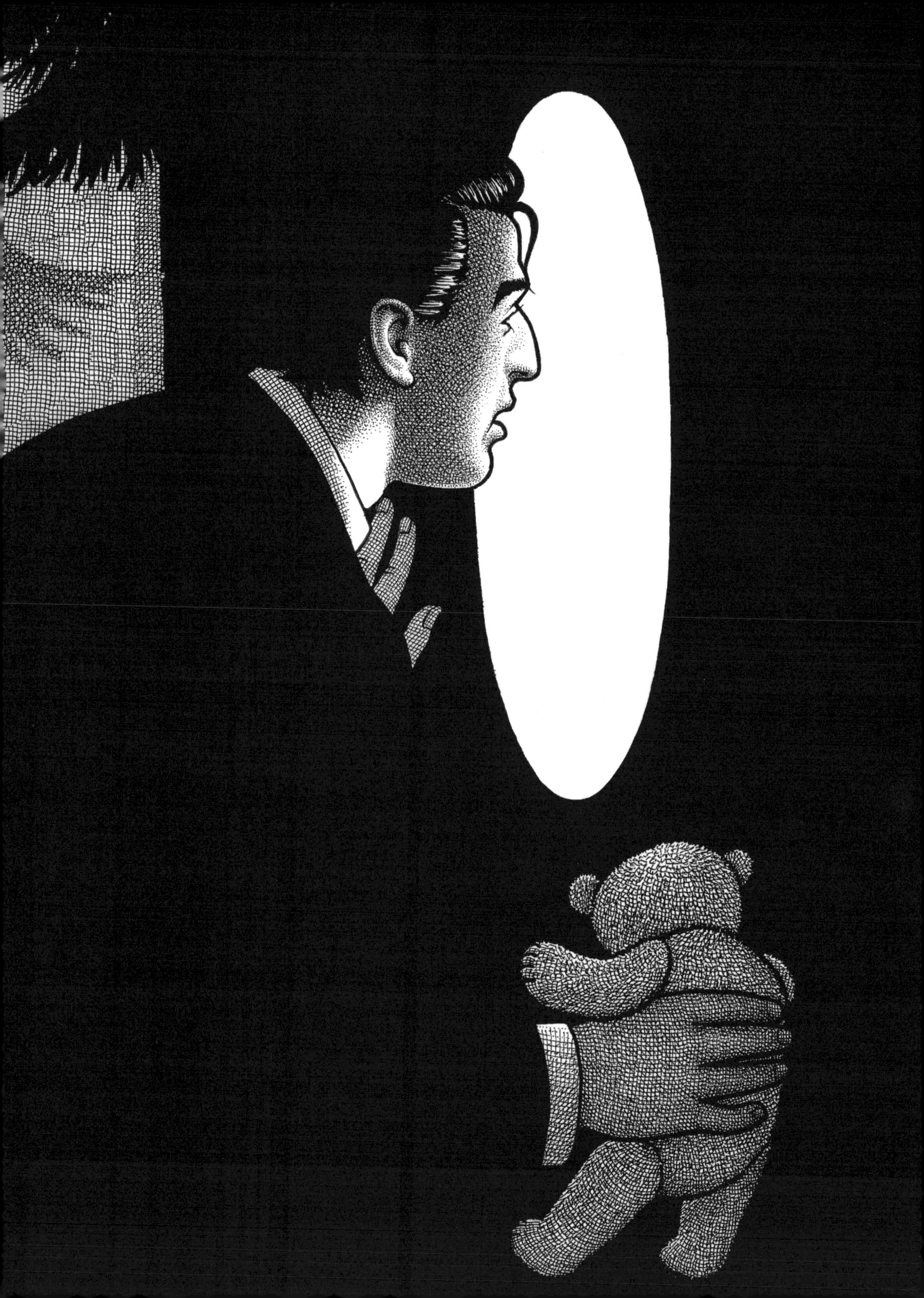

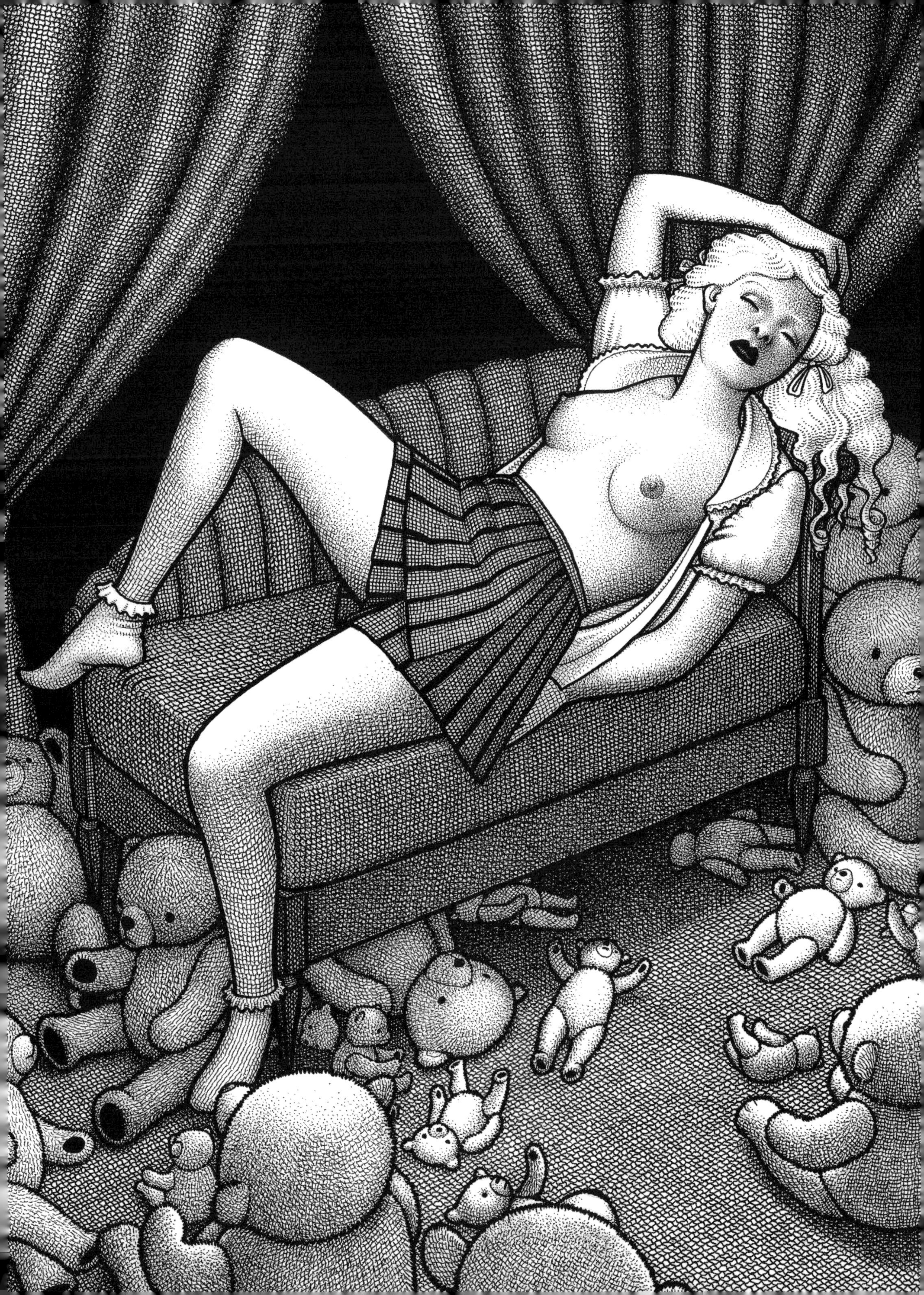

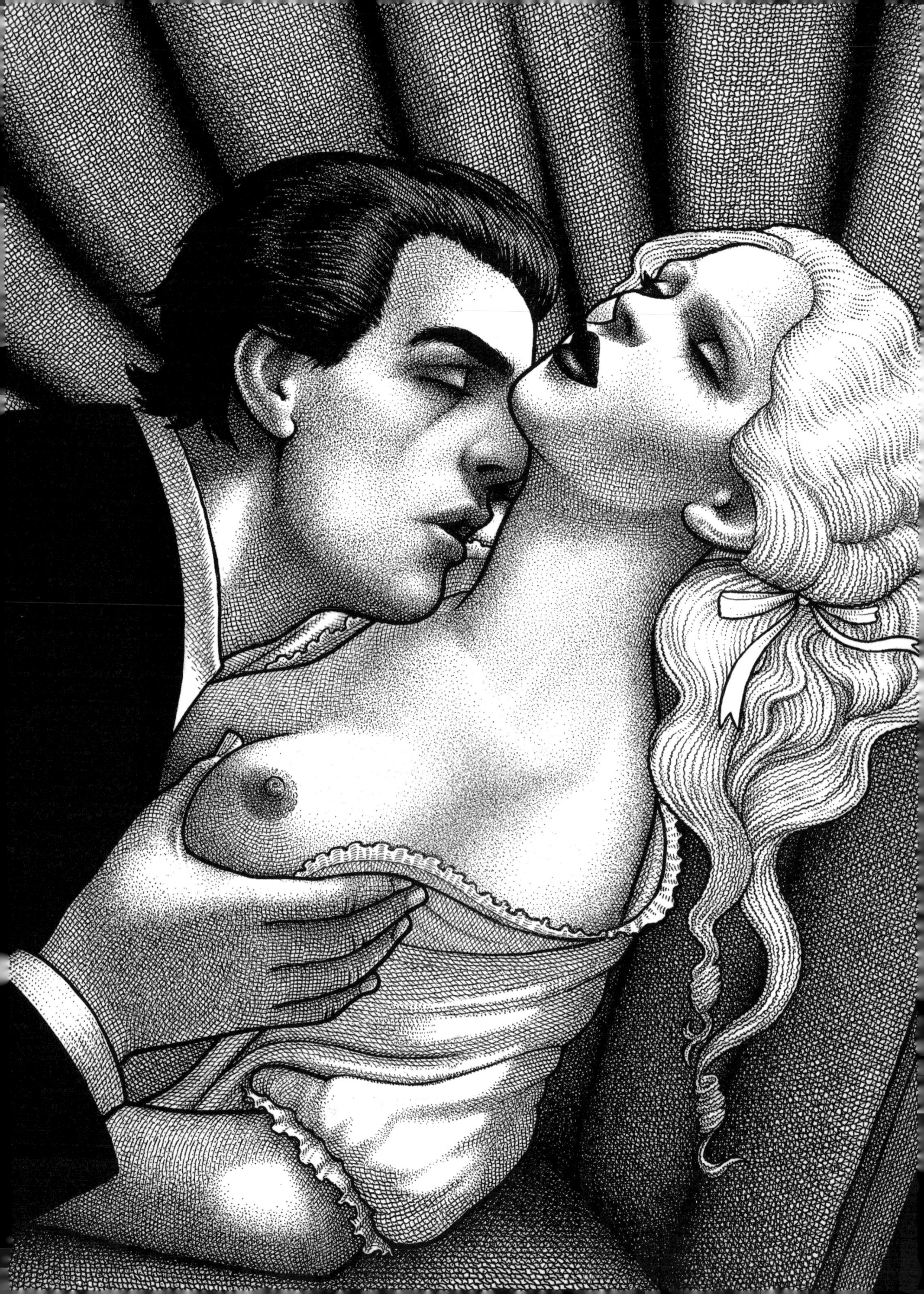

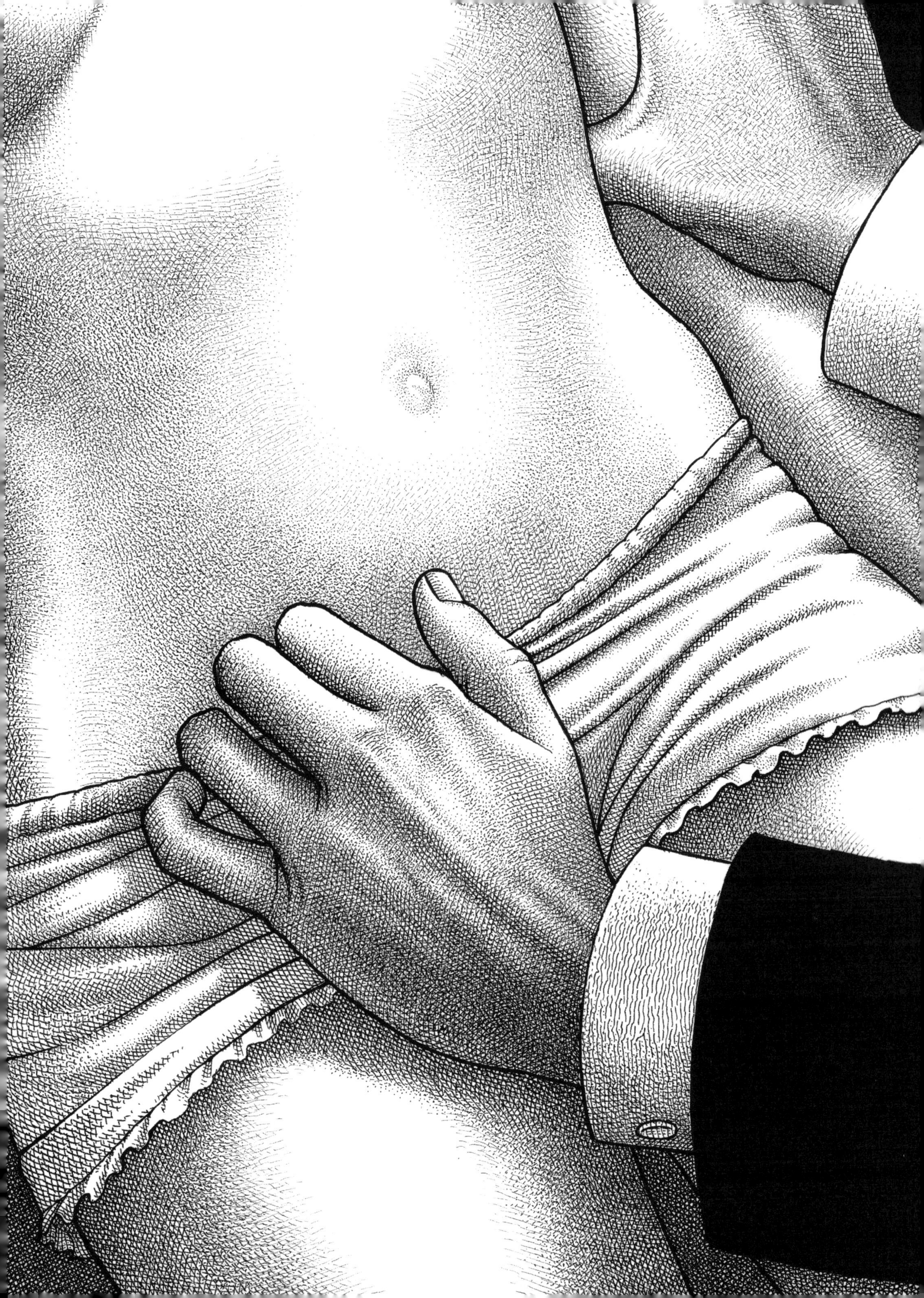

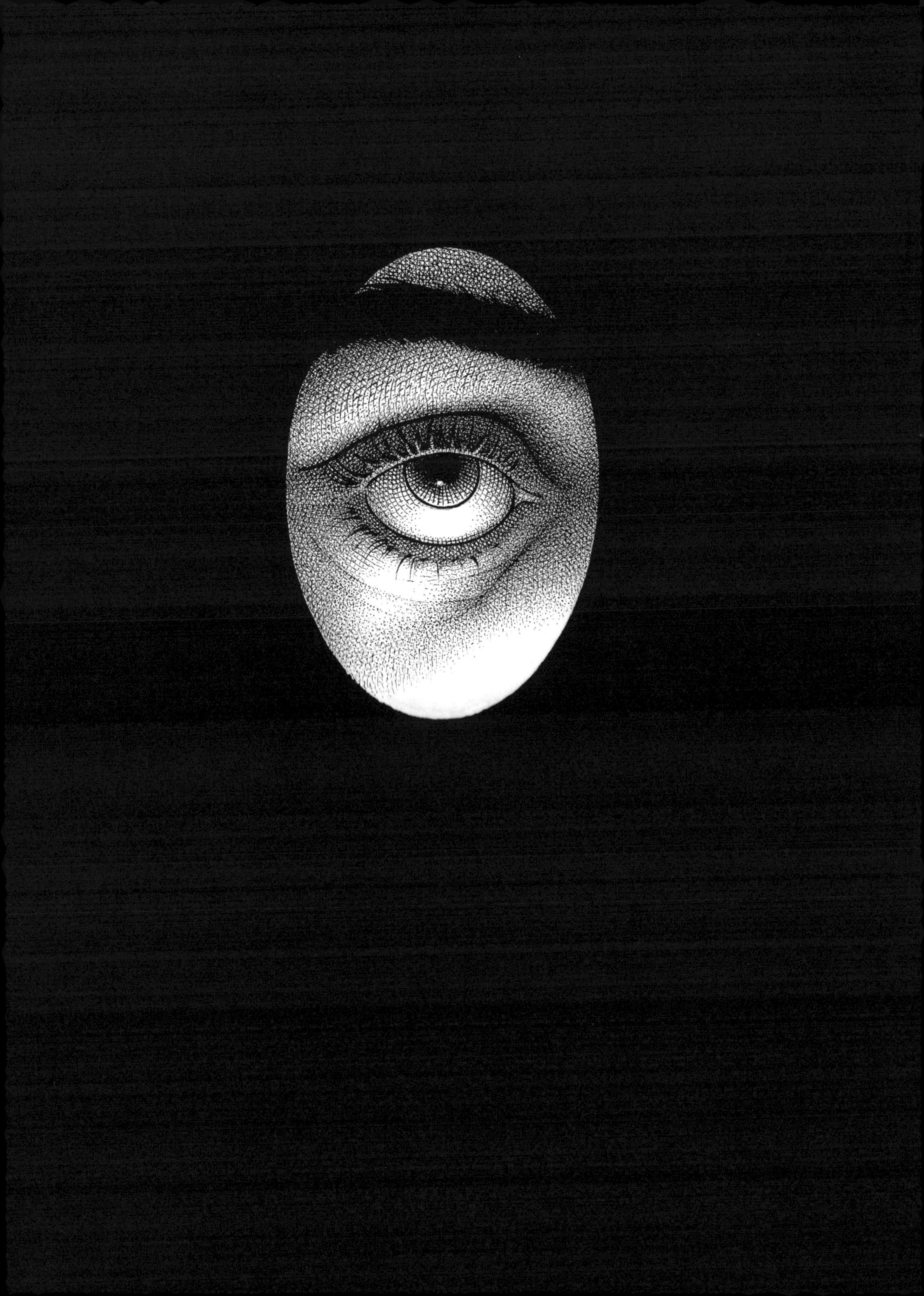

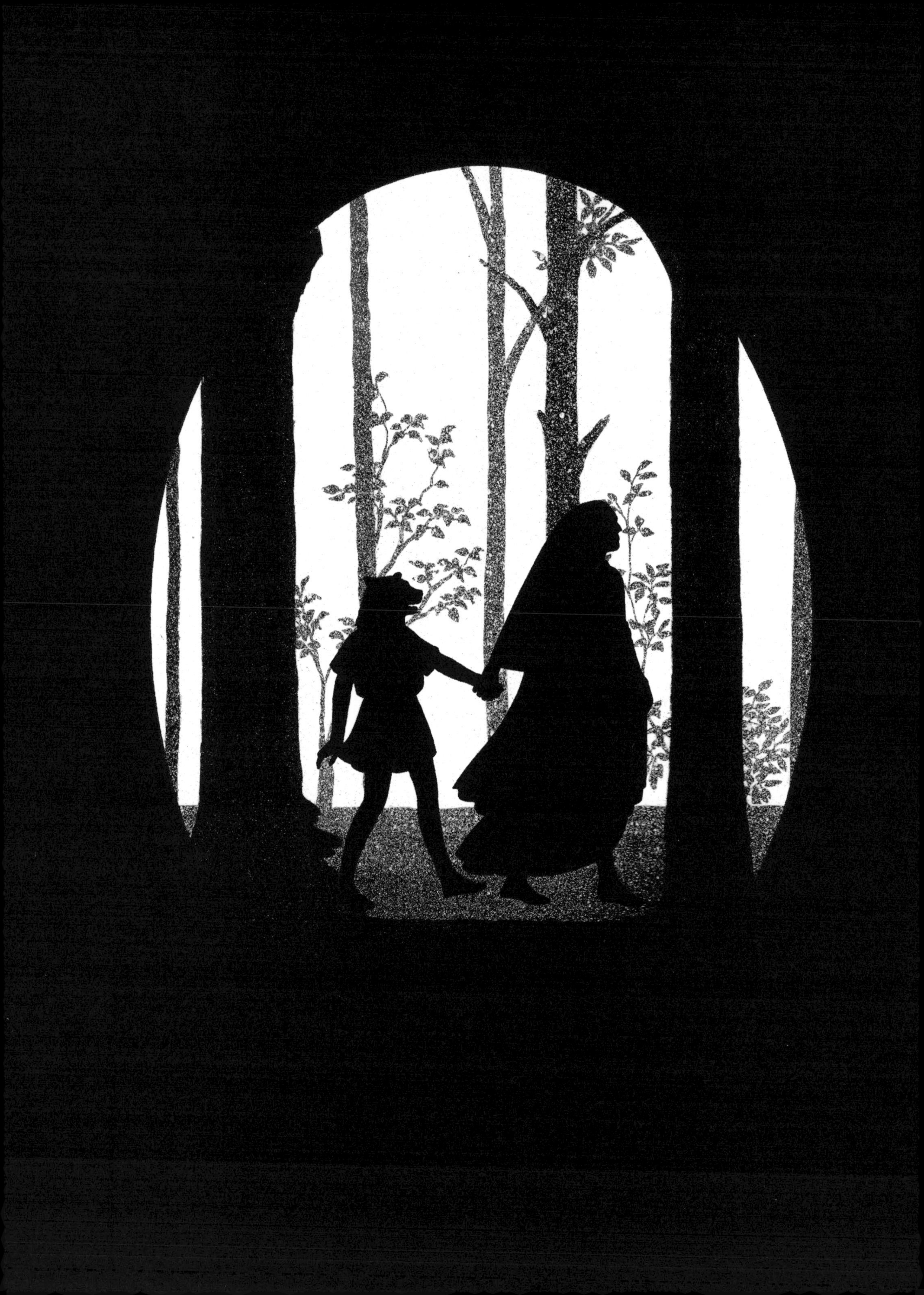

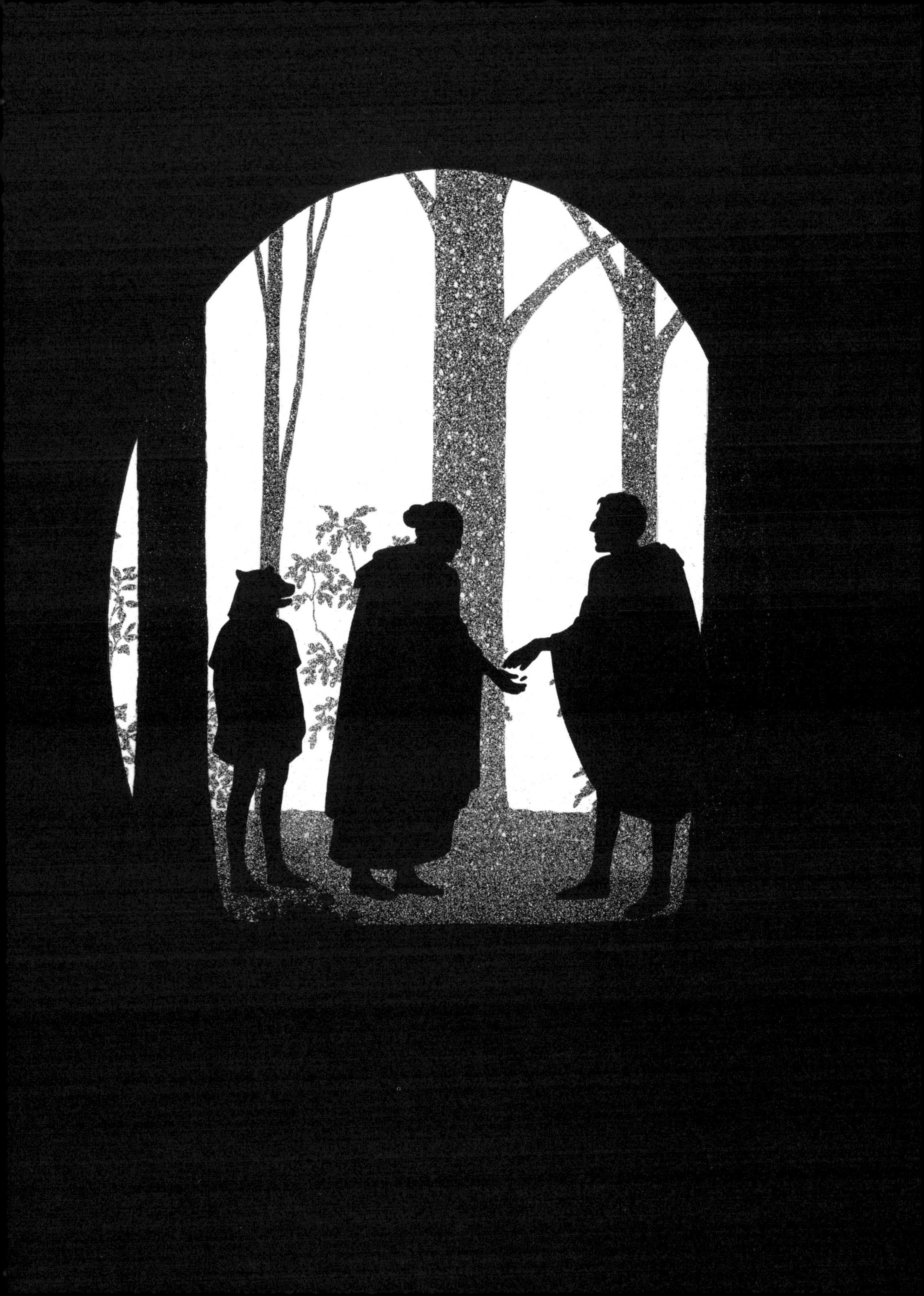

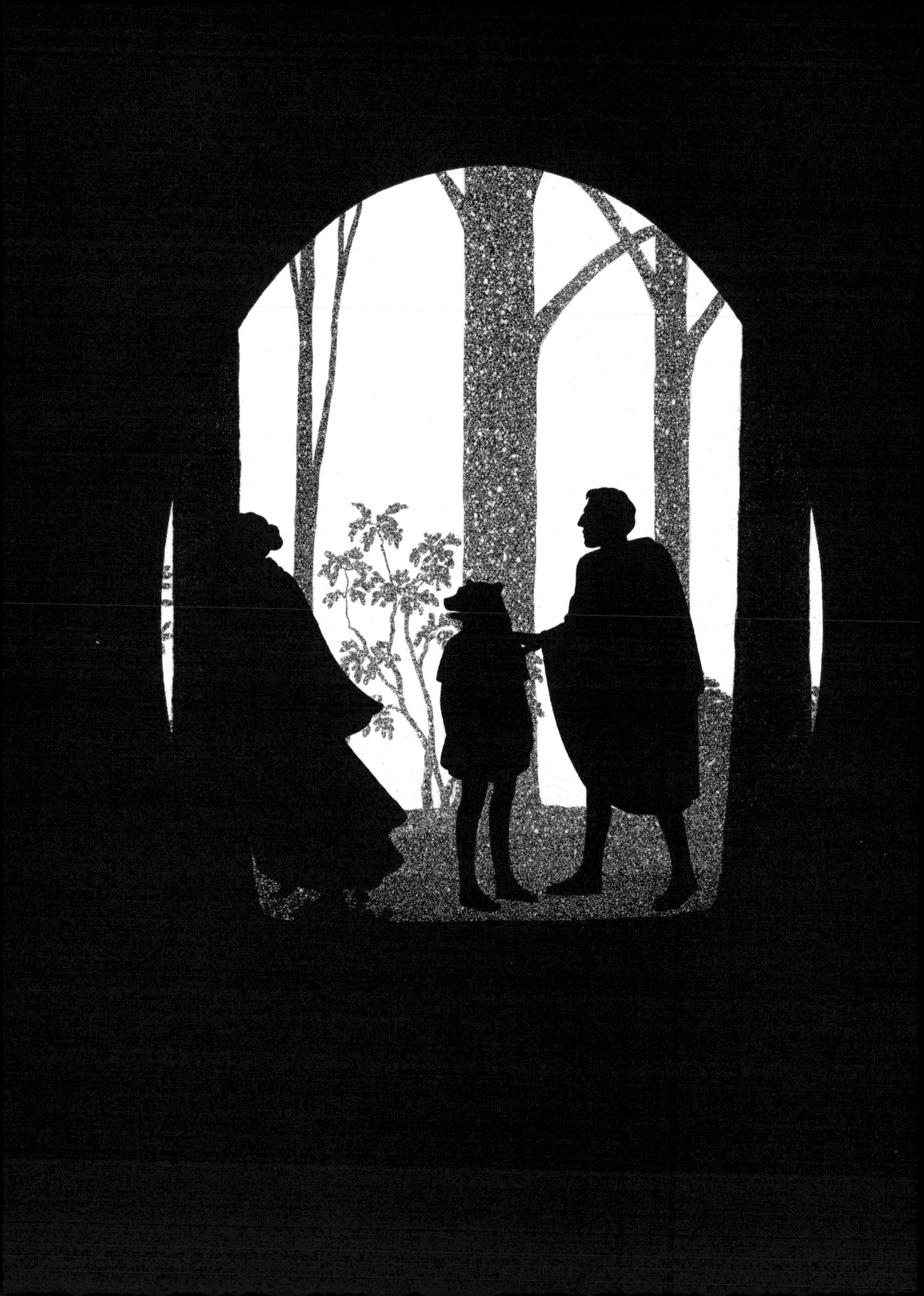

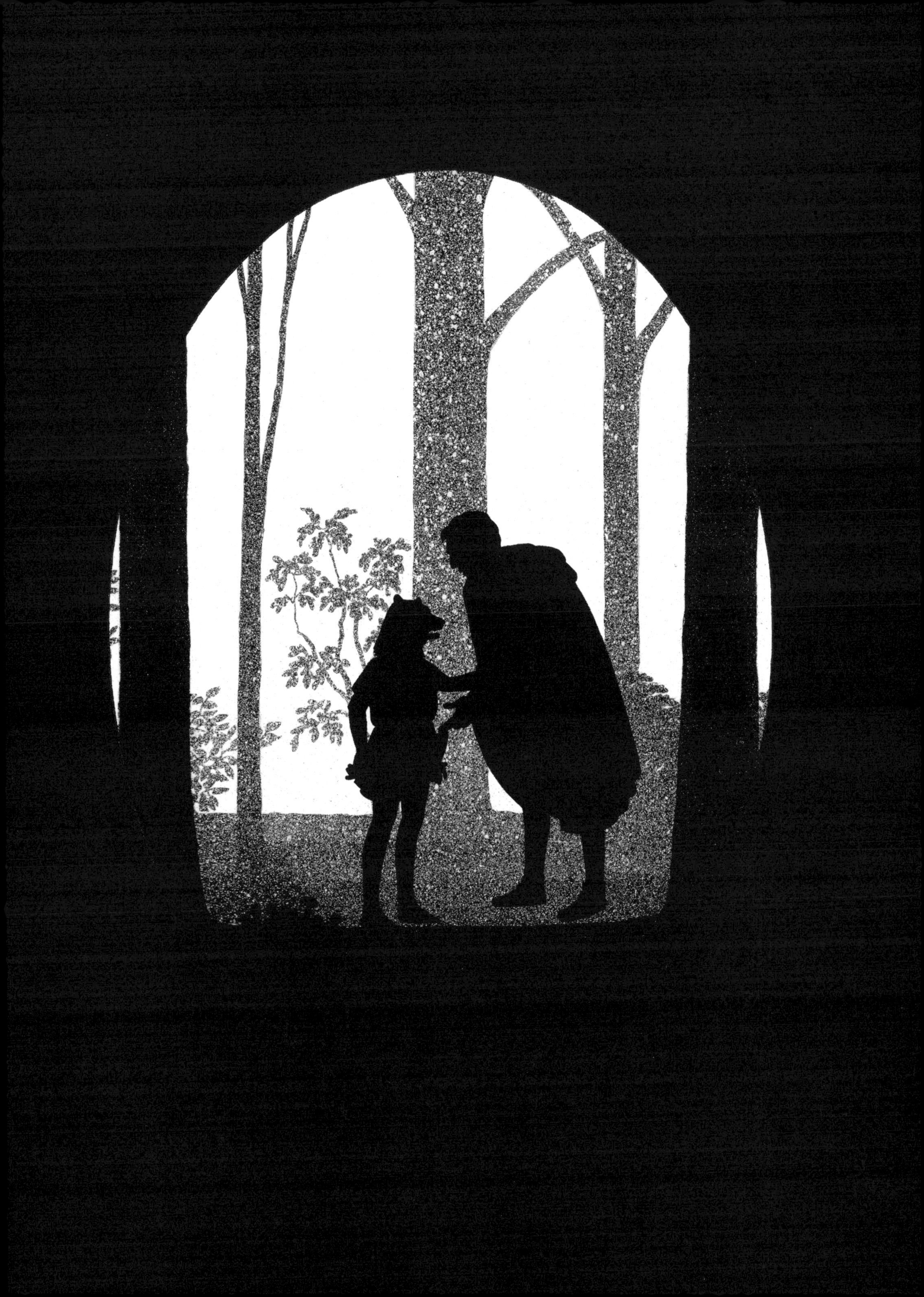

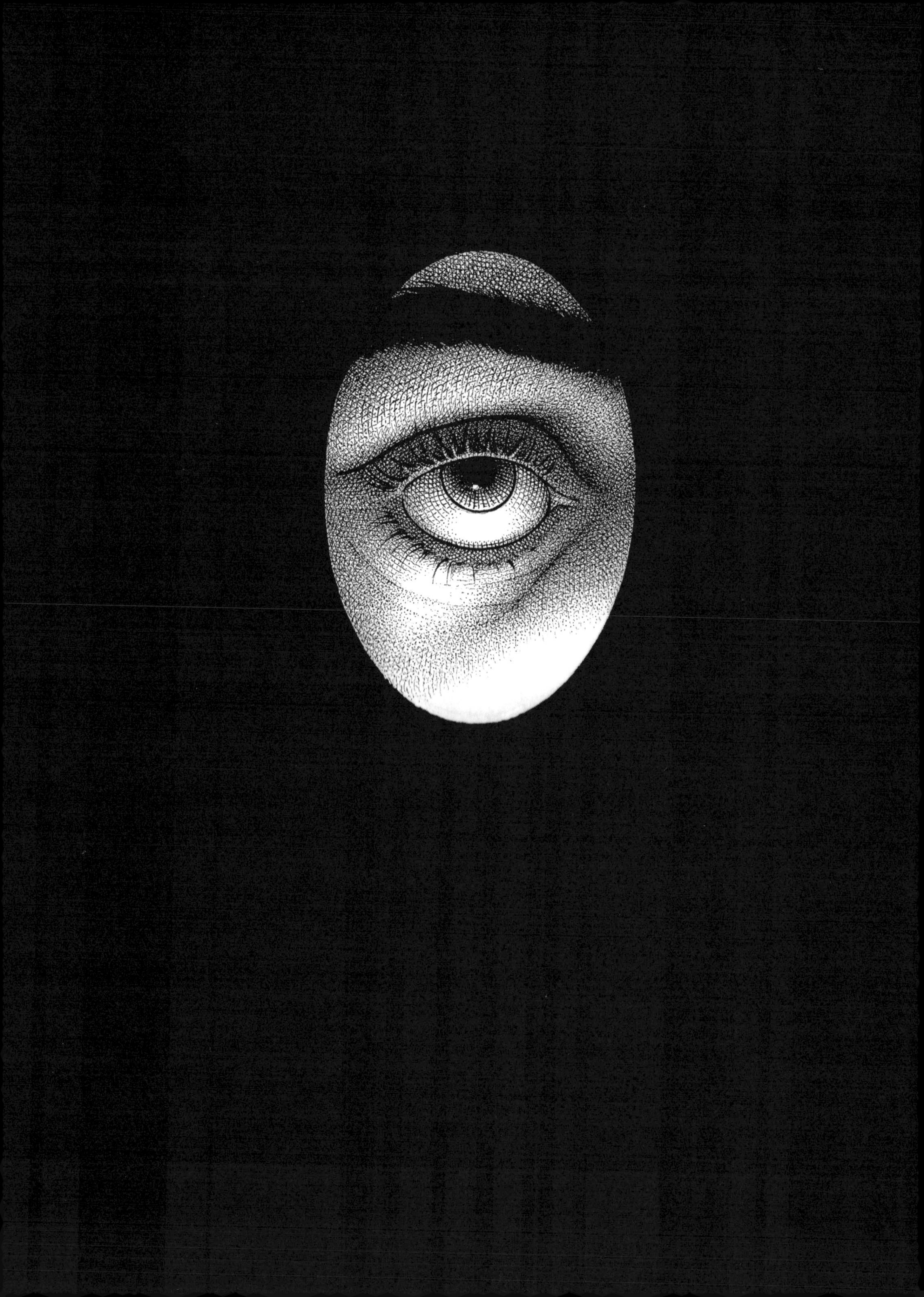

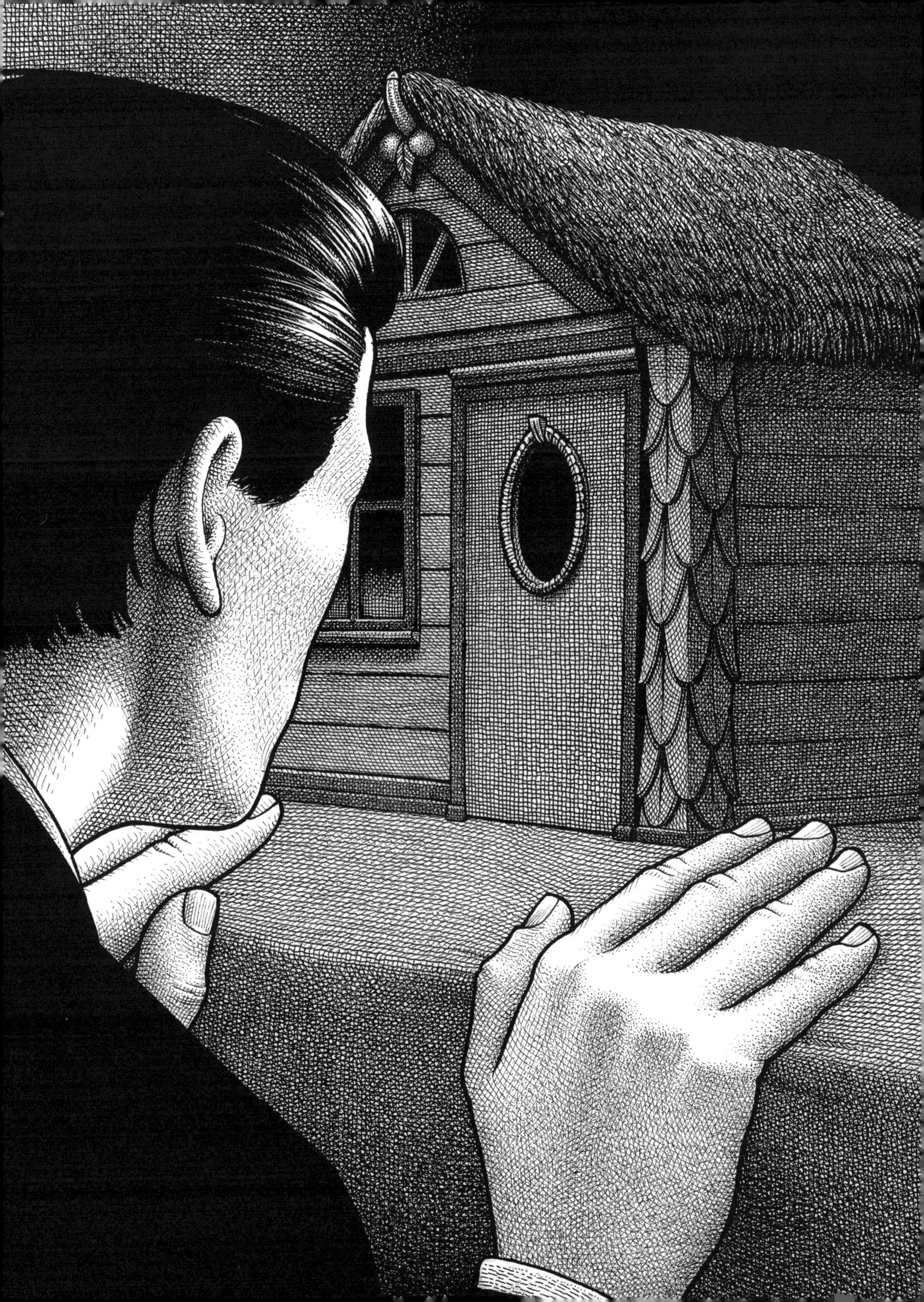

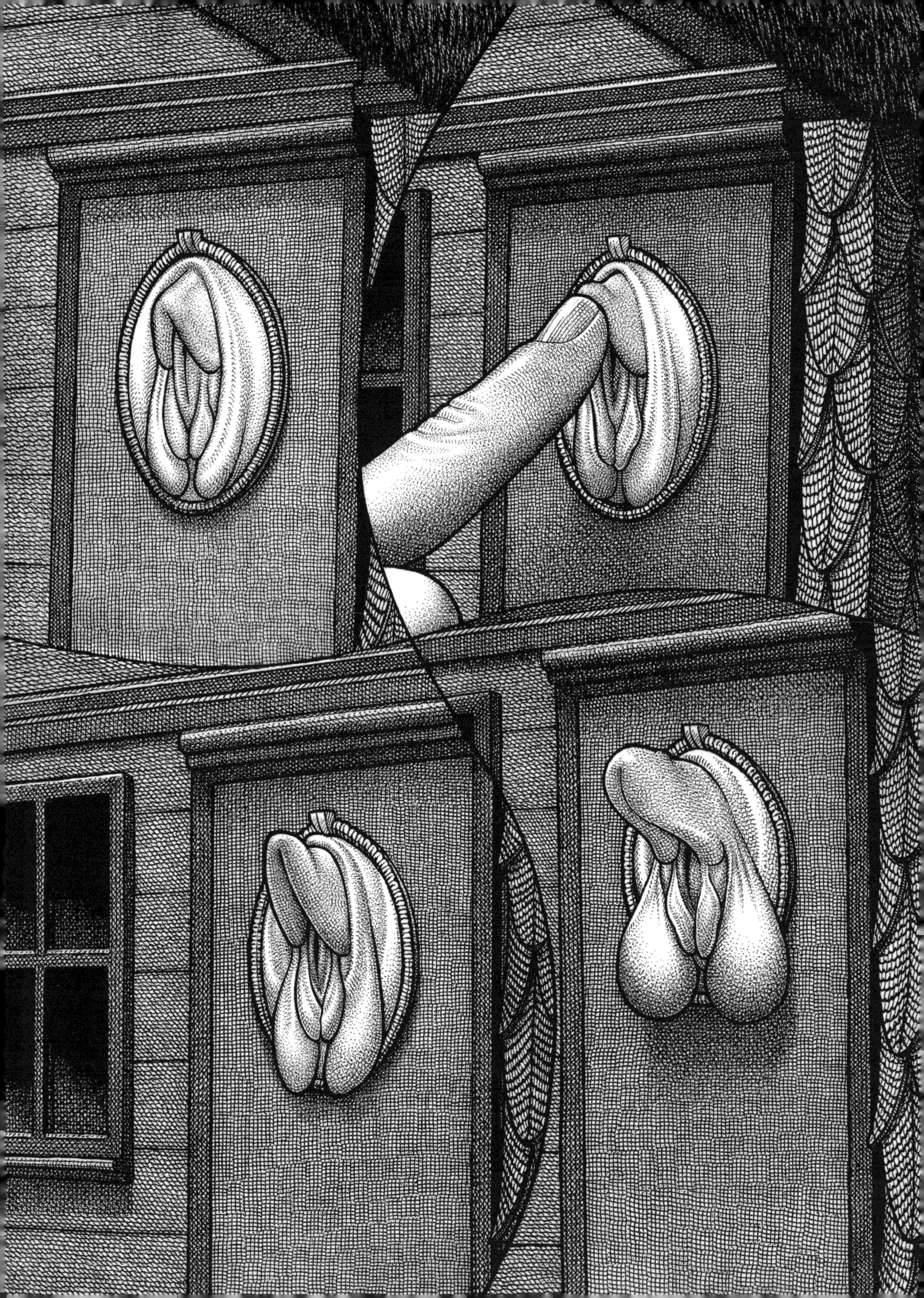

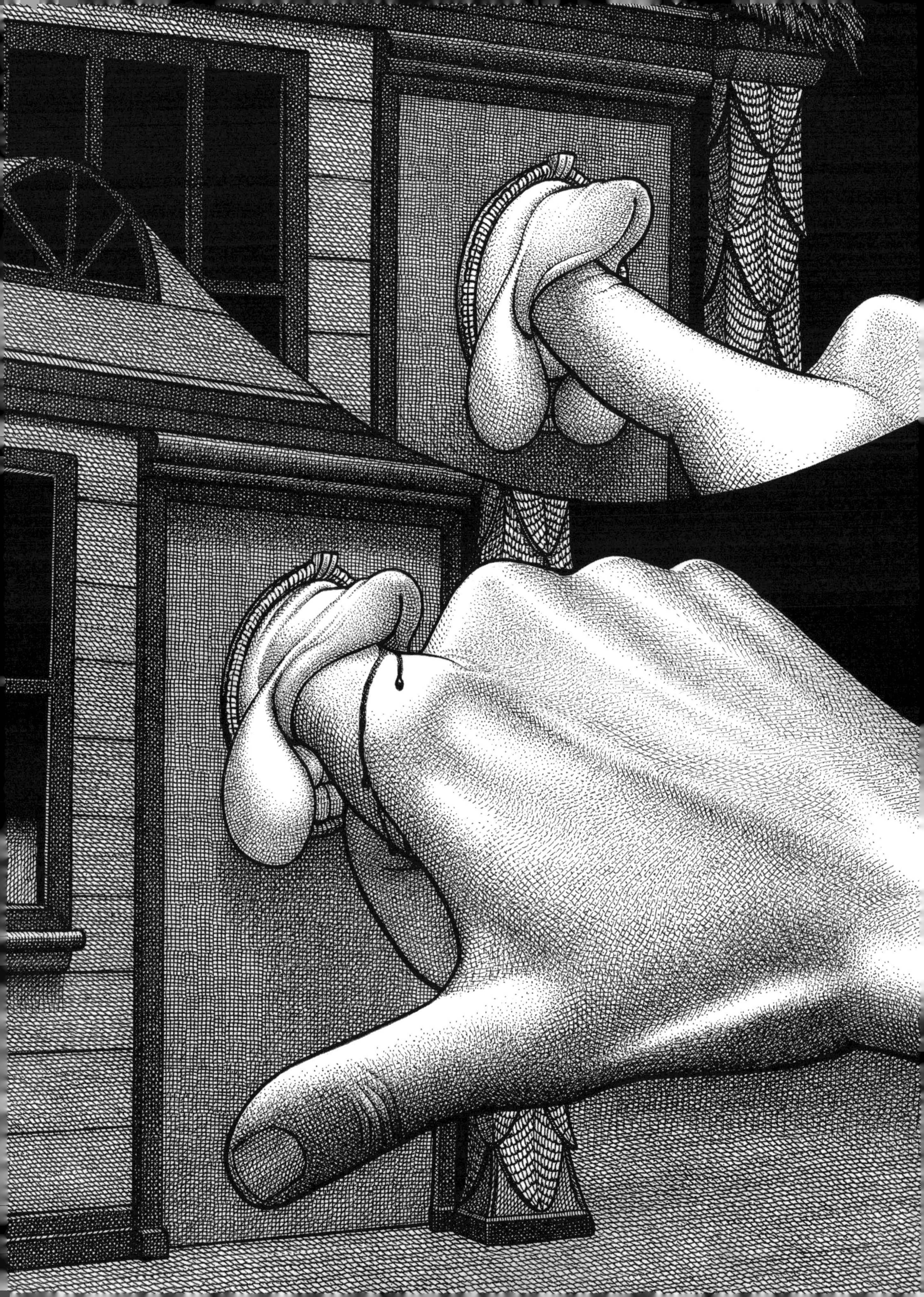

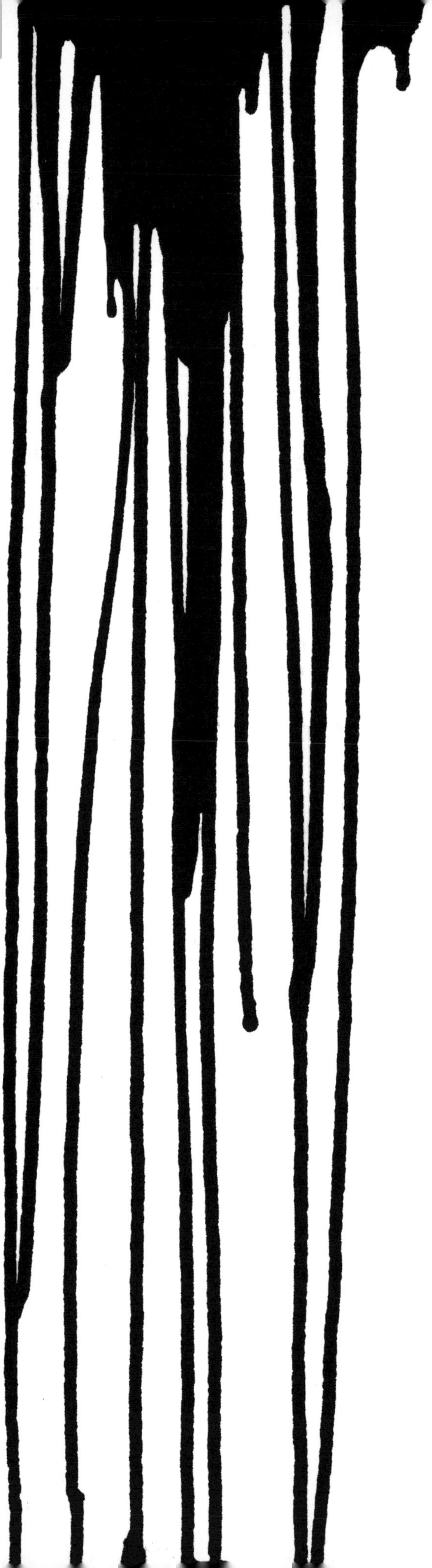

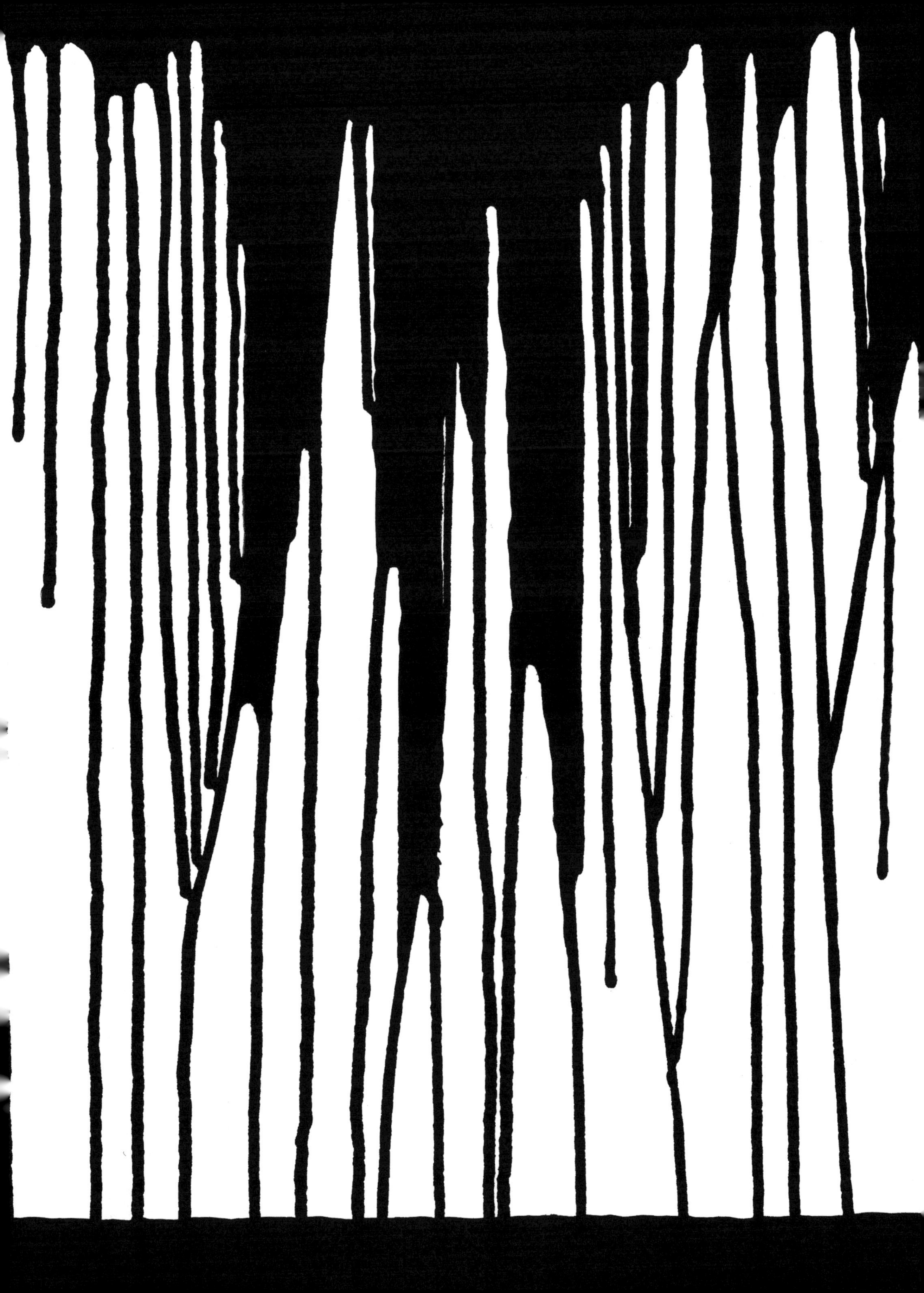

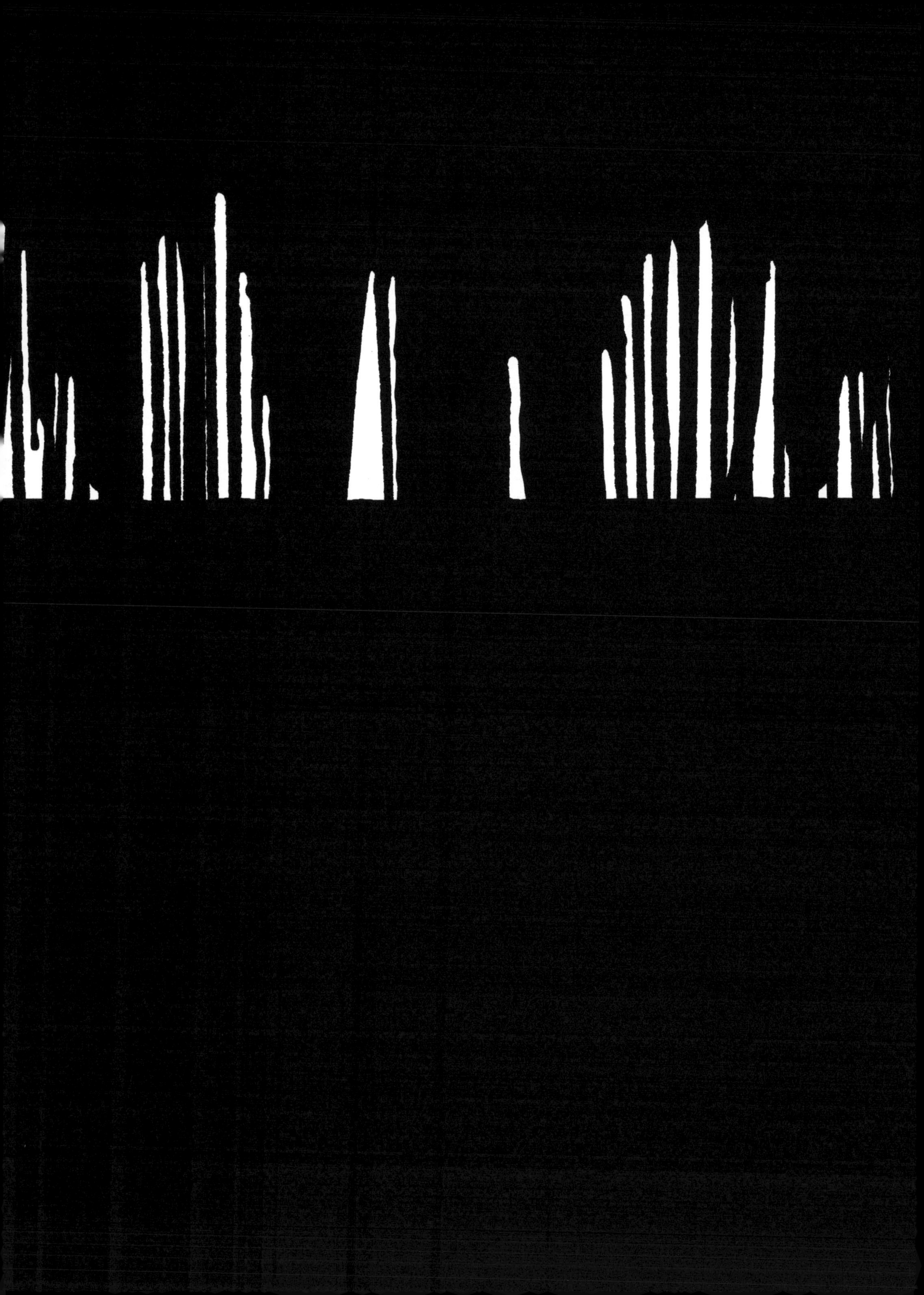

BENNY ERWACHTE DAVON, WIE EINE FAUST GEGEN SEINE WOHNUNGSTÜR HÄMMERTE. ER BRAUCHTE EINE WEILE, BIS ER BEGRIFF, WO ER WAR.

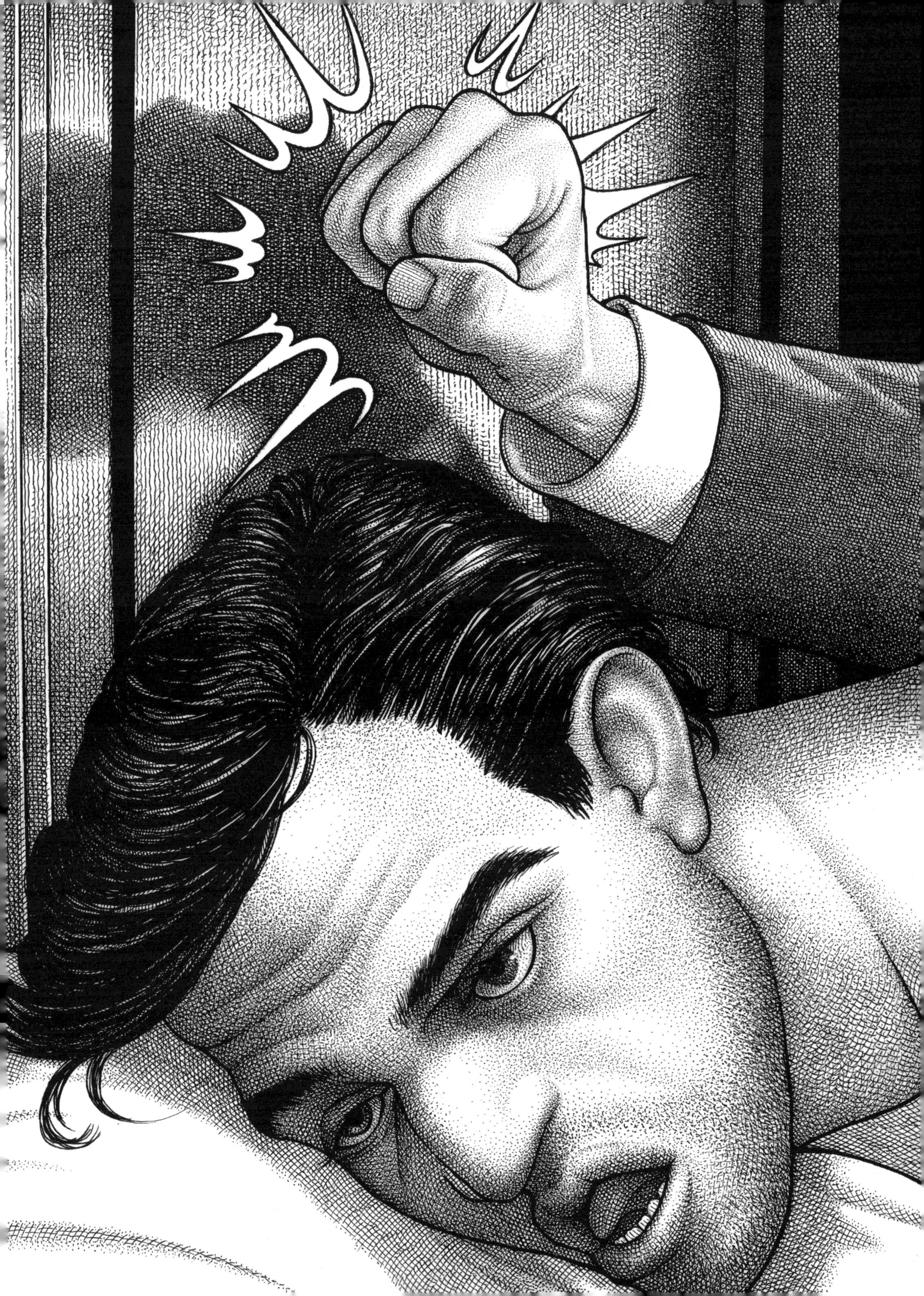

MIT GROSSER ANSTRENGUNG GELANG ES IHM, SICH ZUSAMMENZUREISSEN UND DIE TÜR ZU ÖFFNEN. DREI MÄNNER STANDEN IHM GEGENÜBER. EIN MANN IN ZIVIL, FLANKIERT VON ZWEI UNIFORMIERTEN POLIZISTEN, STELLTE SICH ALS KRIMINALKOMMISSAR LLOYD VOR.

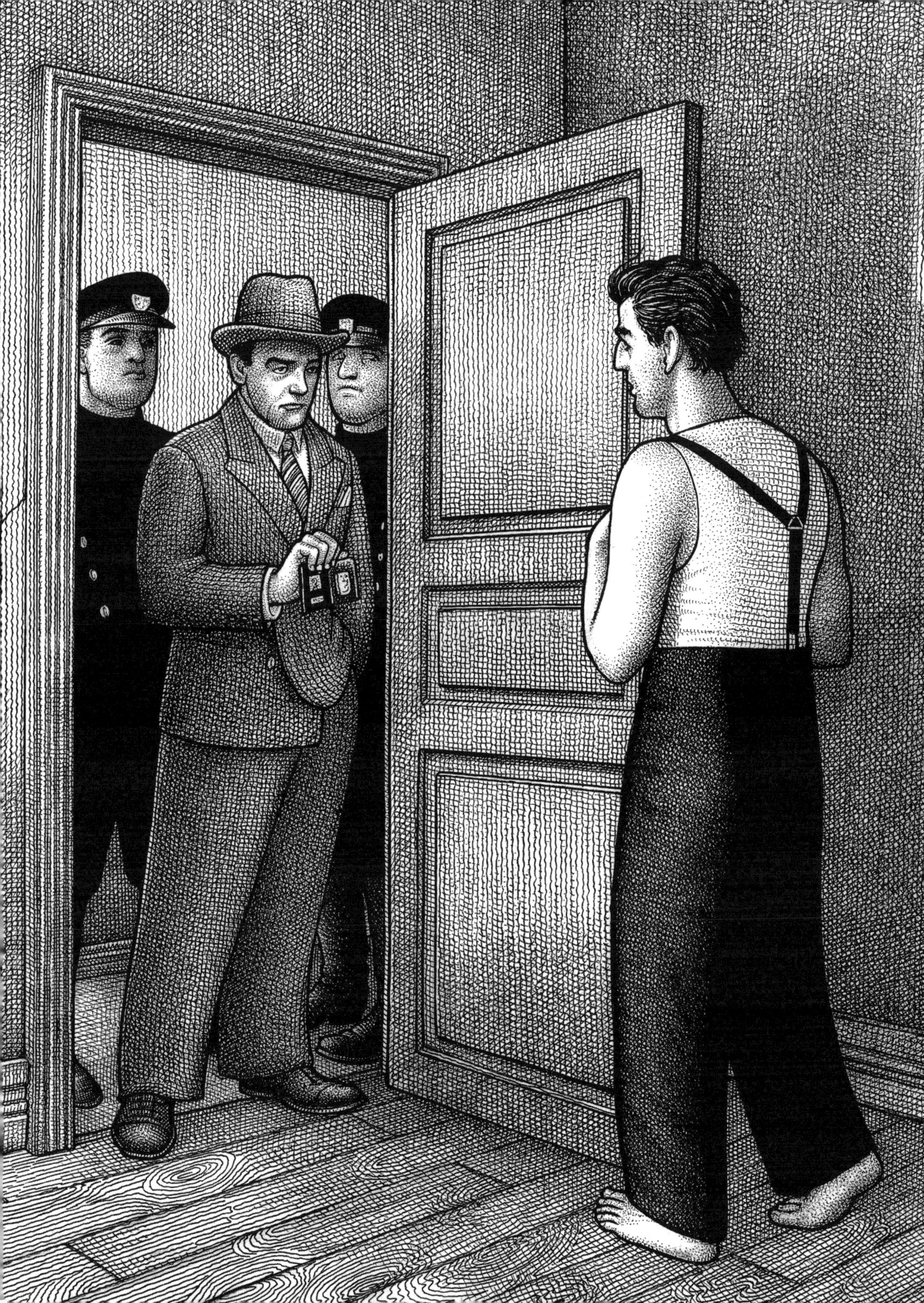

MAN ZEIGTE BENNY EINEN DURCHSUCHUNGSBEFEHL UND BAT IHN, DEN KOMMISSAR UND SEINE MÄNNER AUF DIE WACHE ZU BEGLEITEN. ER WAR VERWIRRT, TAT ABER, WIE IHM GEHEISSEN WURDE.

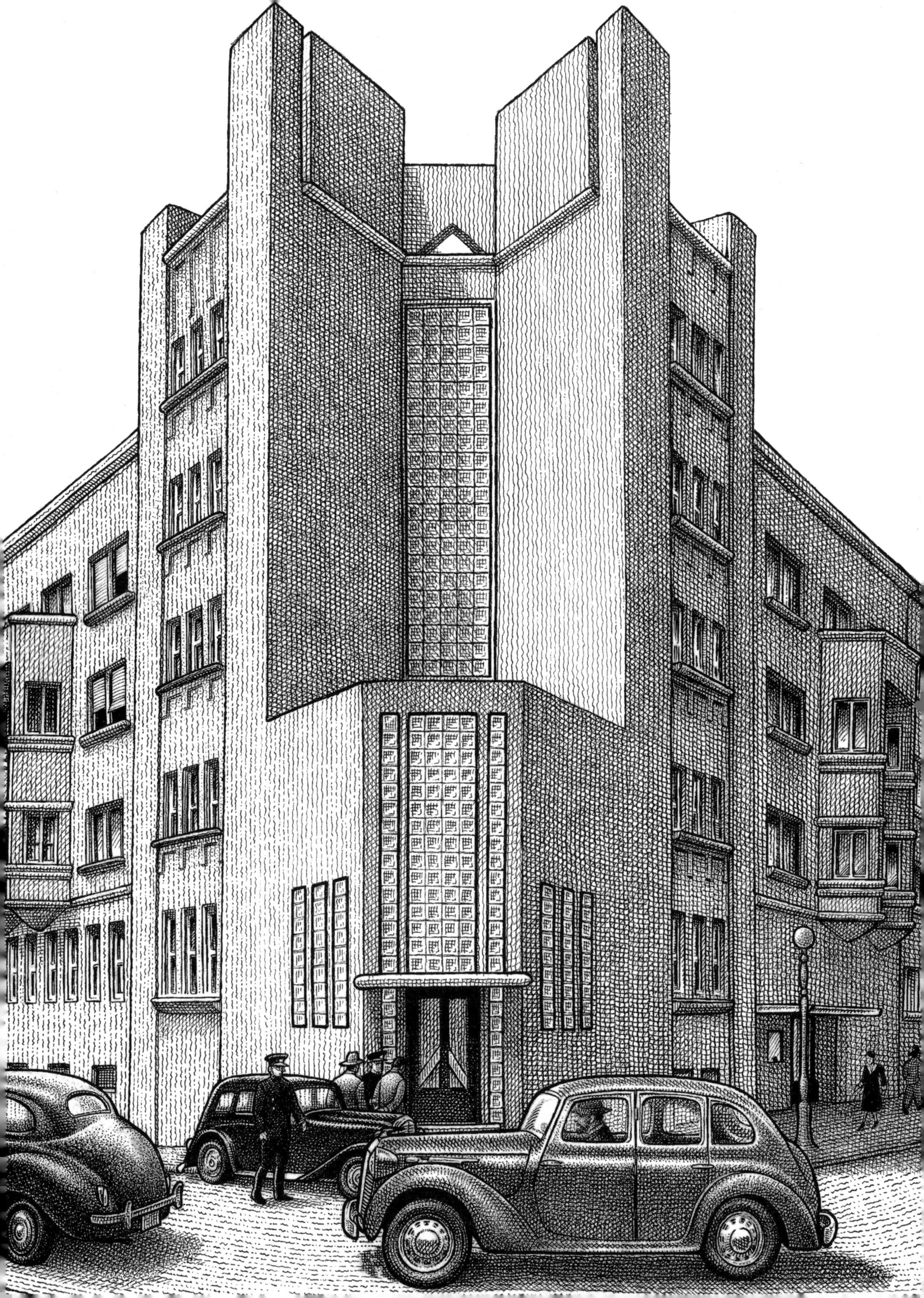

AUF DER POLIZEIWACHE BEFRAGTE MAN BENNY, WO ER IN DER NACHT ZUVOR GEWESEN WAR. ER LOG UND GAB VOR, ZU HAUSE GEWESEN ZU SEIN, ALLEIN, DIE GANZE NACHT.

DER KRIMINALBEAMTE BLICKTE IHN MISSTRAUISCH AN UND HOLTE DEN HUT HERVOR, DEN BENNY VERLOREN HATTE. ALS ER IHN FRAGTE, OB DER HUT IHM GEHÖRE, BEJAHTE BENNY.

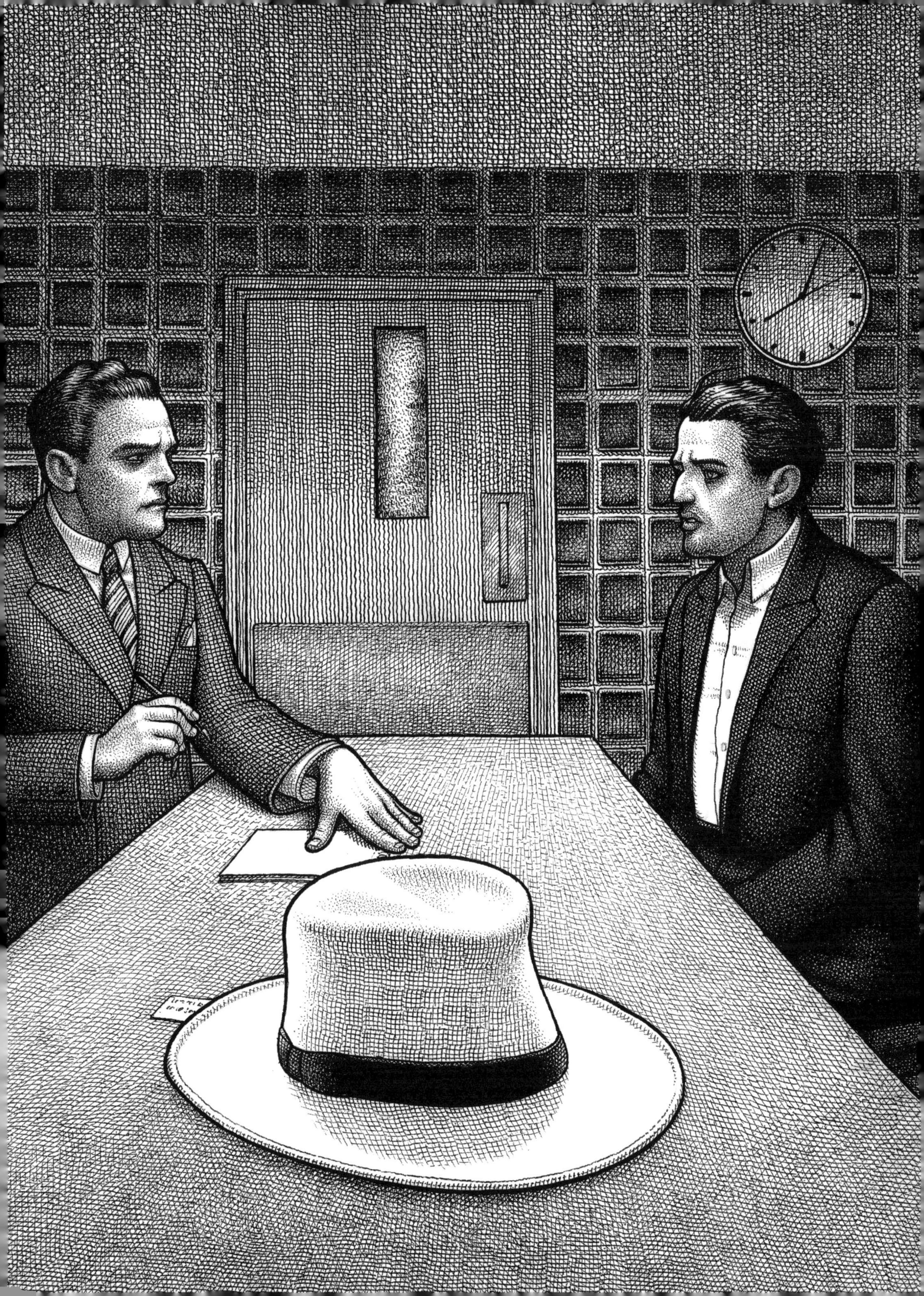

MAN FÜHRTE EINE ALTE DAME IN DAS VERHÖRZIMMER. SIE WIRKTE BEFANGEN, DOCH ALS SIE BENNY SAH, WURDE SIE AUF EINMAL SEHR AUFGEBRACHT. SIE ZEIGTE MIT IHREM FINGER AUF IHN UND SCHRIE: „DAS IST ER! SO WAHR MIR GOTT HELFE, DAS IST ER! DAS IST DER MANN, DER DEN KLEINEN MÄDCHEN HINTERHERGELAUFEN IST!"

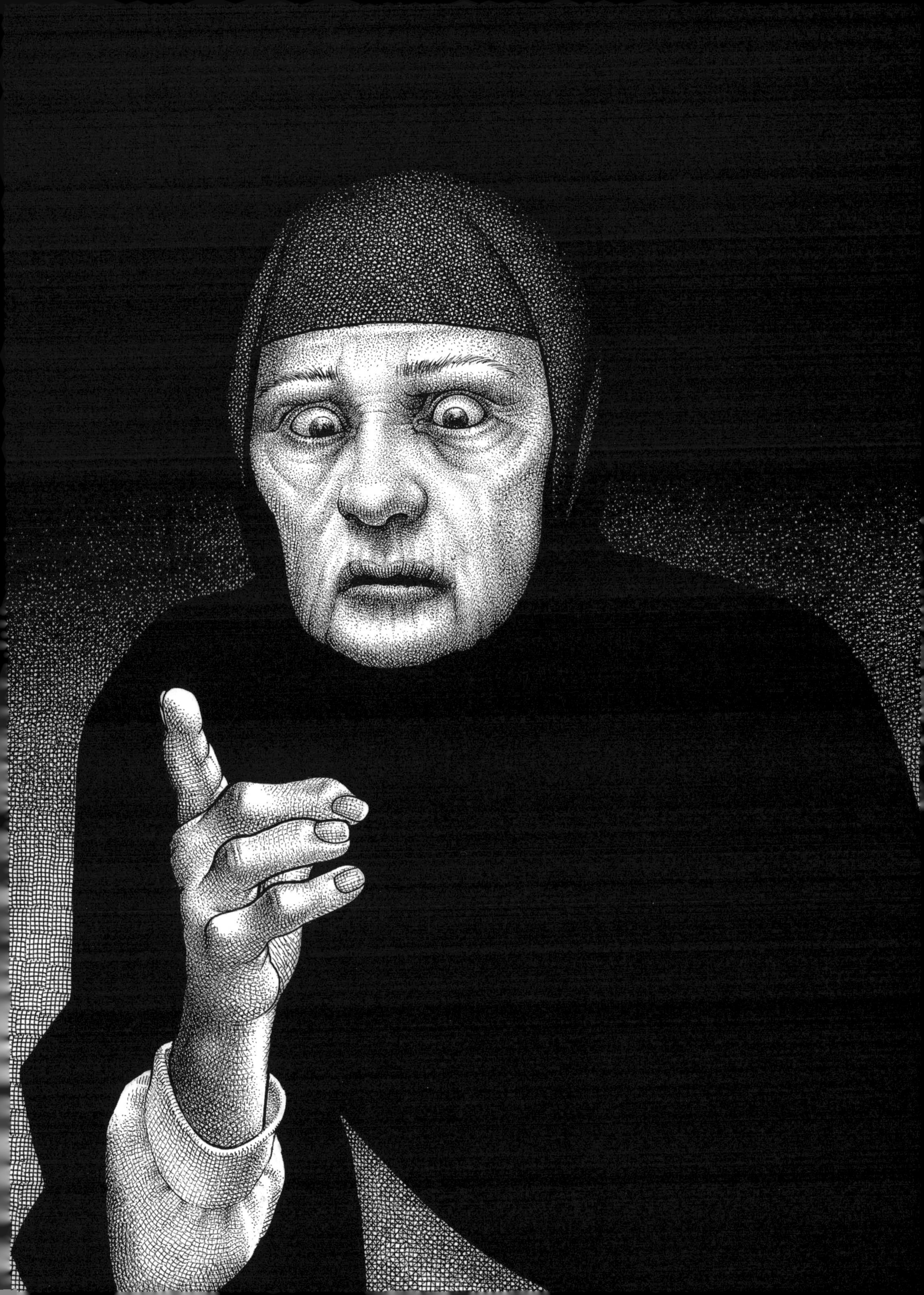

Benny war zutiefst verstört und verlangte, man solle ihm augenblicklich erklären, worum es eigentlich gehe. Der Kommissar schmunzelte und zeigte ihm drei Tatortfotos; auf jedem von ihnen war ein junges Mädchen zu sehen, etwa zwölf Jahre alt, nackt, verstümmelt und ermordet.

„Nein, nein!", schrie Benny empört auf, „ich habe diese Mädchen noch nie gesehen!"

Er gab zu, über seinen Aufenthaltsort in der Nacht zuvor gelogen zu haben, und rückte dann mit der Sprache heraus und erzählte alles, über die Liebesabenteuer mit Becky, ihrem Dienstmädchen und ihrer Begleiterin aus dem Zoo.

„Das Buch" – schrie er – „es ist alles im Buch!"

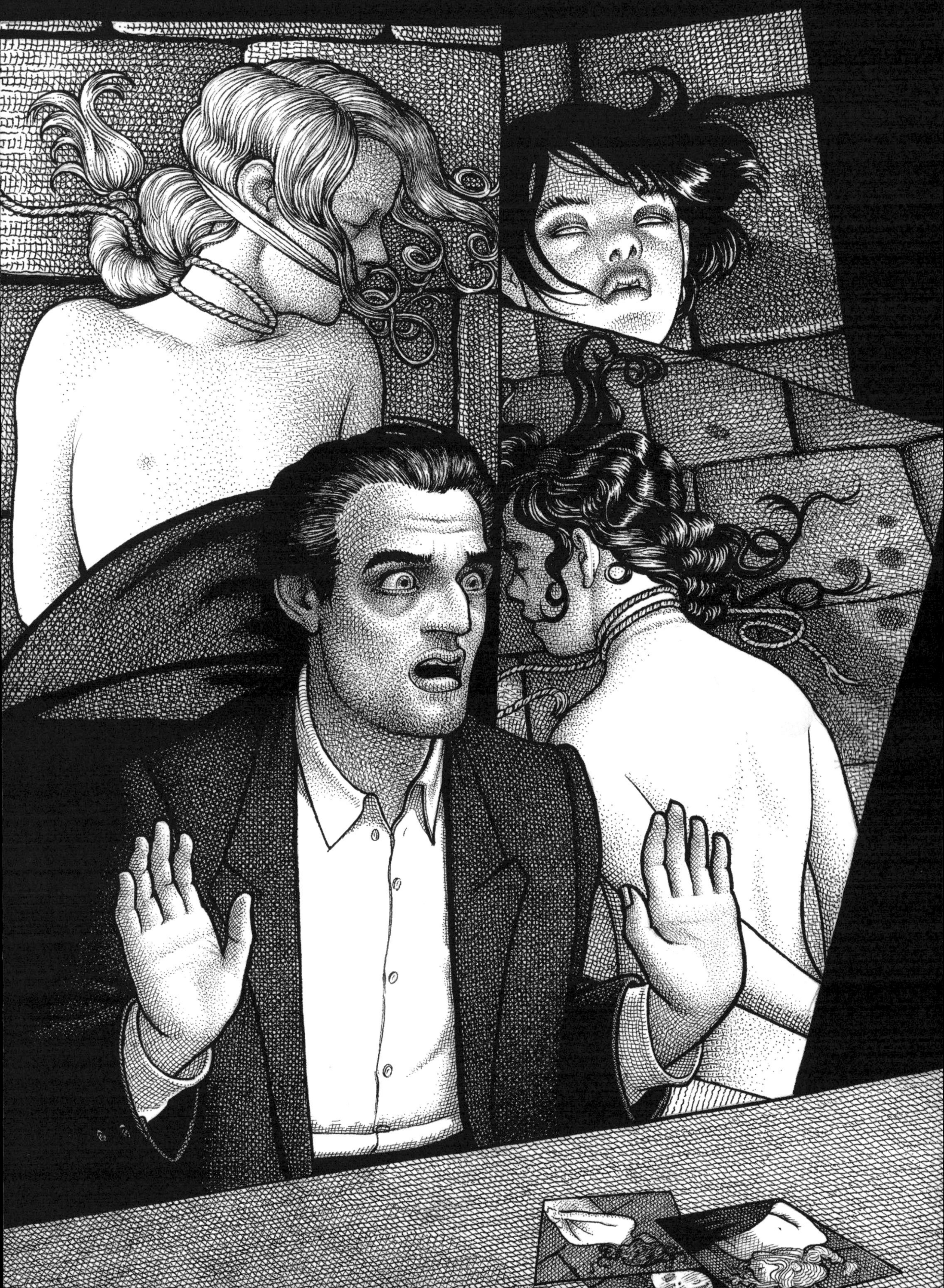

KOMMISSAR LLOYD VERLIESS DAS ZIMMER UND KAM KURZ DARAUF MIT BECKYS SKIZZENBUCH IN DER HAND WIEDER HEREIN. BENNY ATMETE ERLEICHTERT AUF.

DIE ERLEICHTERUNG WAR JEDOCH NUR VON KURZER DAUER, DENN BENNY WURDE LEICHENBLASS, ALS ER AUF DEN SEITEN DES BUCHES AUSSCHLIESSLICH KINDERZEICHNUNGEN SAH. ERSCHWEREND KAM HINZU, DASS AUF DER ERSTEN SEITE DER NAME EINES DER ERMORDETEN MÄDCHEN GESCHRIEBEN STAND …

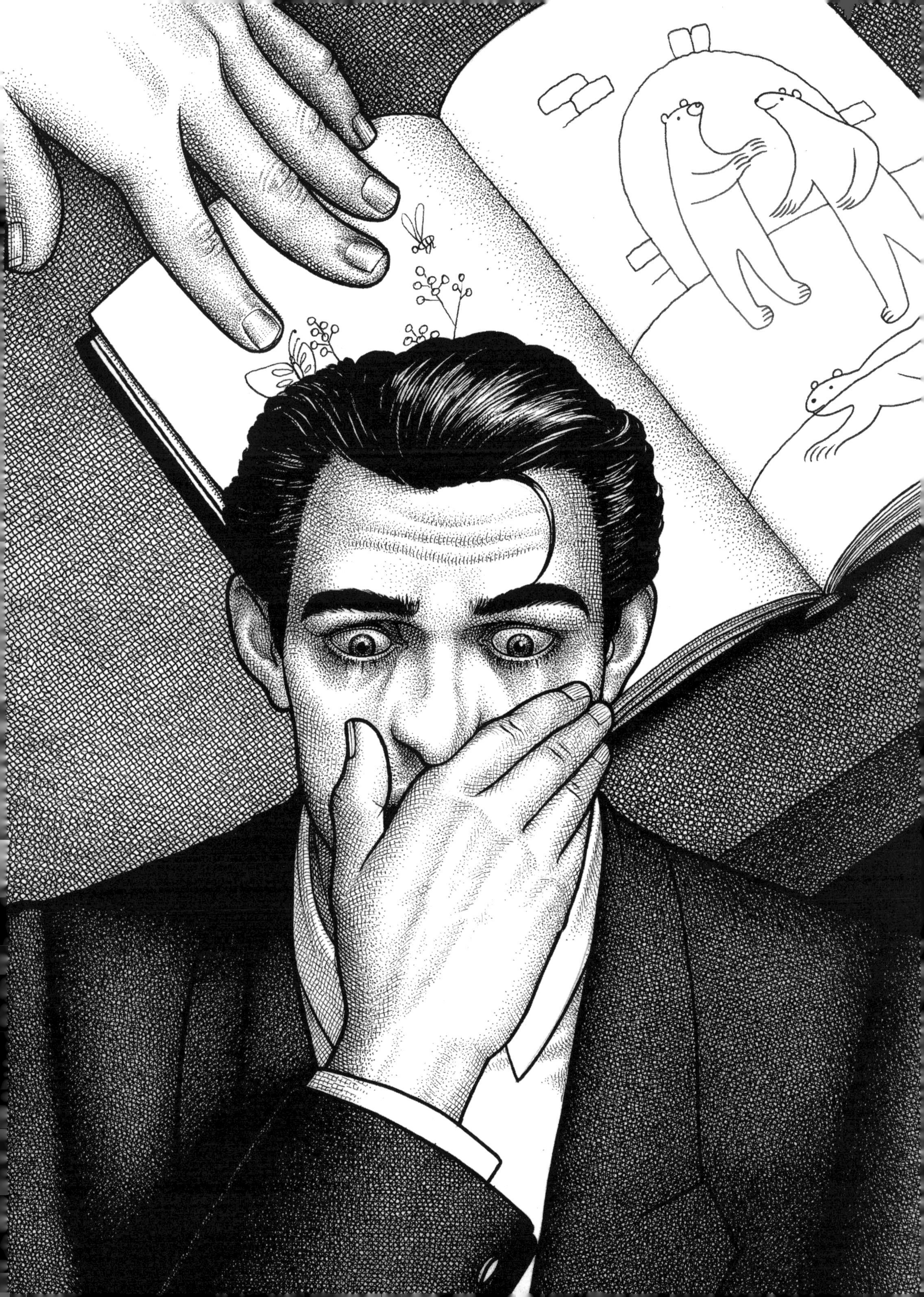

> WIE ZU ERWARTEN WURDE BENNY IN DREI FÄLLEN DER VERGEWALTIGUNG UND DES MORDES FÜR SCHULDIG BEFUNDEN UND ZU EINER LEBENSLANGEN GEFÄNGNISSTRAFE VERURTEILT.

> ER BETEUERTE BIS ZUM SCHLUSS SEINE UNSCHULD. DOCH VERGEBLICH, DIE BEWEISLAST GEGEN IHN WAR ERDRÜCKEND.

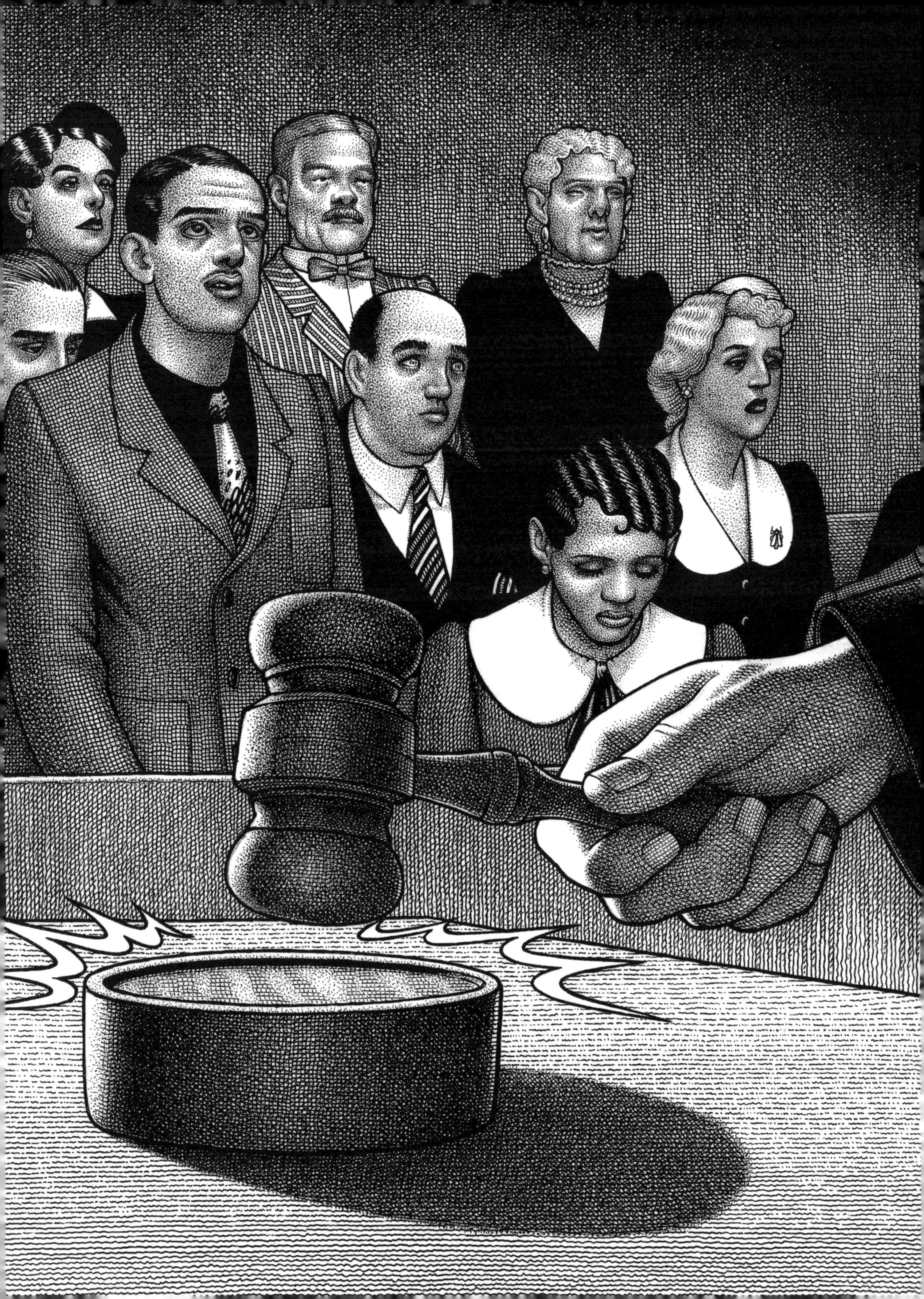

So manche Nacht verbrachte er weinend in seiner Zelle, die Ungerechtigkeit verfluchend, die ihn dorthin gebracht hatte ...

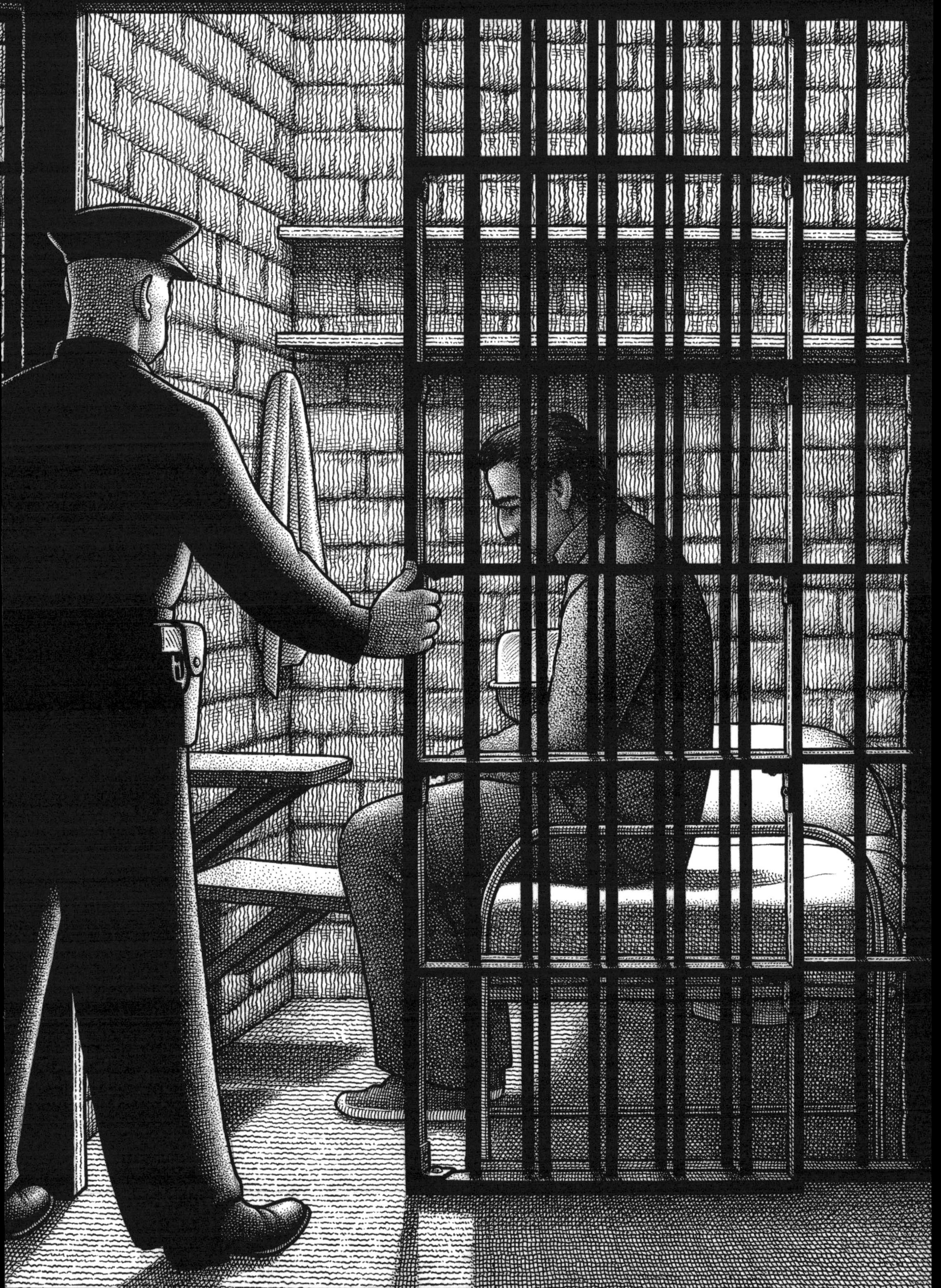

BIS ER, VON TRAUER ZERFRESSEN, EINES TAGES BESCHLOSS, SEINEM LEBEN EIN ENDE ZU SETZEN.

AUS SEINEM BETTLAKEN FERTIGTE ER SICH EINEN STRICK VON AUSREICHENDER LÄNGE ...

... UND GERADE, ALS ER SICH DIE SCHLINGE UM DEN HALS LEGEN WOLLTE ...

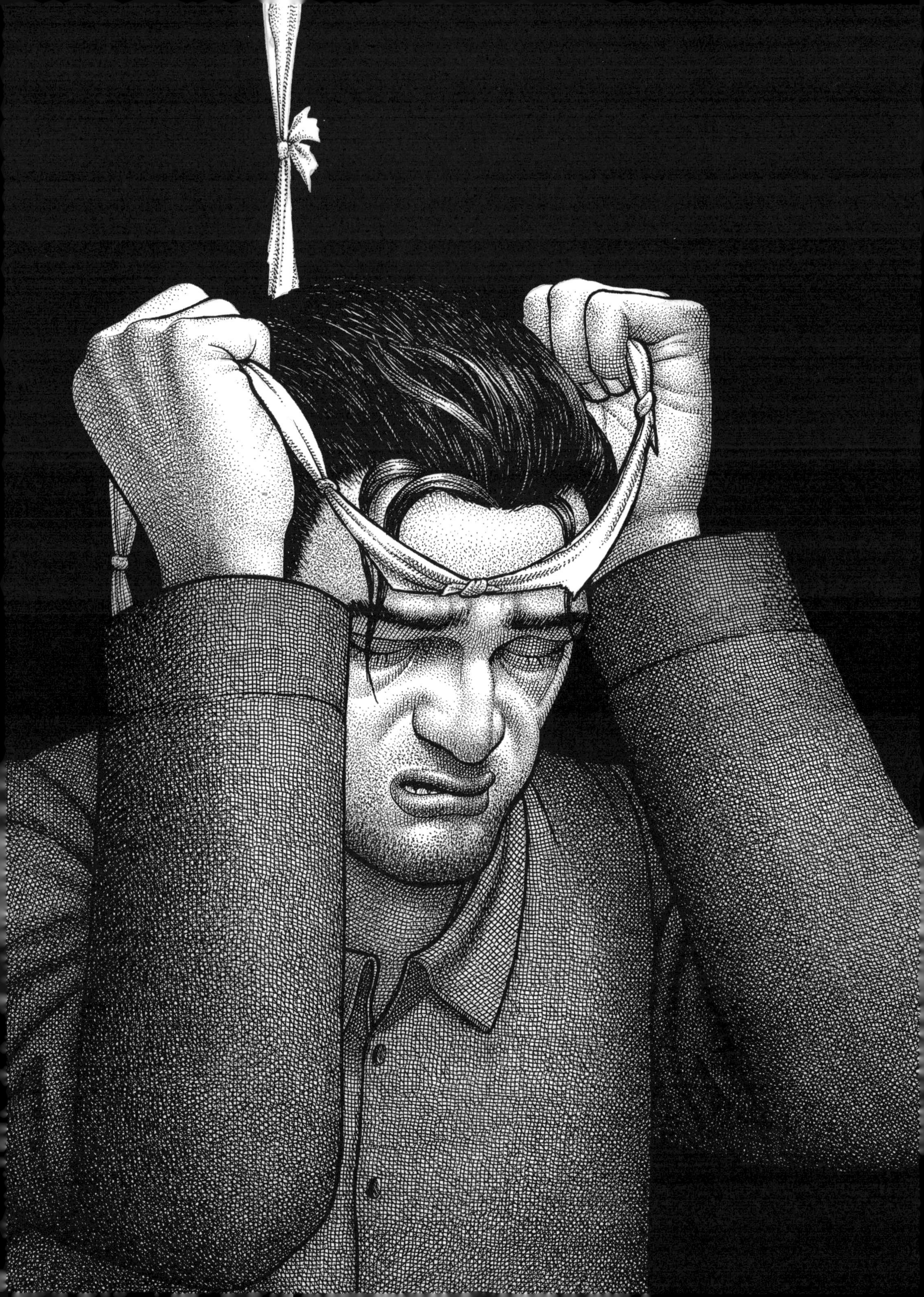

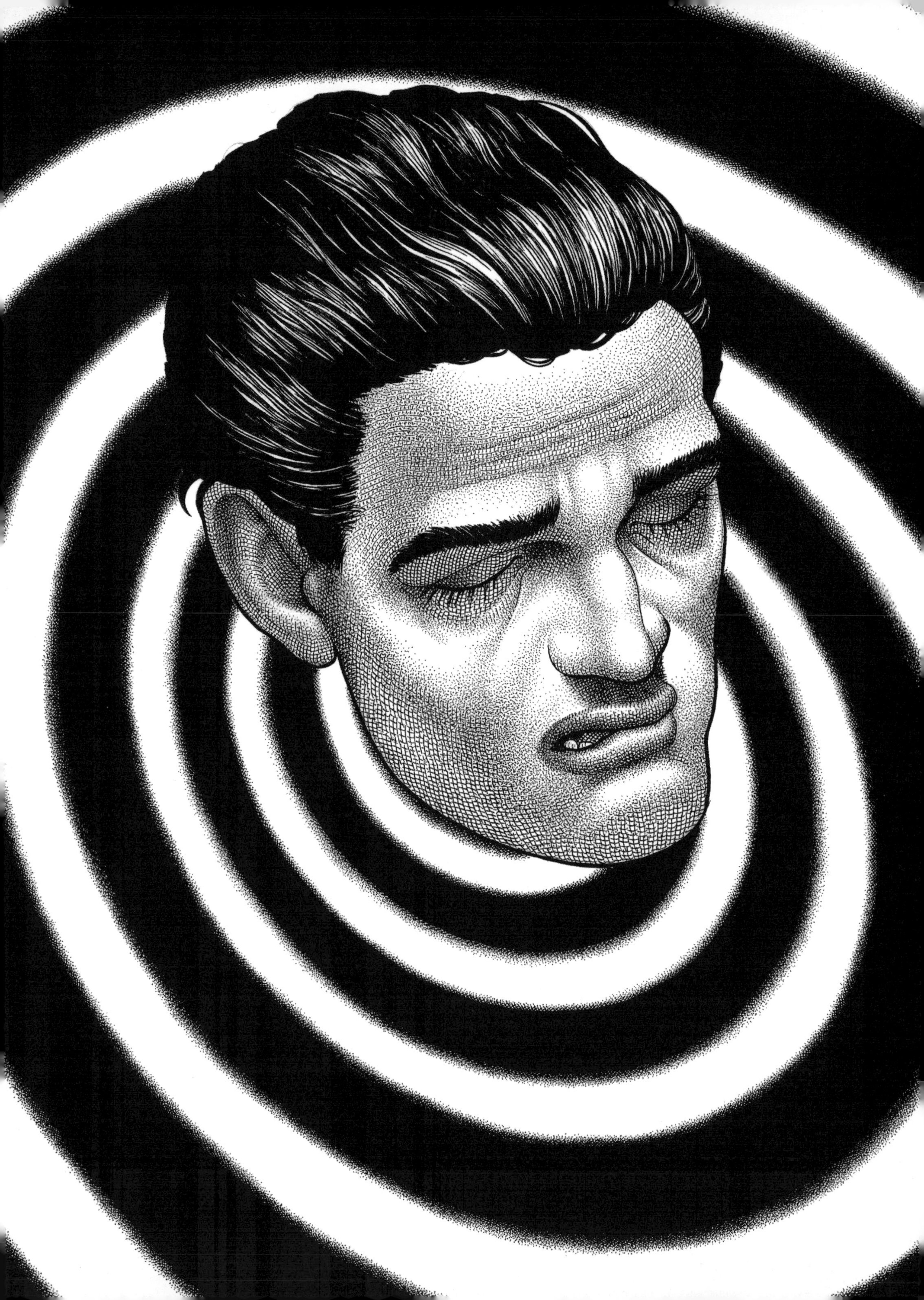

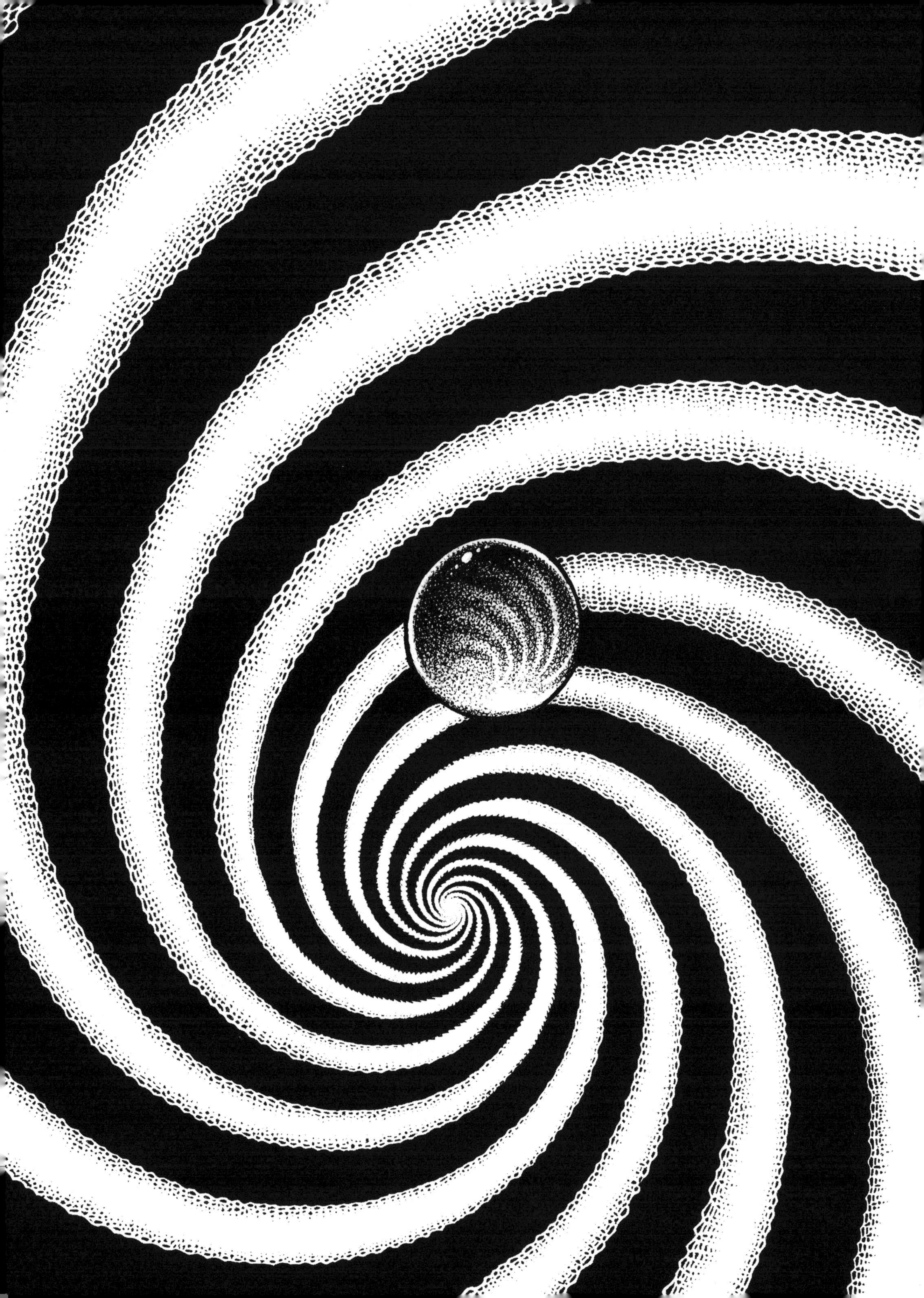

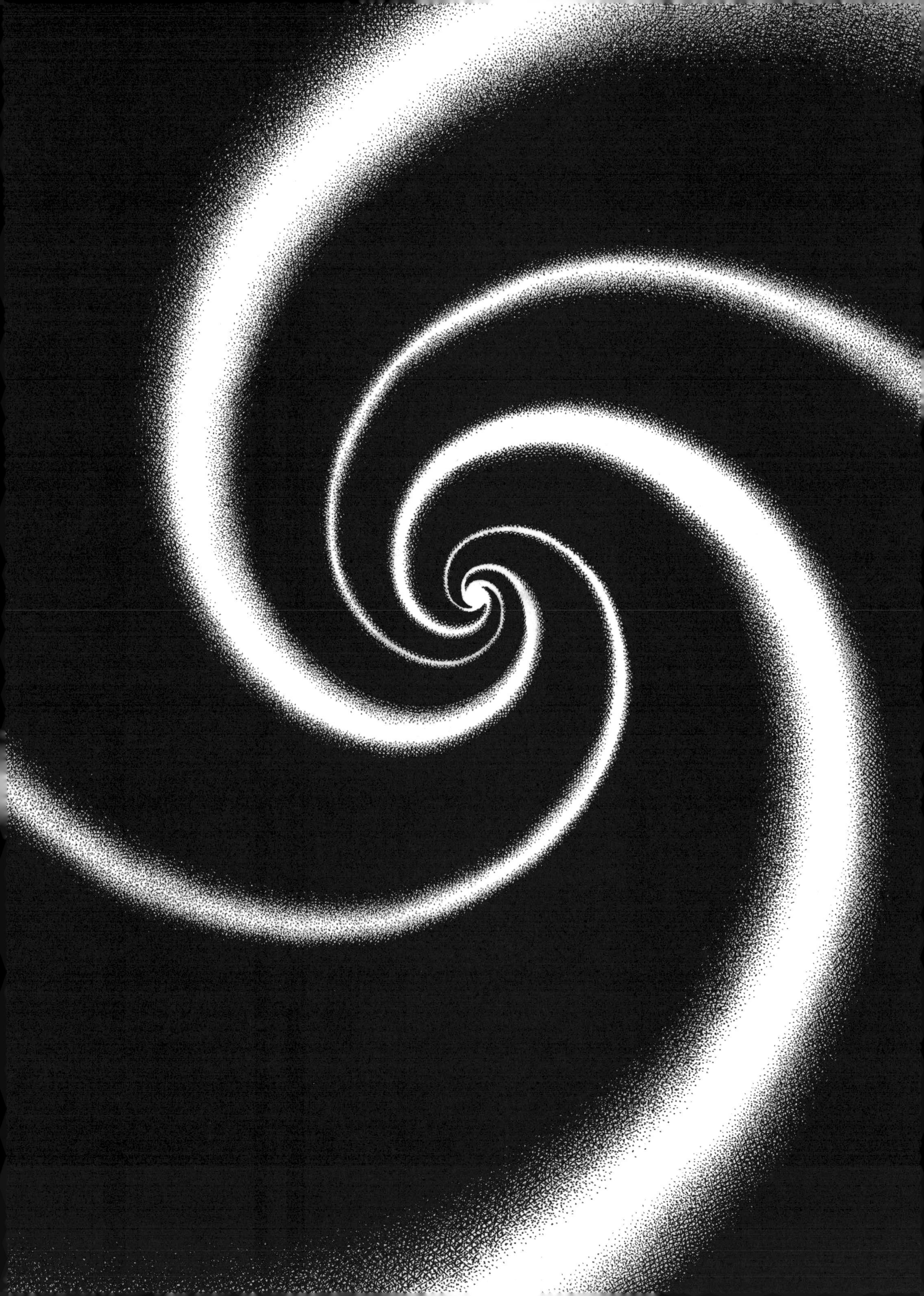

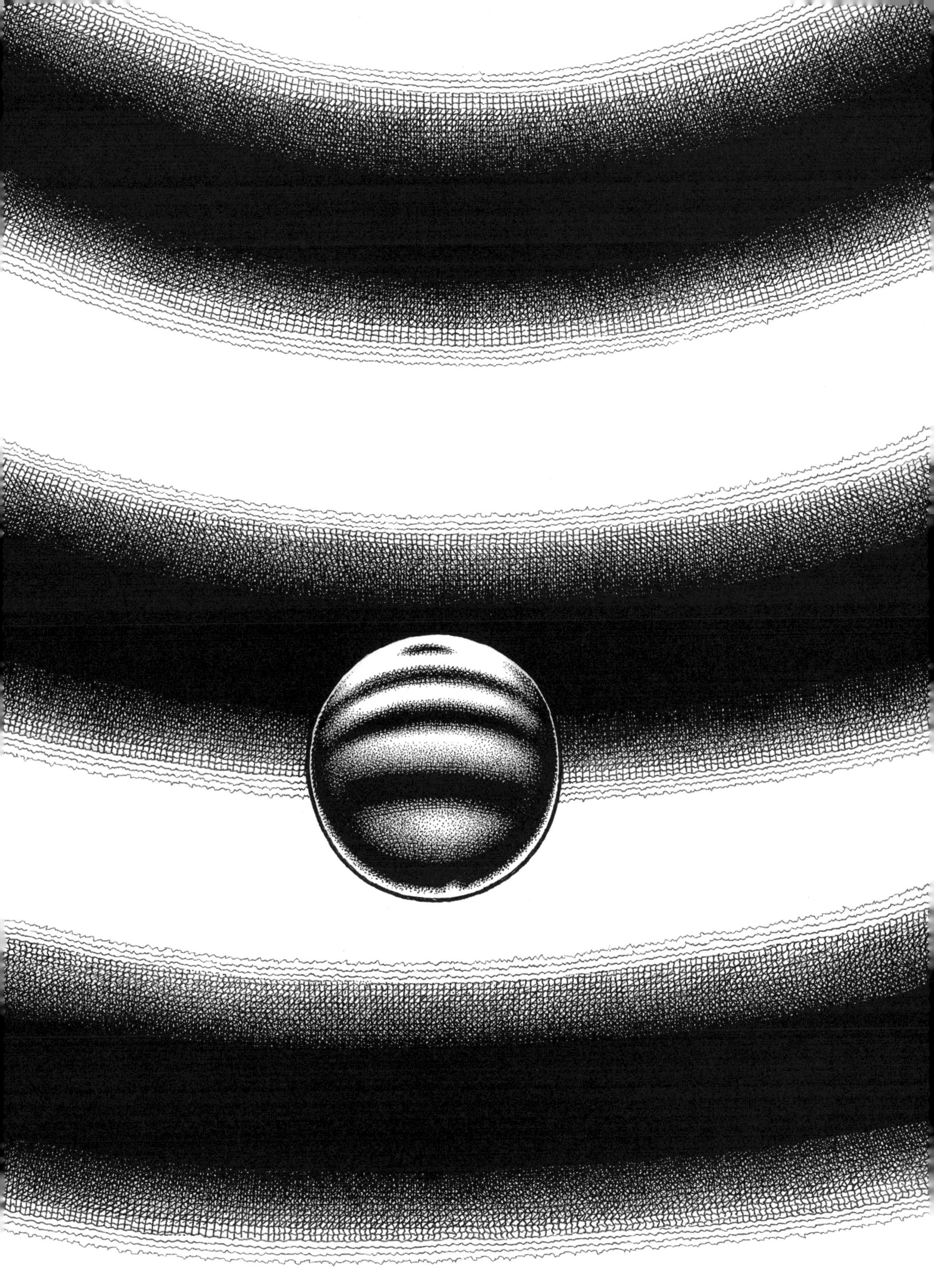

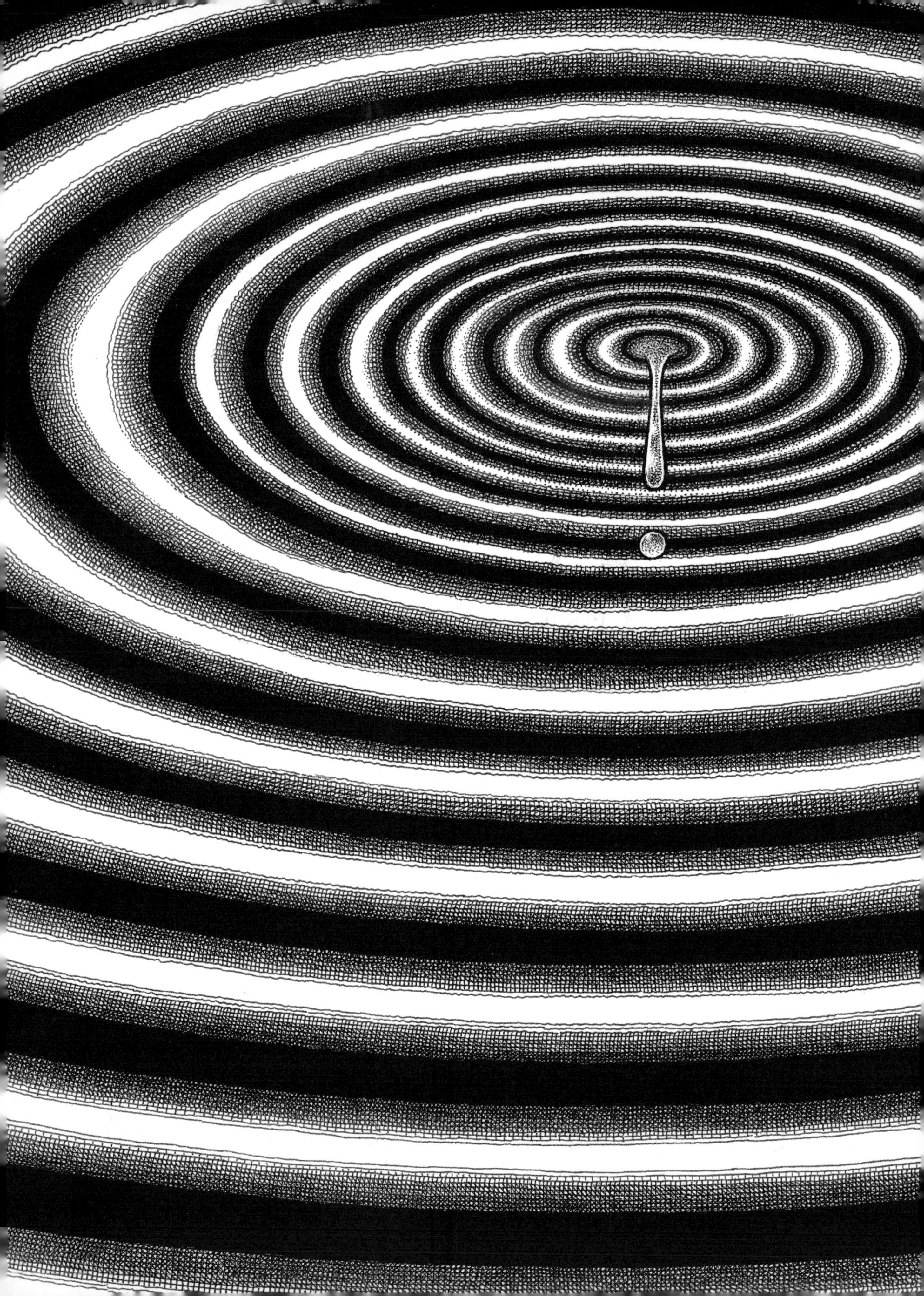

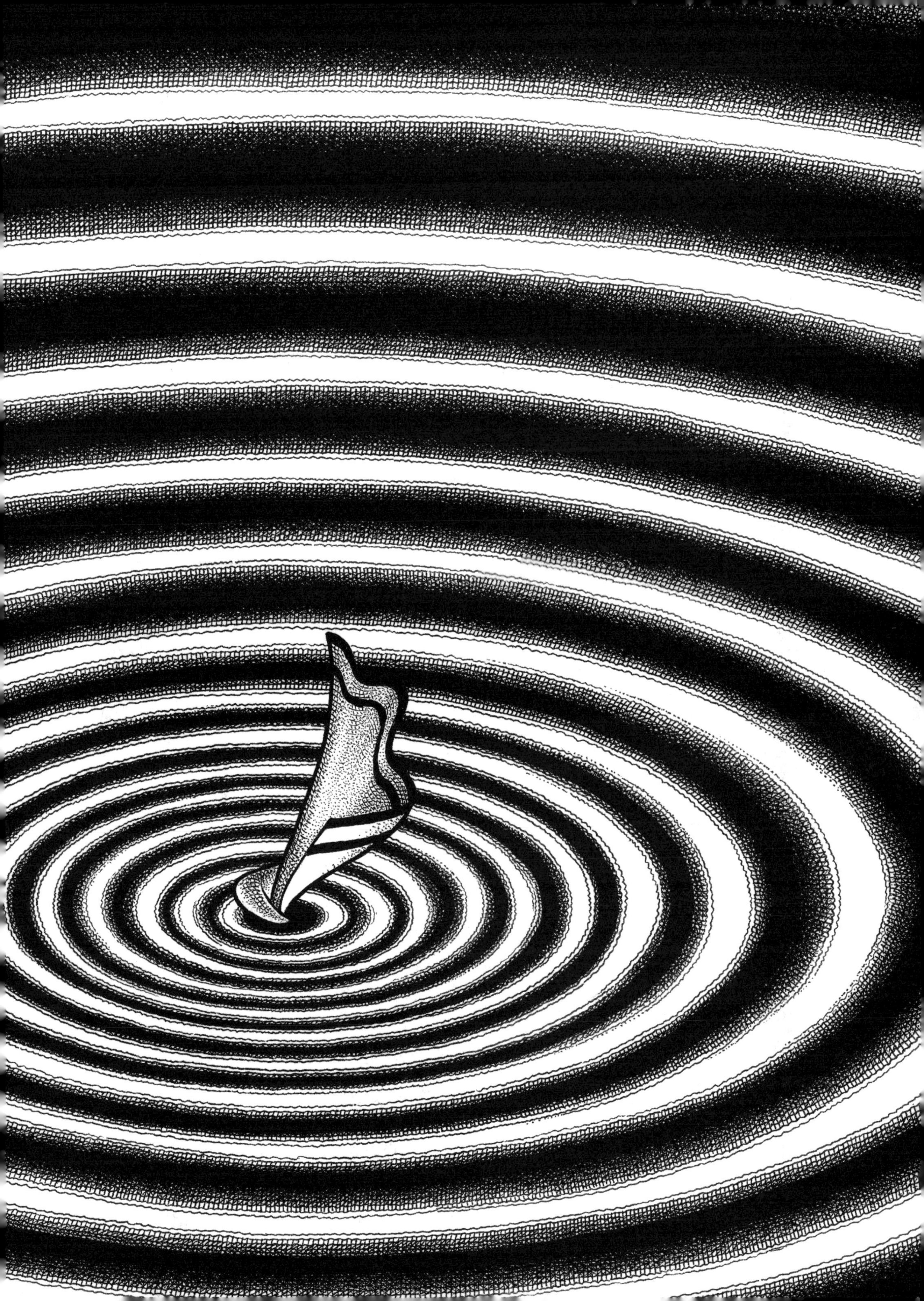

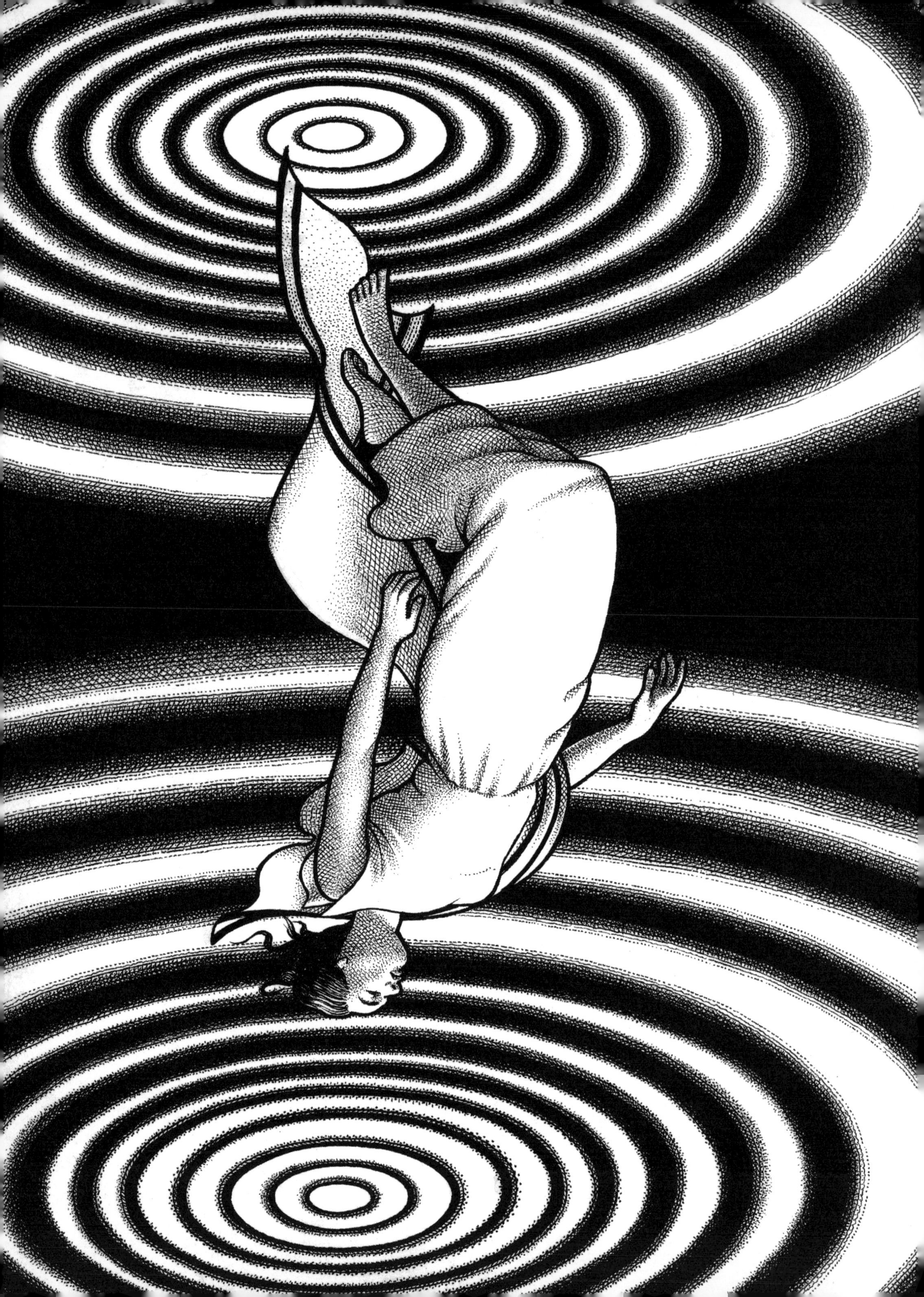

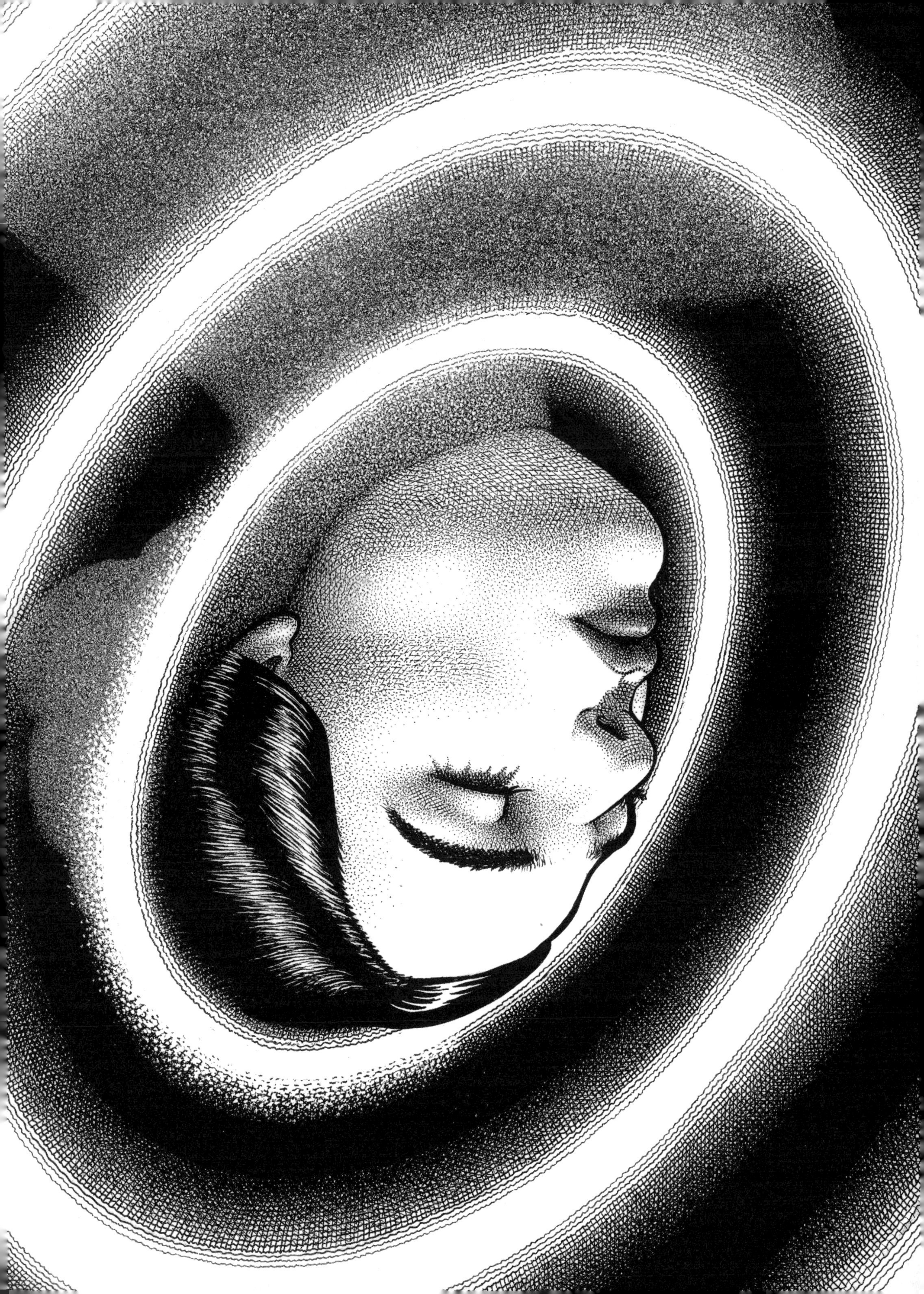

... ZOG BEZIMENA DEN KOPF DER PRIESTERIN AUS DEM WASSER UND FRAGTE SIE BESONNEN ...

„WEN HAST DU BEWEINT?"

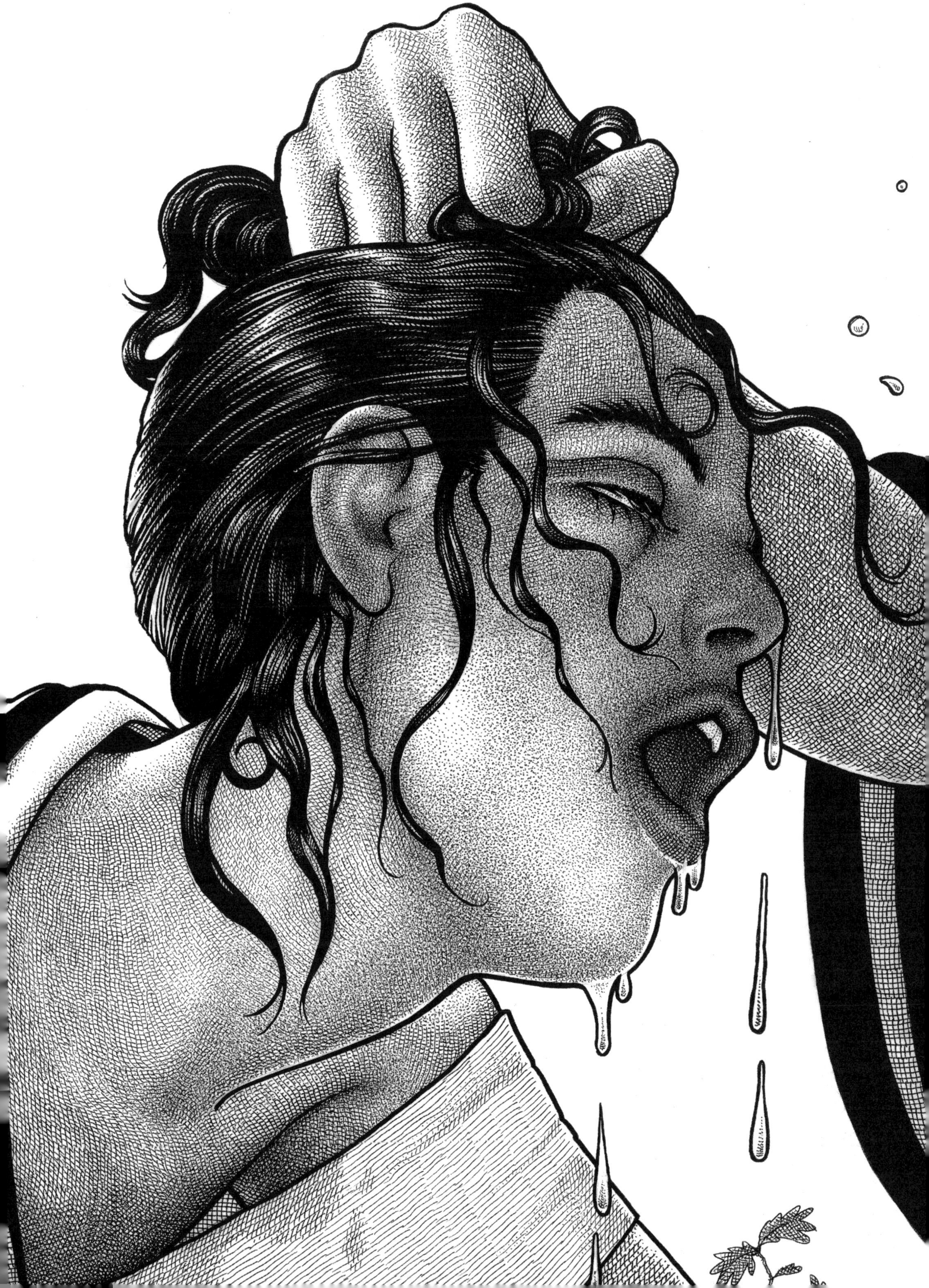

„WEN HAST DU BEWEINT?"

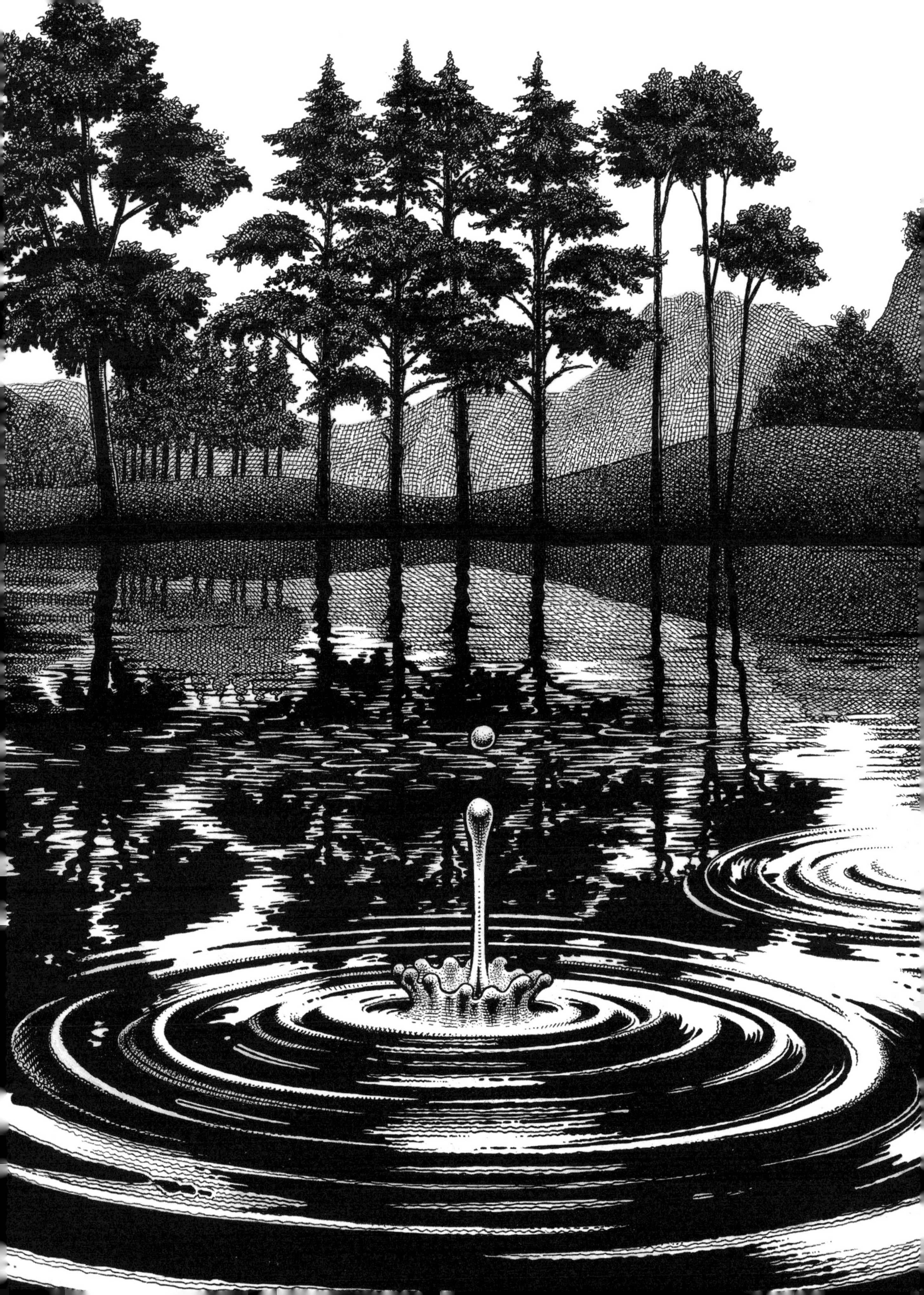

Anmerkung der Autorin

Irgendwo in dem kleinen serbischen Dorf Aleksinac liegt eine alte Videokassette – vielleicht in einer verstaubten, alten Truhe oder auf der örtlichen Müllhalde. Auf dem Etikett der Kassette steht mit Hand geschrieben mein Name. Wenn irgendjemand sie, auf wundersame Weise, finden und abspielen würde, würde er ein gemütliches, wenn auch spärlich eingerichtetes Zimmer sehen, mit einem Einzelbett an der Wand. Links davon, unter einem Fenster mit einem schweren Vorhang, einen Nachttisch und darauf eine kleine Lampe. Und kahle Wände.

Man würde auch einen bärtigen Mann mittleren Alters sehen, ganz in Schwarz gekleidet, mit schulterlangem, grau meliertem Haar und einem auffälligen Pentagramm um den Hals. Er läuft nervös im Zimmer auf und ab oder sitzt bequem und entspannt auf der Bettkante – und wartet …

Zwei weibliche Personen kommen ins Bild – eine davon achtzehnjährig, mit kurzem, gelocktem kastanienbraunem Haar, Nickelbrille, brauner Wildlederjacke, langem Jeansrock und braunen Cowboystiefeln. Die andere Person ist mein fünfzehnjähriges Ich. Mit dem Versprechen, in einer Viertelstunde wieder da zu sein, entschuldigt sich das ältere Mädchen, weil sie Besorgungen machen müsse. Der bärtige Mann klemmt sich nervös eine widerborstige Haarsträhne hinter das rechte Ohr und fordert mich auf, mich neben ihn zu setzen. Ich gehorche.

Bis heute kann ich mich an jedes Detail dieses Tages erinnern – von dem Moment, als ich das Zimmer betrat und dem Mann vorgestellt wurde, der angeblich Kristijan hieß. Und ich erinnere mich, wie ich meinen Trenchcoat auszog und dabei auf einer Kommode eine Kamera stehen sah, gleich neben der Tür, das Objektiv auf genau die Stelle gerichtet, wohin ich mich setzen sollte. Instinktiv wusste ich, dass ich in eine Falle geraten war. Auch wenn mir noch nicht wirklich klar war, um was für eine Falle es sich dabei handelte, signalisierte mir das kleine, beunruhigend blinkende rote Lämpchen doch Gefahr. Sofort begann ich, mir einen Fluchtplan zurechtzulegen, möglichst ohne meine Intention zu offenbaren.

Ich war beschwingt gewesen, als ich zuvor zu meinem Treffen mit Snezana gegangen war – dem bereits erwähnten achtzehnjährigen Mädchen. Wir hatten uns an einer Straßenecke verabredet, etwa einen Häuserblock von ihrem Zuhause entfernt. Wir beide studierten Kunst an derselben Hochschule in meiner Heimatstadt Niš, im heutigen Serbien. Da sie zwei Jahrgänge über mir und eher eine Einzelgängerin war, hätten sich unsere Wege wahrscheinlich nie gekreuzt, wenn nicht Jasmine gewesen wäre, eine gute Freundin von mir, die aus einer eher desolaten Familie kam und etwas Zerbrechliches, Nervöses an sich hatte.

Zu Beginn des Schuljahres entwickelte sich zwischen Snezana und Jasmine eine, wie mir schien, enge Freundschaft. In meiner Erinnerung sehe ich die beiden auf den Schulkorridoren oft in angeregte Gespräche vertieft, ohne mich aber weiter um sie zu kümmern. Es erschien mir nicht ungewöhnlich, dass sich die beiden einsamen Außenseiterinnen irgendwann zusammentaten. Tatsächlich hatte ich den Eindruck, dass diese aufkeimende Freundschaft Jasmine sehr veränderte, sie wirkte sehr viel glücklicher, selbstbewusster und ausgeglichener. Sie erzählte mir oft von Snezana, wie weise sie sei, welche Bücher sie ihr empfohlen habe – „Demian" von Hesse,

„Also sprach Zarathustra" von Nietzsche und „Das Buch des Gesetzes" von Aleister Crowley, um nur einige zu nennen. Sie beschrieb mir Snezanas Zimmer, ein typisches Kunststudentinnenzimmer, und zeichnete mir dafür detaillierte Grundrisse auf ein Stück Papier – dasselbe Zimmer, das später zu meiner Falle werden sollte.

Irgendwann wurde ich neugierig und wollte das Mädchen kennenlernen, das meine Freundin so nachhaltig geprägt hatte. Ich hatte mittlerweile selbst begonnen, mich mit philosophischen und spirituellen Themen auseinanderzusetzen und sah mich dazu mit den üblichen emotionalen Problemen des Teenageralters konfrontiert. Ich freute mich also sehr über den Vorschlag meiner Freundin, Snezana doch einmal kennenzulernen. Nach einem kurzen Gespräch auf dem Schulkorridor verabredeten wir uns an einer Straßenecke in der Nähe ihres Hauses, um uns in Ruhe unterhalten zu können.

An diesem Tag war es bedeckt und immer wieder gab es leichte Regenschauer. Als ich zur verabredeten Zeit am Treffpunkt aufkreuzte, wartete Snezana bereits auf mich. Auf dem Weg zu ihr nach Hause erzählte sie mir, ich hätte Glück, sie habe nämlich ein Treffen mit einem sehr besonderen Menschen arrangiert – einem Mann, von dem sie behauptete, er könne mir mehr helfen, als es ihr jemals möglich wäre. „Vertrau ihm so, wie du mir vertrauen würdest", sagte sie.

Als ich nun also neben Kristijan saß, stellte er mir alle möglichen Fragen zu meiner Person, zu meiner Familie und zu meinen Ängsten und Sorgen. Ich erinnere mich, wie ich ihm eine ganze Reihe von Problemen aufzählte – einige echt, einige nicht ganz so echt – in der Hoffnung, ihn abzulenken, während ich mich aus dem Augenwinkel im Zimmer umsah und mir die Anzahl der Schritte bis zur Tür ausrechnete und überlegte, ob die Tür abgeschlossen war oder nicht.

„Ich bin unfähig zu lieben. Ich hasse meine Eltern." Irgendwas in der Richtung sagte ich. Was nun folgte, war kein Ratschlag, nicht einmal der Versuch, ein ehrliches Interesse an dem Gespräch vorzutäuschen, sondern eine Hand, die an meine Brust griff, und Kristijans Gesicht, das näher kam, um mich zu küssen. Ich schob seine Hand beiseite und stand auf, um zur Tür zu gehen.

Und nun würde man auf dem Video eine körperliche Auseinandersetzung zwischen uns beiden sehen – mich bei dem Versuch hinauszugelangen, ihn beim verzweifelten Versuch, mir den Weg abzuschneiden und mich auf das Bett zu drücken, und dann mich, wie ich aufspringe und ihn angreife. Wir wiederholten dieses Spiel ein paar Mal, bis es mir gelang, die Tür zu erreichen. Ungünstigerweise war sie verschlossen. Ich saß in der Falle. Ich war gefangen.

Oft hört man Geschichten von Menschen, die wie durch ein Wunder überleben, darüber, wie sie in Gefahrensituationen plötzlich die Anwesenheit von einer Art Schutzengel spüren, der sie in Sicherheit bringt oder ihnen in Momenten großer Not und Bedrängnis den Beistand leistet, den sie gerade brauchen. In meinem Fall war es eine innere Stimme, deren Weisheit die meiner jungen Jahre weit übertraf und die mir genaue Anweisungen darüber gab – alle auf einmal –, was genau ich zu sagen hätte, und wie. Es kam mir so vor, als hätte mein Gehirn in einen bis dahin unbekannten Zustand umgeschaltet.
„Du bist alt und impotent und du musst Kinder ficken, um einen hochzukriegen!", schrie ich. Die Stimme hatte recht. Kristijan nahm den Schlüssel aus seiner Tasche, schloss die Tür auf und brüllte, ich solle abhauen. Ich verließ das Haus, mein Herz klopfte wie wild.

Der Zwischenfall ereignete sich an einem Samstag. Am Montag, in der ersten Schulpause, kam Jasmine mit vielsagendem Blick auf mich zu. Als würden wir ein besonderes Geheimnis miteinander teilen, fragte sie mich: „Und, hattest du Spaß am Samstag?" Angewidert ging ich weg. Etwa eine Woche lang ging ich ihr aus dem Weg, bis eine gemeinsame Freundin, ein außergewöhnlich weises, kluges Mädchen, uns zusammen in einen Raum setzte und uns dazu brachte, miteinander zu reden.

Wie sich herausstellte, hatte Jasmine weniger Glück gehabt als ich. Nicht nur war sie von Kristijan sexuell missbraucht worden – vor laufender Kamera –, sie war auch fest davon überzeugt, in ihn verliebt zu sein. Im Laufe des folgenden Monats berichtete sie mir regelmäßig und ausführlich von ihren sexuellen Abenteuern, mit demselben Enthusiasmus und derselben Verehrung, mit der sie zuvor von Snezana erzählt hatte. Durch diese Gespräche erfuhr ich von Kristijans Aufenthaltsort; von seinem kleinen Haus im nahe gelegenen Aleksinac; von der Truhe voller VHS-Kassetten, beschriftet mit den Namen der verschiedenen Frauen; und von den Geldbündeln, die Snezana regelmäßig per Post an jemanden verschickte. Ich hörte zu, so wie man seiner besten Freundin zuhört, die Liebeskummer hat; ich glaubte noch an sie und hoffte, sie würde irgendwann wieder zu Sinnen kommen, aber es war hoffnungslos.

Es ist wichtig zu erwähnen, dass das die Zeit vor dem Balkankrieg war, eine Zeit des aufkeimenden Nationalismus, der Dunkelheit und des moralischen Verfalls, in der Betrug und Lügen die Währung des täglichen Lebens waren. In meiner Heimatstadt bekam man als Teenagerin an jeder Straßenecke das Versprechen auf einen Modelvertrag hintergeschmissen.

Als wir 1988 auf eine Exkursion fahren sollten, wurde die gesamte Schule stattdessen zu einer örtlichen Wahlveranstaltung des damaligen Präsidentschaftskandidaten Slobodan Milošević gekarrt, der inbrünstig verkündete: „Niemand soll euch jemals wieder schlagen." Jasmine und ich weinten wie kleine Kinder.

Ein oder zwei Monate später versuchte Jasmine abermals, mich einem älteren Mann zuzuführen, diesmal mithilfe von dessen Ehefrau, die ebenfalls „für eine Viertelstunde wegmusste, um Besorgungen zu machen". Diesmal konnte ich fliehen, bevor die Situation wirklich brenzlig wurde, aber langsam schien das für mich zur Routine zu werden – ich war fünfzehn und musste wieder mal von einem Perversen abhauen; und ich war wieder von meiner engsten Freundin verraten worden.

Diese plötzliche Veränderung in meinem Verhalten bekamen auch meine Eltern mit. Da ich ihnen nichts erzählte, lasen sie heimlich in meinem Tagebuch, wo sie schließlich die Stelle fanden, die von besagtem Samstag handelte. Sie verständigten die Polizei, man teilte ihnen dort jedoch mit, dass man nichts tun könne, solange nicht eines dieser Mädchen sich bereit erklären würde auszusagen. Jasmine weigerte sich auszusagen, und ich wusste von keinem anderen Mädchen, das wir hätten fragen können. Kurz darauf wurde ich nach Kanada geschickt.

Manche sagen, wenn man aus einem Fehler nichts lernt, rächt sich das irgendwann. In meinem Fall war der Fehler blindes Vertrauen und fehlendes Urteilsvermögen gewesen. Dass ich aus diesem Fehler nicht gelernt hatte, rächte sich, als ich Jahre später in Kanada einen weiteren Vergewaltigungsversuch überlebte. Diesmal fand ich mich in der Gewalt eines Mannes wieder, zu dem ich aufschaute und dem ich vertraute, eines Mannes der mich eigentlich beschützen sollte. Dieser Vorfall brannte sich mir ein und stieß mich in einen dunklen Abgrund, aus dem ich jahrelang nicht mehr herausfinden sollte. Hin und wieder versuchte ich mit ausgesuchten Leuten darüber zu sprechen. Die Veränderung in ihrem Verhalten, ihr genervter Blick oder gar ihr unverhohlener Ekel entmutigten mich jedoch jedes Mal aufs Neue. Kein Wunder, dass sich so viele Opfer sexueller Gewalt dafür entscheiden, ihren Schmerz für sich zu behalten.

Genau aus diesem Grund habe ich mich dazu entschlossen, die Namen der Opfer nicht zu nennen. Jasmine heißt nicht wirklich Jasmine; allerdings heißt Snezana wirklich Snezana, denn tief in meinem Herzen glaube ich, auch wenn sie selbst auf ihre Weise ein Opfer ist, dass sie noch immer eine Gefahr für wehrlose Frauen darstellt, wo immer sie gerade sein mag. Wie JFK einmal gesagt hat: „Vergib deinen Feinden, aber vergiss niemals ihre Namen."

Rückblickend betrachtet war meine Auswanderung nach Kanada ein einfacher Ausweg. Wenn ich mit meinen Schulkameradinnen über den Vorfall gesprochen hätte, wenn ich entschlossener versucht hätte, Kristijan und Snezana auffliegen zu lassen, hätte sich die Zahl ihrer Opfer nicht so vervielfacht, wie sie es hat. Das ist etwas, das ich mir niemals verzeihen werde und mit dem ich für immer werde leben müssen.

Dieses Buch widme ich all den vergessenen und namenlosen Opfern sexualisierter Gewalt.

Auf dass ihr Frieden findet, und Licht, und auf dass ihr die Dunkelheit vertreibt, die euch umgibt.

Nina Bunjevac
1. Mai 2018
Toronto

Die Autorin dankt den folgenden Personen für
ihre Ratschläge und ihre moralische Unterstützung:

Momirka Petrovic
Kosara Bunjevac
Karla Goldstein
Anna Khachatayan
Antonio Moresco
Pasquale La Forgia
Chester Brown

und zu guter Letzt, aber vielleicht dem Wichtigstem
von allen, dem Großmeister des „ansteckenden Lächelns",
Alan Watts, für das Rätsel.

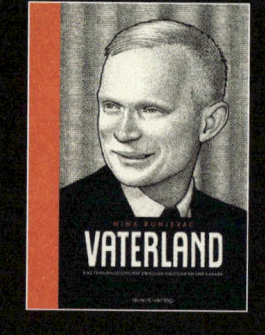

Vaterland
ISBN: 978-3-945034-16-3
156 Seiten, Hardcover mit Leinenrücken
24,95 €

BEZIMENA
Text und Zeichnungen: Nina Bunjevac

Übersetzung aus dem kanadischen Englisch von Benjamin Mildner

© Nina Bunjevac 2018
© avant-verlag GmbH, für die deutsche Ausgabe 2020
Lettering & Produktion: diceindustries
Herausgeber: Johann Ulrich

Wir bedanken uns beim *Canada Council for the Arts*
für die finanzielle Unterstützung der Übersetzung dieses Buchs.

Canada Council   Conseil des arts
for the Arts   du Canada

avant-verlag GmbH
Weichselplatz 3–4
12045 Berlin
info@avant-verlag.de

Mehr Informationen und kostenlose Leseproben finden Sie online:
www.avant-verlag.de
facebook.com/avant-verlag